觅

刘心武 著

中国出版集团 东方出版中心

图书在版编目（CIP）数据

觅 / 刘心武著. — 上海: 东方出版中心, 2023.8
ISBN 978-7-5473-2242-0

Ⅰ.①觅… Ⅱ.①刘… Ⅲ.①散文集-中国-当代
Ⅳ.①I267

中国国家版本馆 CIP 数据核字(2023)第 134671 号

觅

著　　者　刘心武
责任编辑　韦晨晔　李　琳
封面设计　钟　颖

出 版 人　陈义望
出版发行　东方出版中心
地　　址　上海市仙霞路 345 号
邮政编码　200336
电　　话　021-62417400
印 刷 者　山东韵杰文化科技有限公司

开　　本　890mm×1240mm　1/32
印　　张　12.25
字　　数　204 千字
版　　次　2023 年 10 月第 1 版
印　　次　2023 年 10 月第 1 次印刷
定　　价　69.90 元

目录

三言卮谈

大海（舞台剧本）

—— 自序 ——

多年前一次出差,把书房的窗帘全拉上,多日后回家,未及将书房窗帘拉开,就发现窗帘内一个废弃的花盆里,长出了一根秧苗。那花盆里原有的仙人球枯萎,被我拔出扔掉,但未清理盆土,可能是偶然掉进一粒西瓜子,蹿出了那样一根秧苗,它竟想方设法地求得发展,从两块窗帘布闭合的缝隙钻出。我小心翼翼地拨开窗帘,窗外阳光倾泻室内,于是我看清那藤蔓是在钻出窗帘缝后,沿着窗玻璃奋力向上,直至将藤须卷紧窗上的把手。它不仅张开了数张虽然稚嫩然而碧绿得动人心魄的瓜叶,甚至还开出了一朵望之惊愕的雪白透亮的小花。天啊,再过些天,会结出一枚小瓜吗?我保留那瓜秧许久,虽然花落后并没有结出小瓜,瓜秧最后也随秋来而整体枯萎,但那本是置身于黑暗中的瓜秧,奋勇寻觅光明,钻出窗帘缝隙,终于"有志者事竟成",成功地到帘外开出了自己的花朵，那情景，直到今天，每忆及，还不免深深感动。

生命都有趋光性。寻觅光明，是本能，也应被觉悟锁定。

几年前又去昆明，下榻的酒店，过了马路就是滇池。碧蓝的天上大朵白云，滇池如一汪摇荡的诗篇，阳光灿烂，倾泄如泼，池上海鸥飞翔，成群结队。湖边有游客用食物引逗海鸥，有不少海鸥与游客互动，但我就注意到，另有不少海鸥，并不去游客掌心啄食。它们绝不像那被窗帘拦住光明的弱藤，不需要从黑暗中寻觅光明，它们已经充分享受到了光明，那么，那些翻飞的海鸥在寻觅什么？我站在岸边默默观察，就悟出，那些海鸥是在寻觅比池鱼岸食更高档的东西，便是生命张扬的自由，随心所欲的欢乐。

到 2023 年，我就越过八十岁了，不往多说，是奔米寿前行了。除去太不懂事的幼年，至少有七十年吧，生命中一直贯穿着寻觅的热情与执着。细想起来，也曾有过窗帘内那瓜秧执拗穿越窗帘缝隙的奋斗，到如今似乎也有了滇池那些海鸥般的通达与洒脱。

有这样的老话：七十不留宿，八十不留饭，九十不留坐。就是说，你七十岁了，你去人家那里，人家对你客气，但不便留你住宿，因为如果你睡下后醒不来，算谁的责任？你八十岁了，去人家家做客，人家尊重你，或许会倒杯好茶请你喝，但不敢请你一桌进餐，因为如果你忽然噎住竟至窒息，如何向你亲属交代？你九十岁了，人家敬仰你，但不便请你到家"随便坐坐"，因为一坐或许就瘫在椅子上了。人老了，真的是"玻璃易碎"，需"小心轻放"。这是自然规律，可叹无奈，却也可莞尔视之。没想到，曾经活蹦乱跳的我，如今也进入他人"三不留"的范畴。生理上老了，心理上却还不老，不老的标志，就是仍有寻觅的赤子心。因仍寻觅，便仍有新的文章形成。

寻觅是福。觅字上爪下见，意味着要用手去抓，要有实际行动，同时要有眼力见，要不失时机，也要适可而止。从觅衣食温饱，到觅施展才能，觅机缘巧合，觅伯乐贵人，觅人际和谐，觅忙中偷闲，觅知心伴侣，觅谈伴挚友，觅山川美景，觅历史踪迹，觅行善为乐，觅优雅生存，觅精神充实，觅无怨无悔……觅无止境，却又需适度。要树立正确的寻觅观，其实，两句古诗"忽见陌头杨柳色，悔教夫婿觅封侯"，最直率地道出了追寻功名利禄的虚无。人间"杨柳色"，是烂漫青春，是平凡生趣，是淳朴之美，是自然之道，觅的最高境界，是回归陌头春色，觅到真我，而又忘我利他。

感谢东方出版中心，自 2015 年陆续容纳我将每两三年散发的文章编为集子，已出版了《润》《恕》《悯》，现在又推出这簇新的一册《觅》。

寻寻觅觅到几时？不说大话，只对多年来容纳我、支持我、鼓励我的人士，特别是对我有"考古发现"（哟，原来刘心武不只是讲《红楼梦》,他的小说比如《钟鼓楼》,他的散文比如《母亲的厨艺》,读起来都挺舒服)的年轻一代,悄声表个态吧:我争取觅到你们"不留坐"的时段吧。

2023 年 1 月 25 日　绿叶居

觅

大甜桃儿

　　世纪初,一次梅葆玖去北京郊区表演清唱,报幕人对他的介绍是:"下面请京剧表演艺术家梅久保先生给大家演唱……"下面观众例行鼓掌欢迎。作为梅兰芳的亲传嫡子,在梅兰芳1961年仙逝后,梅葆玖接过衣钵,努力传承几十年,在京剧界也是超级大腕了,可是那位报幕人看着手中的节目单,竟报错他的名字,按说梅葆玖不但尴尬,还会生气,可是他出台站定以后,蔼然可亲地跟台下观众说:"我不叫梅久保,我叫梅葆玖。久保——"说到这儿他用手比出,"那是咱们北京平谷的特产,一种大甜桃儿。"台下观众全都笑了,报幕人尴尬,却也佩服梅葆玖的谦和幽默。

　　京剧在当下艺术门类中的受众及其影响,确实今非昔比了。那位报幕人把"葆玖"看岔成"玖葆"并且大声宣谕,可算是京剧及其表演艺术家社会认知度衰微的一个例证。当然,这只是事物的一个方面,另一方面,各个京剧团仍在持续演出,戏曲院校仍在培养新人,而戏迷粉丝群体,对他们所喜欢的京剧演员的追捧,也相当地狂热。在央视戏曲频道,能通过《梨园闯关我挂帅》《亮相吧,宝贝》看到当下老中青乃至少年儿童票友的活跃。

我们社会的文化生活,远比以往丰富多彩。只是各种艺术形式分流了,任何一类的明星,其名望都不大可能覆盖到全民了。梅葆玖的心态值得褒扬推广。

2015年5月,我参加一档电视节目的录制,有幸在录制空档与梅葆玖先生交谈,对"大甜桃儿"事件中他的良好心态,我表示了赞赏。我告诉他,我的哥哥刘心化,20世纪50年代末,是北京大学业余京剧社的台柱子之一,攻梅派青衣,登台表演过《武家坡》《大登殿》《三堂会审》《二堂舍子》等剧目。葆玖先生说:"《二堂舍子》可不容易唱啊。"我说:"他们那时候是按令尊和奚啸伯先生的路子唱的。"葆玖先生说:"那更难了。"又感叹:"京剧艺术的传承弘扬,少不了戏迷票友的功劳。"又问我哥哥现在还唱不唱,我告诉他,哥哥已然去世七年,他不禁喟叹可惜。我与葆玖先生交谈时,助理焦金木拍下值得忆念的一瞬。

那次与葆玖先生交谈时,他精神矍铄,录制的节目后来播出,他的形象可谓神采飞扬。但不足一年,2016年4月,就看到他溘然去世的消息;8月我去广州参加南国书香节活动,我的新书发布会被安排在主会场,但预定我那场开始的时间已经略过,前一场的活动却不但不见结束,似乎仍在高潮中,不但座席全满,场地三面还挤满粉丝,有不少妙龄少女高举手机拍个不停,还陆续发出尖叫。组织方怕我尴尬生气,一再解释道歉:"台上是青春偶像,颜值吸粉,我们工作人员已经上台去叫停了。"我就想起梅葆玖先生的风度,一点也不觉尴尬,丝毫没有气性,只觉得文学发展中增添了一种新气象,如食大甜桃儿,满心欢喜。其实前面那场活动五分钟后也就有序结束,临到我上场朝下一望,座席也满满的,老中为主也有青,只是没有围观尖叫的,文学艺术的空间足够宽阔,各领风骚,有什么不好呢?

2015 年 5 月 13 日参与河北卫视《中国好家风》节目录制与梅葆玖合影

春节腰鼓

　　咚叭咚叭咚咚叭咚叭，咚咚叭咚叭咚……活到八十岁，又到春节，竟回忆起七十年前，十来岁时候，打腰鼓的情景来了。那一年春节，海关总署在大年三十下午，举办春节联欢活动，我们钱粮胡同海关宿舍大院，出了好几个节目，其中就有大院的十二个男女儿童的腰鼓表演。我参与其中，斜背红彤彤的腰鼓，一早随父亲去台基厂海关总署，其他腰鼓队的孩子，也都随父母去那里汇合。那天上午机关仍要办公，我们孩子就在院子里再次排练，发现金鱼胡同海关宿舍大院的一些孩子，是要上台表演大头娃娃舞，他们每个人都有一个可以套在头上的、硕大的滑稽模样的娃娃头壳，他们中就有跟我们举着娃娃头显摆的，还宣称："我们院的阿姨还要表演花伞舞哩！"我就冲他们说："我们院郭大爷要唱《钓金龟》哩！"郭大爷是机关食堂的厨师，听父亲说，他唱起来，"大有李多奎的韵味"，我也不知道李多奎是谁，反正必须把金鱼胡同的孩子们震住，我们这边几个孩子就学郭大爷的腔调齐唱："叫张义，我的儿呀呃……"双方就都笑作一团。

　　中午到了，办公室锁门，人们先到食堂聚餐，再到礼堂联欢，演出前,大人们有猜灯谜、投壶、飞镖等活动,孩子们可以领到糖果。演出要开始了,我忽然发现父亲不在身边,有些心慌,但腰鼓队领头的伙伴招呼我集合去后台,就去了。原来我们的腰鼓舞是第一个暖场的节目,我们在台上先是变换队形地打腰鼓,后来鼓点越来越激昂,还击打鼓边,跳起来反手打,互相击打对方的鼓面,听到台下的笑声掌声,好开心!演完了,纷纷下台找家长,我却没有找到父亲,他去哪儿了呢?只好自己找个座位,看了大头娃娃舞、花伞舞、小魔术……郭大爷的《钓金龟》粉墨登场,有个小伙子鼻子上抹块白,演张义……最后是一个老少几辈合演的活报剧,呀,原来父亲竟是其中一个角色!演出完了,一片欢声笑语,我在礼堂外找到了父亲,他正和两个人说话,我跑过去站他身边。父亲对面那个大高个儿、戴眼镜的,父亲让我唤他孔叔叔,孔叔叔蔼然地拍拍我的肩,问父亲:"老幺儿吧?"父亲脸上一直绽放着灿烂的笑容,孔叔叔身边一位漂亮的女士,父亲让我唤她许阿姨,许阿姨跟父亲说:"天演同志,今天你好高兴啊!"父亲回应:"当然高兴,不止一个理由啊!"后来知道,孔叔叔就是海关总署署长孔原,许阿姨是他夫人,当时任海关总署人事处处长,父亲从重庆调来海关总署任统计处副处长,就是孔叔叔拍板、许阿姨落实的。那时候,父亲参与了人民海关税法的编制,在《人民海关》杂志发表了两篇相关文章,他高兴的理由真不止一个啊!十几年后,父亲已经在解放军外语学院任教,传来孔叔叔、许阿姨不好的消息,父亲关紧屋门,对母亲和我说:"他们两位是好党员,我对他们的认知,永远不变!"

1978年底,我在上海结识了赵丹黄宗英夫妇,跟他们有深入的交谈,宗英大姐跟我聊到,上海解放,她们一群女演员,都学着打腰鼓,在激越的腰鼓声中,她们都清醒地意识到,自己面临一个转型的问题。她们作为从国统区解放过来的旧艺人,原来擅长扮演的多是资产阶级、小资产阶级的太太、姨太太、交际花、大小姐,就是演一点比较穷窘的女子,也多是软弱凄苦的;现在新社会了,需要塑造工农兵形象。这个转型可不是简单的事,她说其实转型成功的一个例子是上官云珠,她在 1955 年就在《南岛风云》中扮演了共产党员、女护士长符若华,令人们耳目一新。宗英大姐说,上官的外在形象可塑性强,是个优势,她自己呢,出道后得了个"甜姐儿"的口碑,新中国成立后虽然也在《家》中演了个梅表妹、《聂耳》中演了个歌女冯凤,但"甜姐儿"要转型为女工农兵,难矣,所以最后下决心由演员转型为作家,专攻报告文学。宗英大姐那"腰鼓声中促转型"的讲述,令我回味悠长。

1984 年陈凯歌执导、张艺谋摄影的影片《黄土地》,我是在 1986 年春节观看的,影片最后那三分多钟的陕北安塞腰鼓的镜头,于我来说是前所未有的视听震撼,这才憬悟,打腰鼓,乃是生于黄土地,发于庄稼汉,完全不同于士大夫趣味,更有别于西方艺术,一种山呼海啸般的生命呐喊,喷薄出阳刚之气,催生着新天地!啊,春节又到,愿"咚叭咚叭咚咚叭咚叭"的腰鼓声,贯穿于我的生命,永远激活着我的创造力!

2022 年 1 月牛年将转为虎年时

母亲的厨艺

　　十八岁以前,我一直跟父母住在一起,吃母亲做的饭菜。我家的常备菜有三样——泡菜、卤肉、豆豉,都是母亲自制的。

　　母亲常年经营着两个泡菜坛,一个是玻璃的,可以见到里面所泡的蔬菜品种:白萝卜条、胡萝卜条、淡绿的豇豆、鲜红的辣椒、嫩黄的姜芽、深紫的包菜……另一个是陶制的,从中可以搛出莴笋、青菜头、水萝卜皮……虽然母亲对淘气的我较为放纵,一般情况下管束得并不怎么严格,容忍我在家里关起门来当个孙悟空,但她那两个泡菜坛,却绝不许我靠近。两个泡菜坛的盖子,盖上后都有半圈水维护,母亲舍得把里面的成果让我吃尽,但她在往里面填入食材,以及从里面搛出泡好的菜品的操作过程中,是一定要我远离的。后来我才懂得,泡菜坛绝对不能沾一点油腥,也不能溅进生水,她填入食材、搛出成品各用一双长筷,平时都是晾干裹在纯净的豆包布里保存的,用时取出后要用开水烫过,并用白酒擦拭。她进行相关的操作,仿佛是在执行一种仪式,颇有神圣感。有一回母亲视察泡菜坛,一声惊呼:“咿呀,长白了!”于是不得不将整坛泡菜抛弃,泡菜并不怎么可惜,可惜的是久经使用不断在原来基础上添加的泡汁。母亲重新配置泡汁,把握好食盐、白酒的比例,体现出她超高的技艺,但新的泡菜,总需泡汁达到一定的成熟度,搛出来才能恰到好处地爽脆适口。泡汁即使没有生白坏掉,太陈旧也泡不出好味道,因此一年里母亲会几次倒换新的泡汁。真是泡菜坛中物,块块皆辛苦! 我家餐桌上除了新鲜泡菜,更常备切成碎丁的炒泡菜,其中用量最大的,一定是豇豆。

母亲还有一口颇大的砂锅,是专用来制作卤肉的。锅里的卤汁,最早的根源,据说是我家从重庆迁到北京不久就有的。我常见母亲把砂锅放在厨房灶眼文火煨炖,一旦微有沸腾声,便及时熄火,当然随着取食其中的卤肉,会再往砂锅里续进新汁,新汁是另锅炖出的肉汤,配以各种佐料,这样,总体而言,锅里的卤汁总保持着无可取代的陈年魔力。锅里的卤肉当然会不时更新,铁打的卤汁流水的肉,卤好的肉取出切片,放在盘中色泽鲜丽,还未进口,已令人垂涎。都用什么肉来卤呢? 猪肉、牛肉,都不带一点肥,纯用瘦肉,另外的食材只取三样:猪心、猪肝、牛舌。

母亲还常年制作豆豉。干豆豉黑色,我家餐桌上四季常备油炒过的黑豆豉。特别值得一提的是水豆豉。水豆豉一般在夏季制作,母亲会在一个大细竹筐箩中,用大幅豆包布盖住煮熟的新鲜黄豆,让其发酵,一两天过后,若掀开豆包布一角看去,不懂行的或许会吃惊:"呀,长出霉丝了,这东西能吃吗?"若掌握不住分寸,那真就不能吃了,但母亲总能在恰当的时候,将产生出黏液的裂开的豆瓣取出,再加上盐、碎花椒、姜屑、芝麻大小的辣椒屑,制作成带水浆状态的食品,这就是水豆豉。母亲会把成品装进一个陶罐,每餐倒出一碗,放入一只汤匙,吃饭的时候,可以舀出来直接吃，也可以拌饭、拌面，或涂抹在馒头片上吃。水豆豉的外观，在杏黄色的豆瓣上，显现出许多芝麻大小的辣椒屑，十分可爱，而所发散出的气息，具有异香，令人胃口大开。

母亲制作的三种常备菜，是家庭亲情的凝聚物。父亲1951年参加赴湖南的土改工作队半年，回家后第一餐，就要求母亲搛出一大盘泡菜，母亲问："湖南不也有泡菜吗？"父亲答："那个自然，也很好吃，不过我今天就要吃你泡的，要横扫一大盘！"母亲又道："原来你想念的，只是泡菜！"父亲便答："是呀！"说完他们相视而笑。姐姐考上了哈尔滨的大学，暑假回家，母亲要给她烧条鱼，姐姐说：不要！我只要咱们家的老三样！果然，一盘泡菜，一盘卤肉，一小碗水豆豉，连主食也免了，吃完她三赞：爽死了！香死了！美死了！

母亲好客。亲友们来了，总是留饭。有的亲友会说："您别麻烦了，咱们出去吃馆子吧，我请客！"母亲就总用一句话怼过去："哪个说的哟？"这句话用四川话道出最传神，含义很丰富，包括以下诸种意思：既来我家，当然由我招待；馆子里能有什么好吃的；别跟我争了，等着我的美食吧！后来，对某些客人，她用普通话发音说这么一句，也很有征服力。凡在我家，享受过母亲厨艺的亲朋来客，都会得出相同的结论：确实比餐馆的好吃，而且有特色！

父亲有两个同乡发小，都姓陈，一位陈伯伯是造纸专家，另一位是汽车发动机专家，他们一起从旧社会迈进新社会，互相关怀，互相勉励。每隔两个来月，星期日，二位陈伯伯就会来我家，跟父亲欢聚，他们三个聊完天，便一起玩叶子牌。那是一种长条形的、散发出浓郁桐油味道的乡土牌具，牌上有描画得很粗犷的红绿色圆点，也不知那牌的游戏规则是什么，他们总是玩得很开心，还会儿童般争执起来。他们玩牌的时候，母亲就在厨房中忙活，往往一个灶眼不够，就另升一个小炉子，双管齐下，于是我也就明白，母亲的厨艺，亦是维系友情的胶带。两位陈伯伯往往一早就相继来到，那天我家会吃两顿饭，一顿在十点以后，都是母亲自制的成都小吃。父亲和两位陈伯伯先是就着母亲制作的一大盘夫妻废片（常被写作夫妻肺片，其实食材中无肺），喝红星二锅头酒，另有一盘佐酒的，往往是凉拌白菜心，周遭环绕着月牙般的松花蛋瓣；酒喝得差不多了，供应主食，先是一人一小碗龙抄手，然后是钟水饺、担担面，最后是赖汤圆，也许还会一人一个叶儿粑。第二顿则要晚上六七点钟才开饭，午前虽然吃得饱足，到那时两位陈伯伯往往忍不住声明：饿了饿了！他们点名要我家的老三样，好开始喝酒。晚上这顿他们喝烫好的黄酒，母亲切好卤肉，总要细心摆盘，把肉片、猪心片、猪肝片、牛舌片切得大小得宜，摆成花样，就会听见一位陈伯伯大声发言："何必像餐馆那样打荷！"但母亲却固执地一丝不苟地像绣花那样摆盘上桌，并且警告："浅尝辄止吧！后头好吃的多呢！"后头好吃的确实让他们目不暇接、口不暇品。我记得的下酒菜有白斩鸡、油炸花生米，热菜会有红薯垫底的渣肉（米粉肉）、麻婆豆腐、豆瓣鳜鱼、虎皮尖椒、樟茶鸭、清炒豌豆苗……汤会有《红楼梦》里提到的虾丸鸡皮汤，最后会有一道甜食，比如拔丝山药或者八宝蒸饭。虽然大都是川味家常菜，可琳琅满目一桌，确实在大快朵颐之后，余味无穷。

　　我父母都是四川人，口味自然长期嗜辣。我们兄姊弟从小也习惯吃辣。曾有人问我：你母亲会自制肉松、果酱，那样的美味，你会不会偷吃？回想起来，因为母亲实在厨艺太高明，那类成品于我而言，并无强烈的诱惑力，倒是母亲隔段时间便会制作一次油辣子，往沸腾的豆油里，倒入她配置好的辣椒末、花椒末，还略加盐糖，炼出的油辣子极香极爽，待她将炼好的成品装入一个带盖的小陶罐以后，温度降到微热，趁她眼错不见，我会掀开罐盖，罐盖上有一缺口，插入的配套陶勺勺柄伸在外面，我以极快的速度，扏出一勺油辣子，放入嘴中，以舌搅动，啊呀，那种快感，难以形容！我曾经就是那样的一个嗜辣少年！只是，也许是在北京居住得久了，兼年龄增长身体变化，到20世纪末，我竟变成每当餐厅服务员询问："有什么忌口的吗？"便回答："免辣。"或："只能微辣。"如今年轻一代，无论东西南北，似乎多爱吃辣，以至于一度无辣不成菜，无辣不成馆。东北女士，会热爱毛血旺、水煮鱼，江浙女孩，会迷上巴蜀烤鱼、麻辣火锅，去北京东直门内簋街，会闻见满街的麻辣小龙虾气息。

　　曾有位姨妈，对我喟叹："你呀你呀，看你以后离开了家，还怎么吃得下饭哟！"事实也并未如她设想的那么糟糕，我十八岁离开父母，独自生活，很快也就适应了公共食堂。当然，我会偶尔思念母亲的厨艺。梦中出现次数最多的，是一菜一汤。菜是夹沙肉，就是用纯净的肥猪肉，切成片，再剖开，镶嵌进甜豆沙，蒸熟，肥而不腻，咸甜交集，真乃超级美食。汤是酸菜豆瓣汤，将蚕豆（四川叫胡豆）去皮分成薄瓣，投入事先煮妥的酸菜汤里，酸菜只取叶片撕成小块，汤是煮过猪骨头的高汤，待汤呈乳色，豆瓣恰好熟透而又没有煮化，舀出一碗，先嗅，再舌尖试尝，再用汤匙舀着细品，哎，此汤只应天上有，人间哪得几回享！

父亲在新中国一定级，就是行政十二级，工资一百二十几，这待遇一直延续到他 1978 年去世。我的哥姊陆续自立，1960 年前我家平时就三个人吃饭，生活是富裕的。父亲爱吃西餐。他很长时间在东长安街南边的海关总署和贸易部上班，下班一过马路，就是王府井，那时东安市场里有三家西餐馆——和平餐厅、和风餐厅、起士林餐厅，父亲是常客，也带我去过几次，但母亲一次也未去过，她一生都固守一个信念：哪个餐馆的菜肴也比不了家里的烹饪。她一生与父亲同甘共苦，不离不弃。父亲既然爱吃西餐，她也就尝试在家里为父亲烹制西餐。记得她有时会为父亲制作西式土豆泥、酸黄瓜、腌甜菜，她烹出的罗宋汤，令父亲赞叹，说是比西餐馆的还好！我也就憬悟：母亲的厨艺，也是她和父亲爱情的延伸。1960 年后父亲调到张家口解放军外语学院任教，那时候张家口是苦寒之地，加上遇到供应困难，一般家庭都觉得巧妇难为无米之炊，但母亲却非常乐观地随父亲在那里生活。寒暑假我会从北京去张家口看望他们，惊讶地发现，母亲仍有施展厨艺的机会。部队供应比地方强些，有时会分到带鱼，那些带鱼都十分瘦薄，头尾剁掉后所剩无几，左右邻居都把鱼头剁掉抛弃，母亲劝阻了他们，并以身作则，将那些鱼头鱼尾烹制成酥脆味浓的下饭美食，分给邻居们品尝后，各家主妇纷纷效法，都赞真妙！那时父亲有黄豆的特殊供应，母亲制成豆豉，喝杂粮菜粥时佐餐，味道极好，也曾赠送邻居一些，皆大欢喜。因为 20 世纪 30 年代父母和三个哥哥都在宁波居住过，所以母亲会制作宁波汤圆，若有人能够给她提供麦苗，她还能制作青团，不消说都非常可口。

母亲将她的部分厨艺，传给了嫂子、姐夫和我的妻子晓歌，20

世纪末,一位后来成为华裔法籍剧作家、画家的高先生,是我安定门居所的常客,晓歌烹制出的罗宋汤,令他一唱三叹:"漂亮!漂亮!漂亮!"那是他的口头禅,凡他所推崇的人物、作品、事物,总会使他祭出这一赞语。他那时是搞外事工作的,也经常出国,对西餐是不陌生,有评价权的,他就询问晓歌:"从哪个洋人那里学来的?"晓歌如实相告:"是孩子奶奶教会的。"

父亲去世后,母亲在我两位哥哥、一位姐姐和我家,轮流居住。我们当然都不会再让她给晚辈做饭,但她往往技痒,还是要时不时露一手,但孙辈,比如我儿子,在吃了她烹出的菜后,会私下问我:"你总说奶奶烧的菜好吃得不行,怎么我吃着也平常?"哥姊和我都心知肚明,那是因为母亲年事高了,她的视力、嗅觉、味觉都衰退了,烹饪时已经难以准确把握食材、火候、咸淡,但我们绝不对年迈的母亲的厨艺提出意见,我们吃下的,是养育之恩,是浓酽的亲情。

中国传统文化,其中家庭文化是重要的组成部分,而家常菜,又是家庭文化中极其重要的一项,不是我刻意要将母亲的厨艺价值拔高,我是真觉得那是一种融进亲情、友情、爱情,乃至邻里情、乡土情、民族情的既平凡又神圣的文化存在。

昨夜梦中恍惚又回到父母家中,我跟母亲说:又有新书出版,又有稿费到账,我请二老去便宜坊吃烤鸭!于是母亲那微笑的面容又呈现于眼前,而且分明听见了那句熟悉的回应:"哪个说的哟!"

　　　　　　　　　　2022 年 6 月 5 日小区封控足不出户中写成

1952 年与母亲在颐和园

炒米糖开水与糖瓜儿

我的童年是在重庆南岸度过的。2019 年冬,我曾去探访童年的居所,虽然重庆整体变化巨大,但我家曾居住过的南岸狮子山上的海狮路,可能是等待整体改造的原因,一时还大体保持着古旧的面貌,有些破败的空屋,被攀缘植物覆盖,看去倒也别有情致。我找到可能是七十年前居所的位置,童年往事,涌上心头。

1950 年初,我家在重庆度过最后一个春节。海狮路是山上小路,鲜有小贩游走,所以那时候我很难吃到货郎叫卖的零食。但是那一年的春节,我家居所的篱墙外却传来"炒米糖开水"的吆喝声,我闻声冲出篱门,母亲随后,母亲给我买了一碗,其实那食物成分真的很简单,就是先抓一把炒米在碗里,再舀一小勺白糖,然后冲上滚开的白水,我也不用勺子,就捧着碗呼噜呼噜地享受,那真是终生难忘的春节美食。

重庆解放,我父亲刘天演被吸收为接收重庆海关的小组成员,随即宣布,北京成立新中国海关总署,他被任命为人民海关统计处副处长,这样,我们全家就随他先乘轮船沿长江而下,过三峡,至武汉,再乘火车,到达北京,住进了钱粮胡同海关大院。我少年时代的春节,就都是在那个地方度过的。记得那时候钱粮胡同西口外,总摆着一个卖零食的摊档,母亲给我的零花钱,大部分花在了那个地方,摊上的零食,记忆深刻的有:半空花生米、山楂卷、杏子脯、酸枣面、柿饼儿、棒棒糖、糖葫芦、没有糖纸的外表是珠光色的小人酥……但是头次去问有没有炒米糖开水,摊主竟听不懂,解释后,他笑了,拿出炒米球来说:"有这个,你拿回家沏开水吧。"我心里很失落。

但是那个摊档,在春节期间,却会增添若干我在重庆时没有见识过的美味零食,其中最吸引眼球和味蕾的,是关东糖,也就是麦芽糖。麦芽糖会制作成各种形状,条状和圆柱状最常见,最让我动心的,则是糖瓜儿。春节期间那摊档上的糖瓜儿,摆得高高低低,向两边延伸,有的白花花,有的黄灿灿,小的糖瓜,只有杏子、蒜头那么大,然后有茶盅大的、橙子大的,以及跟甜瓜一般大的,甚至有一个大得跟南瓜一般的,摆在最高处,好像直到元宵节后才消失,大人告诉我,估计并没有卖出,而是最后化为糖稀了。糖稀,就是熔成浓浆状的麦芽糖,盛在一个大陶砵里,上面盖着一块玻璃板,摊主准备了许多截成二寸长的秫秸秆,卖得最便宜,只需给摊主100元(相当于币值改革后的一分钱),他就会把玻璃板推开些,用那秫秸秆,在陶砵的糖稀里转动一圈,取出来,秫秸秆上就形成一个糖球。哎,那些年春节期间,我和胡同里的孩子们,几乎天天要去那摊档,用100元小纸钞换一球糖稀,接到手,迫不及待地就用舌尖去舔,天下美味,这个第一!

糖稀解馋,却并不能满足节期的欢乐欲望,于是就无限向往糖瓜儿,糖瓜儿的价格就需要家长出面了。记得到北京的第二个春节，母亲不但给我买了一个甜瓜般大的糖瓜儿，还给我买了一个鲤鱼提灯，我就在大院里，左手提着烛光闪亮的鲤鱼灯，右手握着大糖瓜儿，得意扬扬地巡游，惹来若干同龄人羡慕的眼光。

按旧时风俗，麦芽糖最适宜在腊月二十三那天食用，那一天家家要祭灶，送灶王爷上天述职，希望灶王爷"上天言好事"。要灶王爷言好事，求求他就行了呗，古人真狡黠，干脆替他吃麦芽糖，把他的牙齿口舌粘住，这样他就不会把家里的糗事坏事跟玉皇大帝汇报了，其实，好事善事也就都无法上达了。母亲把这个风俗来由讲给我听，说完忍不住笑，我是新时代儿童，当然不信什么灶王爷，那糖瓜儿，腊月二十三也没舍得吃，直到除夕那天，才在午餐后享用了。

今年春节的饹馇盒

　　儿媳妇说，要给我网购饹馇盒，被我制止了。儿子儿媳妇都知道，近十来年，每逢春节，我都喜欢在喝小酒的时候，拿饹馇盒下酒。那饹馇盒都是我的村友三儿送来的。今年三儿所在的顺义区，有几个村出现疫情，一度被宣布为高或中风险地区，虽然三儿所在的村子离那些地区有十几公里，也实施了严格的管制措施，号召村民轻易不要外出，有特殊事，进村出村都要出示手机上核酸检测阴性字样，今年，三儿不可能给我往城里送饹馇盒了。

　　我跟儿子儿媳妇说，这些年来，每逢春节，我依恋三儿自制的饹馇盒，饹馇本身的美味固然是一个因素，更重要的，是享受一份浓酽的友情。自从世纪初我在那乡村辟有温榆斋的书房，得以跟三儿相识相交，他唤我刘叔，叔音拖长，我唤他三儿时两字融一音，京韵十足。我近十几年的散文随笔，取自与三儿闲聊得来的素材真不老少，跟春节有关的就有：《散灯花》《大头娃娃舞》《舞龙尾》《大吉鱼》《踩岁》《刺猬进村》……

　　三儿曾是村里农机队的驾驶员，那时候他二十郎当岁，高高的驾驶台上一坐，手握方向盘，大田上驰骋，是他美好的回忆。他说他那时特别喜欢干青储的活儿，而我也特别喜欢青储的气息，叔侄的爱好重叠。青储，也就是青储饲料，把玉米等农作物在未完全成熟时，带青地收割粉碎，然后运送到专门的青储坑，坑底是坡形的，运料车一开始能够直接开到最深处，一车车的青储料运进去以后，要一再地压挤密集，直到彻底储满。这些青储料是供应奶牛食用的，尤其在漫长的冬季，奶牛全靠这些青储料，才能给我们酿出优质的乳汁。在青储坑库边，有股气息非常浓郁，那是因为青储发酵得非常充分，接近美酒的醇厚，但美酒却没有青储那种令人如置身田野青纱帐里的嗅觉感受。哎，多么美好的青储香啊！

　　总觉得，三儿本人，也总氤氲出一股青储的气息。我老伴患病时，他送来他媳妇精心制作的十字绣，是翠竹玉鸟的构图，左下角绣有"竹报平安"字样，三儿跟我说："要念'个个报平安'。"我老伴不幸病故，他赶进城，进我家一把攥住我双手，重复一句感叹："这是怎么说的！"后来，央视科教频道约我去《百家讲坛》录制关于《红楼梦》的节目，开头我犹豫，三儿跟我说："刘叔你去讲吧，讲你喜欢讲的，你就不打蔫啦！"三儿就开着他那辆低档轿车，陪我入住五棵松影视之家，每天下午开车送我去几公里外的一处棚里录节目，因为他那辆车低档，长安街禁行，本来沿长安街去录制处最便当，他却必须开那车绕行。有一天快到目的地，路口变换红灯，三儿及时刹车，一辆奥迪车却忽然追了我们车的尾，震得我哇呀一声，三儿忙问我有没有事。那奥迪车主自知有责任，下车来塞给三儿一百块钱，三儿下车看看，他那车倒也皮实，跟那车主说："你是啥官儿啥老板啊，你急碴儿啊，你要把我刘叔震晕了，录不成节目，你赔个底儿透吧！"但那天我只是虚惊一场，录制节目照样侃侃而谈。五棵松的影视之家设施也就一招待所水平，但那时每到春节前，就会有一些录制春晚节目的明星入住，在那儿电梯里，我跟三儿就曾跟小沈阳挤在一起。在食堂进餐，三儿会指点："啊，那不是郭冬临嘛，那是黄宏啊，那是蔡明吧?"很高兴。但是，他最高兴的，还是能跟《百家讲坛》的其他讲师同桌进餐，他特别喜欢其中一位的幽默谈吐，几年过去，他还曾跟我学舌那位的妙语。而名气越来越大的讲师，有的偶然遇到我，还会回忆起在影视之家的时日，问："你那司机三儿呢? 他还好吗?"当我谦称"三儿的车实在太低档"时，一位慨叹："我宁愿也坐他的车去棚，好淳朴的汉子啊!"

三儿年年春节自制饹馇盒。饹馇盒是饹馇的一种。饹馇盒的原料主要是豆面。一次我跟三儿在超市购物，那里陈列出透明塑料袋包装称量好的饹馇盒，三儿望了望，不仅鄙夷，简直是愤怒。他说那就不该叫饹馇盒。看样子，我要买那东西他就一定跟我绝交。三儿说超市里说是饹馇盒，其实不合格。他说："第一，看得出是用黄豆面做的，还掺了面粉;第二，火候全不对，要么过火了发暗，要么欠火候泛白;第三，卷起的豆皮太厚。"三儿自制饹馇盒，原料用的是纯粹的绿豆，先把绿豆泡软，摇成分离的豆瓣，再用小磨磨成汁，再用那汁晾成豆皮……他说虽然他家一贯以最后炸成饹馇盒为主，却也试过别的种种做法。他说这种食品最早应该出现在唐山，是满族人的发明，据说曾有人设法将醋熘饹馇做法传入宫中，一次御膳房大胆将这道食材便宜的菜摆上慈禧太后的餐桌，慈禧觉得眼生问那叫什么。服侍的太监回答还没取名儿呢，老佛爷您尝尝，给赐个名儿吧，捧过去，慈禧一尝，很可口，说:"搁着。"意思是别拿走,说不定我还吃。太监就把那盘子搁在了餐桌首端,而且觉得老佛爷赐名儿了,发音是"搁着",写出来就可以是"饹馇"。饹馇的原始状态,可以是圆饼状,再切成片状、条状、菱角状,可用于烧炒烹炸,把条状的卷儿下,炸后类似小盒子形态,就是饹馇盒。饹馇盒可以是纯豆面无添加,也可以再添蔬菜和肉类制成带馅的。可以炸成咸的,也可以夹豆沙炸成甜的。三儿虽然也会偶尔炸些荤的甜的,也孝敬过我,但他擅长的,我最喜欢的,还是加蔬菜素淡微咸的那种。三儿在绿豆面中,均匀掺入胡萝卜丝和香菜叶,他炸出来的饹馇盒,金黄透明,脆薄香酥,能看出有胡萝卜丝,那胡萝卜丝跟红丝线似的,镶嵌在豆面皮里,可见他切胡萝卜丝时刀工多么精妙,而显露于豆皮上的香菜叶,却又绝不损坏其形,保持着小绿巴掌的美丽形态。

　　三儿1961年生人,属牛,转眼他就入花甲之年了。有意思的是,他媳妇跟他同龄,他们二十四岁生下儿子,他儿子儿媳妇同龄,又在二十四岁时给他们生下孙子,算起来,一家子五口全属牛。我跟儿子儿媳妇说,别给我网购饹馇,但是,请他们从网上给三哥家里递去2021年的一种大挂历,我从网络上看到,今年牛年嘛,那挂历十分应景,上面的图画,全部取材于故宫博物院珍藏的唐朝韩滉的《五牛图》,送给三哥,太贴切了!儿媳妇一向负责网购,就说要订两份递去,因为她知道三哥儿子一家已经迁到县城里居住,这样村里老家和县城新家都有《五牛图》挂,祝他家牛气冲天!说起来,三儿的儿子儿媳妇结婚,就在村里他家搭的喜棚,从屋里、院里再到院外,摆了一天流水宴,请我当的证婚人,他们请的婚庆公司,那位司仪女士能说会道,特善于营造喜兴诙谐气氛,我努力配合,效果挺不错。后来三儿把红封套的纪念光盘给了我,光盘里从迎亲车队启动一直录制到流水宴全程,我回城在家里放映,那时候我老伴还没病危,她跟我从头看到尾,现出灿烂笑容,看完说,里面三儿向新婚夫妇引见,让他们叫我爷爷,那个片段看得她心里甜,却想哭。后来三儿说,他们全家都爱看那张光盘,胜过喜欢看我在《百家讲坛》的视频。三儿孙子的名字是我取的,如今一晃,竟已快小学毕业。

由于一些原因,主要是我步入老年,村居多有不便,城居诸事,尤其是就医便当,城里的一处书房,也就叫成温榆斋。三儿去年春节前,还曾进城来,给我送来几斤饹馇盒,还有我最爱吃的、他跟媳妇亲自制作的炸豆腐,我照例留他一起喝酒,留他住一宿,待酒醒再让他开车回村。我儿子儿媳妇从他们住处过来,操持餐饮,陪三哥喝酒聊天。那晚事后,儿媳妇评价说,三哥喝高了,我喝得微醺正好。三哥在我那温榆斋喝茶,脸上酒晕如花,望望摇头:"这儿哪能也叫温榆斋呢?温榆河的影儿在哪儿呀?刘叔,真想你还在村里的书房敲电脑,原先咱们晚巴晌常去的小中河、柳堤、藕田,如今都改造成湿地公园了,你走不动,我给你推轮椅!"但是,没想到他刚回村没几天,疫情就爆发了,而且,一直延续到如今。

三儿提前打电话给我拜年,说专门洗净晾干了一个陶罐,把今年春节炸的饹馇盒,给我装满一罐,等疫情过去,就开车给我送来。

我殷殷期待着。

2021 年 1 月 27 日　温榆斋

2019 年 1 月 29 日与张三合影

广慧庵门前的怀念

北京植物园刚刚更名为国家植物园北园了。我很爱这处地方。它的北边是一座有数百年历史的卧佛寺，西北有樱桃沟风景区，寺东有利用原僧房改造成的宾馆，名曰卧佛山庄。我多次自费入住卧佛山庄，享受那一派幽深雅静。今年春天疫情稍缓时，助理焦金木陪我到那里小住，除了看花品茶，他对我偏要到寺西一隅去寻找一座广慧庵，大惑不解，因为在游览指南上，并没有广慧庵字样，以至于终于找到，竟是一所机构：中国农业科学院蜜蜂研究所。我在门前徘徊良久，感慨万端。

我的一位姨妈，名叫王永强，这名字挺男性化是吧？那是因为，他们王家是个大家族，到她这一辈，排行永，最后一字，规定一律要木字偏旁，女性把"桃李杏梅杨柳榆楸橘橙柑柚椰樱榴檎"……男性把"树林松柏槐椿枫材棕桐檀榕栾臭桑采"……几乎全都用上了，只有棺材的棺，那不能用，樗树因为是臭椿所以樗不能用，到我这位姨妈落生，父母觉得木字边的好字眼已经被家族用尽，因此干脆弃木而给她取名为强。这位姨妈，大学学的植物保护，后来在农科院搞研究，创办了《中国养蜂》杂志，1958年在杂志基础上组建了养蜂研究所,1960年在党和国家领导人朱德的亲自过问下,将卧佛寺西边本来驻军的广慧庵,腾出让养蜂研究所使用一直延续至今,定名更加准确:蜜蜂研究所。

　　王永强姨妈应该是新中国蜜蜂研究的元老之一,她长期担任《中国养蜂》杂志主编,说是主编,其实,我的印象里,从组稿、审稿、定稿、排版、校对、选择封面照片、下厂付印……她忙得团团转,有次母亲约她来我家吃晚饭,她到得很晚,说是去邮局给杂志的作者们汇稿费去了,母亲笑她:"你真是全挂子本事啊!"她乐乐呵呵,满脸放光。她自己也撰写关于养蜂的论文,记得有篇论文,配的有表格、曲线图、饼图什么的,发表在《人民日报》上,占了一整版,刊发后,很快有几个国家的科研机构来联系交流事宜。那时候卧佛寺以南刚辟为植物园,总体还很荒芜,公共交通也远不如现在这么发达方便,她上班要先从东城坐公交车到西直门,再乘郊区车到卧佛寺附近,再步行二十多分钟,才抵达广慧庵。下了班,再这么跋涉一番,但她对养蜂研究乐此不疲,毫无怨言。只是有一回我问她卧佛好不好看,她才"啊哈"一声,笑道:"你看你看! 我天天在卧佛隔壁,偏还没有去拜见过吧!"

　　从王永强姨妈那里,听到许多关于蜜蜂的知识。古人咏蜜蜂:"采得百花成蜜后,为谁辛苦为谁甜?"常引出今人许多喟叹。姨妈却很理性地告诉我:蜜蜂分三种:蜂王、雄蜂、工蜂。蜂王养尊处优,吸食蜂王浆;雄蜂的使命则是与蜂王交配以衍生族群;其余众多的都是工蜂,采百花成蜜,是它们一生的辛勤,只有工蜂生有蜇刺,但遇到危害以蜇刺自卫的同时,它们也便捐躯。我说要学工蜂的辛勤劳作,鞠躬尽瘁,死而后已。姨妈颔首,却也笑着告诚:"不要以为工蜂就是钻花心,有时候,它也还到茅坑里采一点无机盐呢!再说了,蜜蜂的社会有一套复杂的伦理秩序,最好不要简单地拿蜜蜂来做类比!"

王永强姨妈于 1990 年因心梗去世。她一生也有不少的颠簸、坎坷、烦恼、欠缺,但她走过的人生之路,没有哪一段哪一步是白走的。忆念起她,脑海里就常常出现寒冬腊月,她穿着棉猴,裹着围巾,步行在大马路与广慧庵之间的丛林小径,天气是严寒的,她身躯里的心是火热的。我过去的人生之路,有着她的启发,如今我寿数已超越于她,在这世间走过的路,又何尝是白走的呢?愿我人生最后一段路,能再多少留下些有价值的足迹。

瞿独伊孙维世合影

　　建党百年之际，根据《中共中央关于授予"七一勋章"的决定》，百岁老人瞿独伊荣膺"七一勋章"。报章上刊登出瞿独伊近年照片，精神矍铄，真个是"眼里有光，心中有信仰"。

　　我少年时代，家里除了照相簿，还有一个硬木匣子，里面保存着一批老照片，多是我家前辈亲属的留影，但在那些照片里，有十数张却是血亲以外的人士，其中就有瞿独伊的影像，不是独照，是合影，跟谁合的影？孙维世。那些照片里，不但有孙维世与她的合影，还有与张梅的合影。都是在莫斯科拍的。构图，都似乎是一人坐着、一人站着，依偎在一起，孙维世则总是站在右侧高出半头。

　　瞿独伊孙维世那张合影背面，有孙维世的亲笔题记：

　　　　亲爱的妈妈：在我旁边的这个姑娘叫独夷，是烈士瞿秋白同志的女儿，她会唱歌会跳舞，比我小一岁，现在可以同我们讲中国话。妈妈：把我们的快乐带给你！你的兰儿。二月二十一日。

孙维世把瞿的名字写成"独夷",显然是笔误。题记有月日,却无纪年,经推敲,孙维世 1939 年随周恩来从延安飞苏联,先到莫斯科东方大学,后到莫斯科戏剧学院学导演,这张照片,应该是拍摄于 1940 年或 1941 年初。瞿独伊则早在七岁时就在苏联生活,俄语已经成为其日常用语,所以孙维世去了以后,欣慰地告诉母亲,独伊现在可以同她讲母语了。

孙维世的照片,分明是寄给她母亲的呀,怎么会跑到我们家照片匣里了?长话短说:孙维世的父亲孙炳文、母亲任锐,1913年在北京什刹海前海北岸东侧的会贤堂举行婚礼,我祖父刘云门是证婚人。1922 年孙炳文和朱德赴德国前,曾在北京我祖父位于什刹海前海北岸东侧的居所小住。他们到达柏林后,由周恩来介绍加入共产党。1925 年孙炳文回北京后,在繁忙的革命活动中,发现一位二十岁的女性王永桃遭遇不幸,就和任锐伸出援手,将其接到家中,因他们很快又往广州参加孙中山领导的革命,就把王永桃妥善安置到任锐妹妹任载坤家暂住。任载坤是哲学家冯友兰的夫人,后来王永桃转往山西太原其叔父处,她的恋人奔到那里迎娶了她,那就是我的父亲和母亲。1925 年底孙炳文到广州任国民革命军总政治部上校秘书兼中山大学教授,此前我祖父已在中山大学任教授,他们仍是忘年交(孙比我祖父小十岁)。1927年孙炳文在上海被蒋介石杀害。1936 年任锐加入共产党,1938年和三子孙名世到达延安,母子同在延安抗日军政大学学习。1939 年任锐被组织分配到四川璧山第五儿童保育院工作,后到重庆八路军办事处图书馆工作。1938 年孙炳文和任锐的长子孙泱及大女儿孙维世也到达延安。孙维世在苏联期间,当然会给母亲寄信寄照片。1939年起任锐在璧山第五儿童保育员和重庆八路军办事处工作,那时候我父亲是重庆海关职员,家住南岸狮子山,想必就在那个时间段上,任锐把一些她的私人相片,包括我祖父证婚的结婚照、孙炳文和她婚前婚后的一些照片,以及孙维世从苏联寄给她留念的一些照片,都交给了我父母保存。1941年她回到延安,任陕甘宁边区政府监印。孙炳文任锐一家,均为共产党员,满门忠烈。三子孙名世1948年牺牲在辽沈战役。任锐1949年4月到达天津,本应进京参与开国大典,却积劳成疾溘然逝世。1966年长子孙泱、1968年孙维世相继牺牲。次子孙继世为党工作至2008年去世。小女儿孙新世近年来还同我保持联系,世交相称,已经95岁。

这张瞿独伊与孙维世的合影,我早在1987年,就在《收获》杂志开辟《私人照相簿》专栏时加以披露。1988年香港南粤出版社、1997年上海远东出版社、2007年华龄出版社出了单行本,1993年华艺出版社出版的《刘心武文集》、2012年江苏人民出版社出版的《刘心武文存》、2016年译林出版社出版的《刘心武文粹》都有收入。这张照片上的两位女子,当时正是花样年华,一位已经仙去,一位依然健在,她们的生命,都已融进了百年党史。

2021年7月6日

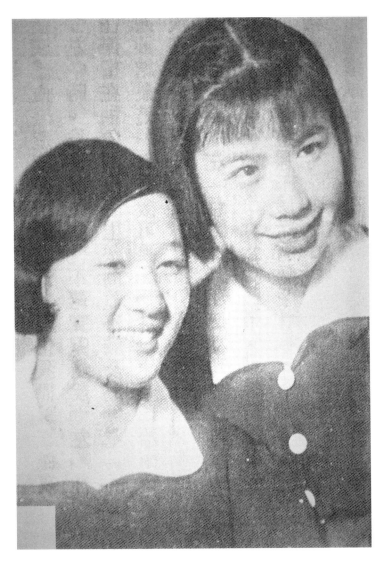

瞿独伊与孙维世合影

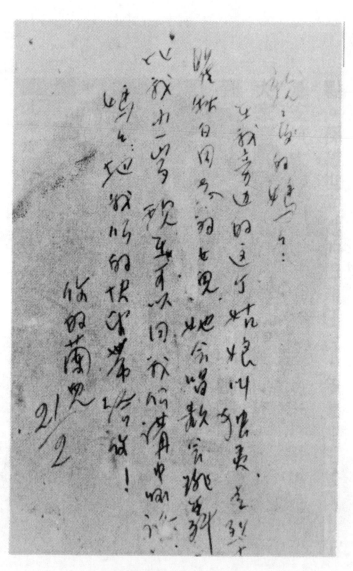

瞿独伊孙维世合影背面的题字

汪曾祺想写未写的小说

20世纪80年代初我常和汪曾祺、林斤澜一起参加笔会、游览各处,记得去过四川、陕西、河南。因为我跟林斤澜交往更深,习惯称他为林大哥,汪曾祺虽然只比林大三岁,我随其他年轻作家称他汪老。那年头电视里热播香港徐小明执导的连续剧《陈真》,汪老在聚会时,总不免用鸭舌帽下的眼睛瞥瞥我,然后抿嘴笑,口中呐出:"陈真,唔,陈真。"他认为我极像那电视剧里扮演陈真的演员梁小龙。林大哥呢,因为我们无话不谈,他告诉我曾跟戴爱莲学过芭蕾舞,我也告诉他曾攒起母亲给的零花钱,偷偷去什刹海的"四维武术社"学过武术。那一年我们结伴游少林寺,观看武僧表演,林大哥后来在一篇散文里这样记叙:"压轴节目有气功扣碗,把个海碗扣在光肚皮上,运气,另一武僧手抓碗底,怎么也抓不下来。请观众上场试抓,一'夹克'敞胸,甩膀叉腿,年近天命的汉子,走到扣碗武僧肚皮前,蹲裆马步,推拿云手,五魁龙爪……这位面善?却原来心武老弟。只见入静,定神,运气,发功,只是动那个碗丝毫不得。另一武僧来到心武身后,两手搂住腰肢,合力后拽。不过那碗底是毫厘之地,五爪如龙也咬不住,忽然脱手,身后的武僧一跃闪开,心武'哐啷'后仰,快着地时猛一鲤鱼打挺,躺在地上的姿势确实'卧如弓',不是随便摔在那里的。我们立刻鼓掌助威。"

这篇文章,是呼应我 1992 年在《夜光杯》发表的《我的功夫》一文的,题目就叫《〈我的功夫〉旁证》,已收入人民文学出版社出版的《林斤澜文集》散文卷叁(第 226 至 227 页)。《我的功夫》其实是篇游记,主旨是宣传"中国功夫"通过李小龙银幕形象在海外形成的巨大影响。里面写到 1987 年我和李子云大姐一起晚上在纽约乘地铁,因为我作为一个壮年中国男子,颇有"功夫相",使得那地铁里的醉汉痞子望而生畏,令子云大姐安全感十足,等等。现在读到林大哥这段遗文,恍若隔世。我当年竟那么有派?又哪里有半点陈真的威武?林大哥美化了我,汪老谬赞了我。但还能记起,那天晚餐后在住处闲聊,汪老笑眯眯地说,我的表现,倒引出他的灵感,说可以写篇与《受戒》匹配的《拔碗》。《受戒》是写和尚恋爱的,那么,《拔碗》写什么呢?林大哥就笑着透露我小学六年级时的"秘史",说我从武术社师父那里学得点穴,竟在跟同学嬉闹时,点了一个同学的穴,弄得人家半天不能举臂,要害是,林大哥竟在那篇散文末尾写道:"点穴事件中的对方,是位女同学。"他在河南宾馆闲聊中,也就那样告诉了汪老,汪老再一次望望我,抿嘴笑:"唔,陈真,陈真前传……"我强调:"那同学并没有告到老师家长那里!"汪老就颔首:"那更有意思了。"我就苦求:"您可千万别写《拔碗》《点穴》什么的。"第二天见到汪老,我还恳求:"别写《拔碗》《点穴》啊!"更转求林大哥:"帮我劝劝啊!"二位只是微笑,竟都不给我句痛快话。

现在你检索汪老文集,并没有那样的文字,可见汪老想写而未写出,也未必是因为我的哀求,或林大哥的劝阻。其实作家取用素材,写出的人物就是独立的艺术形象了,现在有点后悔,当年应该力促他写才对,汪老有写作冲动却并未成篇,使我少了一桩特殊的念想,更是时下汪粉的极大遗憾。

远去近在维熙兄

10 月 28 日我在南方，午间小兰给我发来短信："心武，我们 11 号入住朝阳医院。今天老从昏迷状态中，我想还是应该告诉您。"虽然觉得此乃不祥之兆，我还是回复小兰："在外地。盼能好转。"心中搜索出几个重危病人从昏迷中好转的例子，确实对维熙的好转存有信心。但 29 日上午就得到陈国华消息："心武老师，今天一早接到钟老师的电话，我赶去朝阳医院，帮助穿衣服，送太平间。从老师最后走得从容，没有怎么受罪。"李辉也很快告知 11 月 2 日早上在八宝山有遗体告别追悼仪式。但我应约要做的事没有做完，实在无法赶回北京。做事时尽量抑制悲痛情绪，却不免还是难以达到本应呈现的良好状态。

维熙兄竟就此远去，去到那神秘的地方。所谓阴阳两隔，令我黯然泫然。

借到电脑，写此文章。从手机相册中，找出所收藏的一幅我九年前绘制的维熙兄打乒乓球的漫画。维熙身体一贯强健，而且坚持打乒乓，他怎么会就忽然远去了呢？更有 9 月 15 日，他去世前 43 天，我去他家看望他，我们的合影，看去气色甚好呀。

我与维熙兄,结识41年。先是神交,我记得少年时代读过他一本作品集《七月雨》,繁体字竖排,右翻页,书中氤氲出荷叶、荷花、莲蓬的气息。1978年我参与《十月》创刊,千方百计打听到他在北京的住处,去找他约稿。找到一个小胡同里一间小旧屋,只见到从伯母,说他刚回山西去了,我问清山西地址,给维熙兄写信,他马上回信,这之后,他情况大好转,我们才见的面。算是我给过他一滴水吧,他后来竟回报我一条友情之河。

曾写过一篇《烟后吐真言》,记叙的是,我大顺时,有人当众阿谀我,我竟以为是天籁妙音,维熙兄私下劝诫我:"那人靠不住的!今天如此捧你,指不定哪一天就踩你!"几年后竟果然应验。他给我一句诤言,我报他一树四季盛开的友情之花。

我们就这样保持着友情。四十年来,我们一直常通电话。常通电话算得友谊的象征吗? 我以为算得。有的人能在十年内彼此常通电话,有的人或许能坚持到二十年,但世事纷纭,岁月如筛,并不一定是有了矛盾,产生了龃龉,形成了隔阂,更不一定是因故反目,心生恶感,彼此嫌厌,仅仅是因为倦怠,因为淡定,因为自足,因为疏懒,因为反正还是保持着好感,若见到面也还可以热络,又没有什么非沟通不可的事情,也就渐渐地,从不再常通电话,到不再通电话。当然,近年来通电话也已经是很老旧的联系方式了,最方便的是互加微信,但我跟维熙兄却都不用微信。他是让钟紫兰用,我是让助手小焦用,人们有事可以通过小兰和小焦的微信跟我们联系,而我们两个老朋友,依然是互通电话,而且多用座机,形式很老旧,但我们保持四十年来常通电话,应该是河水长流、繁花不谢的友情延续吧。

我们有时通话简约,有时会煲电话粥,聊起来忘记了时间,那边常有小兰声音:"该吃饭啦!"我这边也会有阿姨提醒:"老爷子,汤快凉啦。"

聊些什么?他不会提及《班主任》,我不会提及《红玉兰》,他不会跟我忆念巴金,我不会跟他感念周汝昌,就是即兴开篇,七转八折,或大共鸣,或小争议,说到开心处,他的笑声短促而结实,说到感叹处,他的声调浑厚而悠长。

当然会谈论写作。他喜欢听我讲所熟悉的北京胡同生活,我跟他说我曾经居住的胡同里的小伙子,有叫踮子的,有叫毛桑的,有叫阿臭的,他那边就笑,觉得很好玩儿。我跟他讲到一个没落王爷的后代,拿一个小小的旧鸡毛掸子给我看,干什么用的?原来是,王府盛时,开满汉全席,一百多种菜一天里怎么品尝?吃完一顿,为把胃袋腾空,就用那小掸子伸进喉咙去催呕,呕尽了,好吃下一顿。维熙鼓励我写出来,我后来写了《王府喉掸》,也在一篇小说里把一个角色命名为阿臭。改革开放初期,维熙兄搬了新居,置了新沙发,那沙发底部有滚轮,他问我如果写小说写到这滚轮,应该怎么下笔,我告诉他,应该写成万向轮,他夸我能及时把握新事物,其实如今万向轮已经不是什么新事物了,维熙兄在只言片语中,鼓励我努力消化描摹新时代新生活的那种真诚,至今仍是我写作的助力。

在写作上,我们不仅不排斥新潮,而且也总是自觉地汲取新潮流中的营养,来丰满自己的文本。但总体而言,我们坚守写实。他主攻历史叙事,让人们不要忘记那些不该忘记的人和事。我主攻当下叙事,努力保持着与社会生活同步的表达。

　　我们一度都被动员到中国作协做事。他担任作家出版社总编辑，没有给自己出文集，更没有把自己的作品推荐去参评茅盾文学奖，也没有特意跟我约稿给我出书，他以博大的胸怀，容纳百花，扶掖新生代，而且力排非议，约请琼瑶到京，签下由作家出版社给她出文集的合同。他跟我说过，琼瑶的作品有人认为非纯文学，系俗文学，不宜由作家出版社来出，但他和社里人员做了调查，那时海峡这边有不少年轻人喜欢读琼瑶的小说，盗版的琼瑶书满天飞，要引导大陆年轻人读善本的琼瑶书，作家出版社来做这件事是有意义的。他唯一一次以作家出版社总编辑身份邀我参加的活动，就是跟琼瑶、平鑫涛伉俪的会面，我很高兴地参加了。那时我担任《人民文学》杂志的主编，没有特别跟维熙约稿，更没有刻意把他的文章放头题。友情是友情，公务是公务，我们分得明，拎得清。

　　后来我们都退了，退而不休，依然写作。但是我们都不喜欢热闹，不喜欢开会，不喜欢应酬。维熙比我长九岁，为人既刚直，也圆通，有的会议活动，他不想去，人家坚持邀请，他也就去一下，很快撤离。我理解他。我呢，性格孤僻，喜欢独来独往，害怕扎堆，甚至可以说有社交恐惧症，因此在拒绝会议活动上，会生硬干脆，很少将就。中国作协前一把手，曾因我拒绝开会一事，给维熙打电话，维熙为我解释，说我只不过是性格问题，我的不合群，并不意味着我反对什么，就内心而言，看看我的文字就可知，其实是很愿意与他人与群体亲和的，只不过是不适应某些外在形式罢了。那位前一把手就让维熙转告我，不去会上没关系，只要接受会议的名单安排就好。维熙转告了我，我不由感叹，知我者，维熙兄也。

9月15日那天去看望维熙,他见我去了,明显心情大畅,原来是坐在特殊的医用椅上,聊了一阵,起身挪到平时坐的椅子上,他倒关心起我的身体来,问我牙都还是原来的吗,又让小兰把一张《作家文摘》拿给我,原来上面有篇写谌容近况的文章。他说:"你看看,好久没有谌容消息,现在知道她挺好的。"是很欣慰的口气。这哪里有丝毫就要撒手远去的迹象呢?他自己病危,却还在关爱他人。善良、仁厚、利他、博爱,病魔怎么就舍得在43天以后,掠去这么美好的一个生命,让他竟远去不归!

那天小兰说,他们决定采取保守治疗,不手术,不化疗、放疗,我表示理解,我举出同楼邻居的例子,手术后本来还能吃东西,化疗后胃口全无,放疗后头发掉光,并无疗效且不论,患者的痛苦,是难以言喻的。维熙微笑地说:"我够本了。满足了。"他想写的,基本上都写出来了。他后半生有了夫人钟紫兰,生活质量达到最佳。他有读者群,有朋友,有知音。

国华告诉我,维熙兄走得从容,没怎么受罪,这大大缓解了我的悲痛。维熙兄远去了,却又仿佛还在近旁。真想再给维熙兄打个电话,我们还没有聊够。

2019年11月3日午夜

2019 年 9 月 15 日看望维熙兄

草草杯盘共笑语
——与燕祥兄最后一面

燕祥兄本月一日在睡梦中辞世。我和他及文秀嫂最后一次见面，是去年 6 月 25 日。那天中午在左安门旺顺阁一起吃鱼头泡饼。东道主是我的忘年交胡博士。他执意要请燕祥文秀伉俪吃一餐。那天我是陪客。

胡博士比我小十几岁，比燕祥小二十几岁，但那天一聚，他也是一谢顶凸肚的老人了，他在美国一所大学教物理，眼看也快退休了。

胡博士称燕祥世伯。新中国初期，中央人民广播电台成立，胡博士的父亲，跟燕祥都是第一批成员，很快谢文秀大学毕业分配到电台工业组，接待她的领导就是燕祥，谢文秀去得稍晚，但也无愧被称为电台元老，后来燕祥、文秀结为恩爱夫妻。

胡博士爱听燕祥、文秀话当年。他希望获得关于他父亲的详尽信息，但是他父亲与燕祥不在一个部门，而且论起来，级别还高些，算是电台领导层的。胡博士与燕祥夫妇交谈中多次提到梅益。我原来只知梅益是那本一度影响极大的《钢铁是怎样炼成的》的译者，我小时候就是读的他的译本，是从英译本转译的。按

现在的状况算,作者应该是乌克兰人,书里故事发生的空间主要
在乌克兰与波兰交界处,是一本乌克兰小说。从梅益他们又聊到
一些当年电台元老。有几年燕祥的工业组发声洪亮。他不仅写
了《到远方去》那样激情澎湃的长诗,记得我十四岁的时候读过,
就恨不得偷拿父亲的行囊,装满我的衣服书籍,直奔前门火车站,
登上西行列车,等到达西宁以后,再给父母寄张明信片,告诉他
们,我已经如邵诗人吟唱的那样,加入建设远方的宏丽事业中!
而且让我羡慕到十二万分的是,邵燕祥以诗的形式报道了工人们
架设高压线的壮举,那诗既在电台播出,也由《人民日报》刊登。
那时我想:今后我写作,也要写出这样风光无限的作品!

胡博士和燕祥夫妇聊到电台最初的办公地以及宿舍区,大体
而言是在复兴门外南礼士路一带。那个空间承载过燕祥夫妇青
春期的昂奋,以及胡博士童年的欢愉。

那天燕祥带了本签名的新书《昏昏灯火话平生》赠我。那天
我与燕祥文秀兄嫂的晤面,倒很切合王安石那"昏昏灯火话平生"
的前一句:草草杯盘供笑语。燕祥兄,你仙去得安详,好福气!

2020 年 8 月 3 日

1992年楠溪江上,(中)刘心武、(左)邵燕祥、(右)从维熙

我的一片游

电影界有"一片游"之说,指的是有人与电影仅有参与一部的缘分,比如《上甘岭》里女卫生员的扮演者刘玉茹,她在片子里唱了至今仍在流行的《我的祖国》(当然声音是郭兰英的),给观众留下鲜明的印象,但她那以后再没有在银幕上出现,属于典型的"一片游"。我也曾"一片游",游得惬意,游得过瘾。

那是 1983 年,当时我是北京市文联专业作家,忽然有一天电影局来人找到文联,说要借我加入中国电影代表团,到法国去参加南特三大洲电影节,文联觉得奇怪,刘心武一个写小说的,怎么去参加电影节? 那个时候文艺界人士出国,都要由组织指派,机会难得,一般都应轮流出国。我 1979 年和 1981 年已经两次参加中国作协派出的代表团分别出访了罗马尼亚和日本,怎么还出国,而且竟是参加中国电影代表团去法国? 听到这个消息,连我自己也很惊讶。1982 年,北京电影制片厂根据我的中篇小说《如意》,拍出一部彩色故事片,由黄健中导演,李仁堂、郑振瑶主演,我只不过个原著者,虽然后来也参与编剧,但最早写出剧本的是戴宗安女士,完片的字幕上,编剧是我和戴联署。我自己也觉得应该派黄健中，或者主演去。那时电影局局长是石方禹，他是个诗人，20世纪50年代他的长诗《和平的最强音》影响很大，电影局到文联的人士就解释，说南特的三大洲电影节，举办主旨很好，就是当时欧洲的戛纳、威尼斯、柏林等电影节，都不怎么重视欧美以外的发展中国家的电影，所以他们要为亚洲、拉丁美洲、非洲的电影提供一个专门的平台，来展示其风采；这个主旨，我们应该支持；发起人是南特民间的两兄弟，后来得到市政府支持，1979年举办了第一届，1983年是第五届了，电影节主席副主席，那两兄弟，来北京选片，看中了《如意》，决定在庆贺电影节五周年时，在那一届的开幕式上放映。后来我懂得，固然在电影节上获奖是殊荣，安排在开幕式上放映，也是一种荣誉；而且，那两兄弟决定，那一届南特电影节，就以中国为主宾国，其中一个最重要的安排，就是谢晋电影回顾展，他们向中方提出借去谢晋的诸多代表作，在电影节期间每天放映，而且还要举办关于谢晋电影艺术的学术研讨会；那么，谢晋作为中国电影代表团团长，顺理成章，代表团已有了导演，就不再安排别的导演了，演员呢，应该派一位女演员去，但郑振瑶刚参加完菲律宾马尼拉电影节，还得了奖，那么，她就别去南特了，让在《如意》中给她配戏，演格格丫头秋芸的陶玉玲去，三人成团，另一名派谁呢？是南特那两兄弟提出来，请这部电影的原著刘心武去，他们说看了片子，觉得这部电影原著提供的基础非常好，他们也想让电影节别开生面，不仅请导演，请演员，这届要请个作家去，而且刘也是编剧，石方禹就同意了，中国电影代表团就由团长谢晋、团员陶玉玲和刘心武，以及一名法语翻译，一行四人组成，电影局上报文化部，部里已批复；听了这么一番说明,北京市文联就同意了我去法国。当然,后来中国电影在柏林、威尼斯、戛纳等西方大电影节摘银夺金,也一再报名参加美国奥斯卡外国语片的竞争,中国俨然电影强国,对南特电影节就不那么看重了,虽然南特电影节仍在继续举办。

先飞巴黎,住了一夜,就乘火车去往法国西北部布列塔尼半岛上的南特,当时那是一个典型的西欧以中产阶级为主的富裕城市,整个城市给人一种花式奶油水果蛋糕的甜腻感觉。主办方安排我们住进一个小巧而精致的酒店。开头没注意,后来翻译告诉我,那酒店的名字竟是殖民地。我很不乐意。陪同我们活动的一位法国女士,学中文的,中国普通话说得蛮流利,我跟她抱怨:"怎么让我们住在殖民地?"她笑着解释:"不过是一种幽默。我们法国绝大多数国民都是厌恶殖民制度的,都是支持原法国殖民地独立的,阿尔及利亚等,不都独立了吗? 好比我们这里有一种最贵的香水,叫什么呀? 毒药! 对,就那么个牌子,不过是一种幽默。"我就跟她说:"我进入不了你们这种幽默!"中国历史上虽然没有完全沦为殖民地,但一度处于半封建半殖民地状态,我在新中国长大成人,对殖民地这个字眼反感,那位法国女士表示理解。酒店的服务倒是很到位的。每晚回到酒店,到柜台领房间钥匙时,柜台里的女士总是笑容满面,把很大一把铜钥匙递过来时,还指指立在柜台上的一个录像带封套,意思是"今晚会在电视机里播放这部电影,欢迎欣赏",但我们已经看了一天的电影,哪里还要看那个?

在南特,有幸看了许多亚洲、拉丁美洲、非洲的电影,也在谢晋电影回顾展中补了课,看了以前没顾得上看的,他1955年执导的《水乡的春天》和1981年执导的《天云山传奇》。也去谢晋电影艺术研讨会旁听，发言的洋人所讲，团里的翻译基本上能同步将意思告知谢晋和我们，我的总体印象，是没有什么人纠缠谢晋电影和政治变化的关系，他们主要是分析谢晋作为一个电影艺术家，他所展现的艺术才华和艺术个性。记得有个法国人在发言中，盛赞谢晋在《舞台姐妹》开篇时长镜头的运用，真的绝妙极了，摇移中先展示故事发生的自然环境，绿水青山，梯田农舍，再展示那一历史时期的社会景观——农田尽处现人烟，戴着竹笠的俗众在赶集，集市的露天戏台上有人在唱戏，又从平移变成利用升降机形成的远观近看，一直移成近景：一个赌博摊档的赌徒们，剧中的戏班班主和尚阿鑫赌兴正浓，身后忽然骚动，有女子穿过人群逃跑，有手执绳索的男女在追捕她……发言者称，谢晋对长镜头的运用，堪与法国导演特吕弗1959年执导的《四百击》最后的那几分钟长镜头媲美。

　　在南特酒店，我和谢晋各住一室，没怎么聊天，后来主办方组织大家乘游轮游览，在船上，我才跟谢晋有比较深入的交谈。我告诉他，我原来看电影，毫无专业眼光，看《舞台姐妹》，没有注意什么长镜头。谢晋说，其实改革开放以前，他也只看到过意大利新现实主义的片子如《偷自行车的人》《罗马十一点钟》，对电影的蒙太奇还有些探究和实验，我就说蒙太奇的意思我大略懂得，就是电影艺术也就是剪辑的艺术，把一些镜头巧妙地接在一起，便形成了特别的叙事或抒情效果，比如三个镜头：一个人愁闷的特写，同一个人欣慰地微笑的特写，一棵大树的空镜头；一种剪接是先愁闷再大树再微笑，另一种则先微笑再大树再愁闷，含义便全然相反。谢晋说拍《水乡的春天》的时候，就只是注意蒙太奇。他拍《舞台姐妹》的时候，国门未开，他没有机会看到法国新浪潮电影，甚至都不知道法国有个特吕弗在1959年拍了部《四百击》，成为新浪潮电影的代表作，也不清楚有个叫巴赞的电影理论家提出了对蒙太奇挑战的、提倡长镜头的、叫作记录学派的新理念。但《舞台姐妹》开篇的长镜头拍摄，他确是自觉的，是想做一种大胆尝试，不靠后期剪接，而是一气呵成地通过一个镜头来完成环境、时代、故事主体戏班的综合交代；他说这是他第一次出国，当然也是第一次踏上新浪潮电影发源地的法国，他还没有看到《四百击》，不知道那最后令巴赞生发出一套理论的长镜头是怎么拍摄的。他说："长镜头的拍摄，有了构思，还需要有技术上的支撑。"他拍那开篇的长镜头，技术部门费老大劲了，要长长的滑轨，还需要升降机，那时候是胶片拍摄，进口的彩色胶片非常昂贵，浪费不起，因此需要摄影机的机位非常准确，推拉摇移必须浑然天成……他问翻译："《四百击》这片名什么意思？"翻译说出自一句法国谚语：一个淘气顽皮的孩子要挨四百下打才能消除灾难，祛除恶魔，变成健康听话的儿童。特吕弗的这部片子的主角正是个"问题少年"。

从南特返回巴黎，那年头巴黎飞北京一周只有两个航班，我们等候飞北京的航班，可以停留三天。在巴黎酒店，我和谢晋住一个套间，共享一个卫生间。我巴不得有机会在巴黎游览。可是约谢晋同游，他却说"好静不好动"，只有两次跟我们一起应邀到法国友人和华侨家里做客，但面对无论是真诚的赞美还是客套的捧场，他都付之沉默微笑。在酒店房间，我开他玩笑，说："你名字里那个山西简称，该改成安静的'静'才是。"他竟微笑颔首。他似乎总在喝酒，有国内带来的酒，也有巴黎华侨送的酒。我们那套间里总弥漫着酒香。为了让他能独享安静，我从不主动去他的房间。那一年谢晋已入花甲，他真正做到了耳顺。在北京，我听一些大体同龄的电影界人士说起谢晋，尊敬之余，又难免啧有烦言，说谢晋是他们不以为然的"海派电影"的领军人物，形成一种"谢晋模式"，说黄蜀芹根据王蒙同名小说拍出的《青春万岁》，步他后尘，令人遗憾云云。谢知道这些议论，却毫不生气。南特电影节为他特办回顾展，对他的艺术成就给予极高评价，他也并不喜形于色。真个是宠辱不惊。

在巴黎，我每天约陶玉玲同游。陶玉玲 1957 年在《柳堡的故事》里饰演的二妹子、1964 年在《霓虹灯下的哨兵》里饰演的春妮，嵌入了几代人的观影记忆，我很高兴竟能与她相识，成为游伴。我们不会法语，我只会说简单的英语，法国人对英语是不感冒的，但那年头法国人难得见到中国游客，我用蹩脚的英语问路，他们倒也能客气地用同样蹩脚的英语回应，双方居然沟通成功。就这样，我和陶玉玲一起参观了铁塔、巴黎圣母院、卢浮宫。卢浮宫极大，藏品极丰，我就重点询问米罗的维纳斯在哪里，达·芬奇的《蒙拉丽莎》在哪里，依照人家指点，和陶玉玲一起都看到了。后来，我又问到了罗丹博物馆的去法，我俩一起去看了罗丹雕塑的真品，还去了伤残军人荣誉院，里面有拿破仑墓。陶玉玲是个机灵人，依我看，谢晋可以叫成"谢静"，她则可以叫成"陶灵"。在南特，我俩应邀去了墨西哥电影代表团住的酒店，他们就在酒店大堂里举行招待会，墨西哥来了个女明星，我和陶玉玲都觉得很像我们在 50 年代看过的一部墨西哥译制片《被遗弃的人》的主演——一度从墨西哥红到好莱坞的大明星陶乐赛·德里奥——想必是传承其衣钵的后起之秀。那女明星见开幕式上登过台的中国人来了，过来迎接，极为热情，我们语言不通，这可怎么是好？陶玉玲大方地与其用眼神与手势沟通，难道演员与演员之间会有一种超越口语的密码？她二人倒好像是他乡遇故知般，顿成闺蜜，那女演员招呼我们去吃餐盘上的墨西哥煎饼卷，亲自用餐巾纸拈了一个递给我，陶玉玲则及时递我一杯龙舌兰酒，噫，倒好像是一对姐妹在招待我这么个外方人！

临返京的前一天，我回到酒店，谢晋主动到我房间里来，并不问我和陶玉玲又逛了哪些地方，而是握着酒杯，兴奋地跟我说："心武老弟，我有个主意，说给你听听，你觉得如何？"忙问他什么主意。他说："我想让北京人艺的童超演个军长，怎么样？"我吃了一惊，吓了一跳。童超？我从小就是北京人民艺术剧院的观众，几乎看遍了他们演出的剧目，童超扮演的别的角色我都没记住，只牢牢记得他在《茶馆》里演的庞太监，真是入木三分啊！但是庞太监，那是什么形象啊，三分像人，七分是鬼，阴阳怪气，腐朽不堪，解放军军长，找他演？原来谢晋在酒店房间里，哪里只是喝酒，他腿不动，脑子一直在动，我知道，他的下一部戏，是要把李存葆的小说《高山下的花环》搬上银幕，而且知道他特约了与电影缘分极深的作家李准编剧，更知道他一贯重视演员的挑选，他要启用童超出演军长？我脱口而出："呀！你是想突出奇兵吧？"他满意地笑了："心武老弟你猜对啰，我看出来，童超他有一种潜在的特质，就是老到而威严，谁说他只能演庞太监？我要把他的另一面展现在观众面前！"后来，电影拍成上映，童超戏份不多，却活生生是个军长的范儿。

很惭愧，除了《如意》，至今我再没有任何作品被拍成电影。但有此一片游，此生足矣！

2021 年 3 月 22 日　温榆斋

1983 年与谢晋、陶玉玲在法国朋友家作客

解语何妨话片时

　　2003 年 8 月,上海《文汇报》"笔会"专栏公布了为时一年的"长江杯"征文活动的评奖结果,周汝昌先生与我发表在 2002 年 8 月 11 日《笔会》的《关于槛木的通信》获奖,所公布的获奖理由为:"两通关于《红楼梦》的信札。闪电般的灵感和严密的考证中,浮续着中华文化的一脉心香。雅人深致,引人入胜。"后来还分别给周老和我寄来雅致庄重的奖牌。对于这次获奖,周老非常高兴,非常重视,他 8 月 23 日复我信时感叹:"日昨蒙你相告,方知我们得奖了,好比暑炎中一阵清风,醒人耳目、头脑。不知评委是何高人? 寥寥数笔,不多费话而点睛全活了。那评词无一丝八股气,我所罕见,岂能不感慨系之!"8 月 25 日再来一信说:"奖之本身是个标志性纪念品,真正意义在于这是文化新闻界的第一次公开评奖形式,给了我们(基本论点和治学路向)以肯定和高层次评价——大大超越了目下庸俗鄙陋的所谓'红学'的'界'域,这才是百年以来的红学研究史上的值得大书特书的重要事项。那位评委不知是谁,我深感佩服('界'内的那些人有此水平识见吗!)《文汇》影响不小,是很大的鼓励。"

那次"笔会"征文,历时一年,在征文活动期间发表的300多篇文章中,涉及《红楼梦》的尚有数篇,包括"红学界"某权威的文章,但最后甄选出的六篇获奖作品中,涉红只周老与我的《关于檽木的通信》。我也觉得那评语非泛泛褒语,短短几句,一是肯定了"闪电般的灵感"。周老曾夸我"善察能悟","顿悟"时便有"闪电般的灵感"。红学非一般社会科学门类,悟性很重要,我少年时代读周老《红楼梦新证》初版,就被书页里不时闪耀的悟性,激活了对《红楼梦》本身的兴趣。二是肯定了"严密的考证",周老作为红学考证派鼻祖胡适的后继者,其《红楼梦新证》就体现出了严密求证的特色,当然不无可商榷处,但从《史料稽年》入手,力图在宏大全面的历史背景下,去探究《红楼梦》真谛,这是引导包括我在内的一些后辈踏上红学之旅的路标,也引得无数红迷朋友阅之兴味盎然。毛泽东不消说,本身就是红学大家,有其独到的观点,他就明确指示:要把周汝昌和胡适区别开来。他喜欢读《新证》的《史料稽年》部分,晚年目力很差,让把某些他喜读的书印成大字本,多是古籍,但《新证》中的《史料稽年》,也特别开列其中,印成大字本后,成为其枕边书之一。《笔会》的评语不仅肯定了我们那"闪电般的灵感"与"严密的考证",更褒奖我们的通信"浮续着中华文化的一脉心香",而周老的红学观念,正强调的是我们中华传统文化的文脉。他认为,分析《红楼梦》的思想内涵、艺术手法,当然是需要做的工作,但那只是对全世界小说的一种通行的研究,没有落实到《红楼梦》的特殊性上,《红楼梦》不是一般的小说,而是一部超级经典,他将其视为一部可与中国古典文化中的前代十三经典并列的"经书",可称"十四经"。研究《红楼梦》的特殊性,才是红学的本分。而《笔会》评语寥寥几笔，竟点穴中位，认为是"浮续着中华文化的一脉心香"，且这样的通信文字，"雅人深致，引人入胜"，谆谆鼓励。周老认为那次获奖对我们爷儿俩意义非凡，我也一样兴奋。

后来在拜访周老时，他又提到《笔会》颁奖词，问我打听出来没有究竟何人手笔——四十几个字，行云流水，四两拨千斤。周老对之一唱三叹，还一再跟我说，我们的奖牌上，若镌刻上评语，该有多好！我告诉他，打听出来了，那评语出自《笔会》主编，名周毅，是个女士，还很年轻。

现在回忆起往事，不禁有些伤感。一是 2012 年周老仙去前，我曾表示会在某个春天，陪他去东土城公园的海棠林去赏海棠。他眼睛近盲，且张爱玲说过"恨海棠无香"，但徜徉在海棠树下，闻一闻那海棠花发散出的缕缕温润的特殊水气，也可慰他挚爱那"葩吐丹砂、丝垂翠缕"为象征的史湘云之情啊！但我七忙八乱的，竟未能抓紧时机兑现此愿！怅怅！再，2019 年 10 月，竟传来《笔会》主编周毅病逝的噩耗，她才享年 50 岁，上苍为什么不假这位才女多些寿数，多支持些作者，共同持续浮续中华文化的一脉心香呢？叹叹！

我和周老的通信，始自 1991 年，现在能找到的最后几封信，是 2011 年的，这通信绵延了二十年之久。我给周老的信，最初都是笔写，迨 1993 年使用电脑后，则除手写外，也有电脑打字后打印的，但我都没有留底稿，早期信件的电子文档，也在多次换电脑重新格式化后丢失。好在周老去世后，其家属在整理遗物时，大体都找出妥存。周老给我的信，早期字迹还大体清爽，后来他目力衰退到一目全盲一目仅 0.01 视力,仍坚持亲笔给我写信。每个字都有核桃大小,且难以顺延成行,更常常下一字叠到上一字下半部,甚至左右跳荡。接到这样的信,我总是既感激莫名,又兴奋不已,而费时费力辨认那些字迹,成为我的重要功课,一旦居然全部认出,那种难喻的快乐,便充满整个身心。周老给我的信,保存得相当齐全。现在经周老女儿——也是他晚年的业务助手——周伦玲女士提议,把周老与我的通信凑齐,出成一本《周汝昌刘心武红学通信集》,我欣然同意,也有出版社愿出。从编成的通信集,人们可以从中看出,周老确实是我的恩师,我的红学研究,确实是在他指引下,一步步朝前推进的,当然我们在某些认知上,也还有所区别,但我们成了忘年交,我在信中多称周老为前辈,周老多称我为贤友。《诗经·小雅·伐木》开首两句"嘤其鸣矣,求其友声",我们通信中的嘤鸣,既有"闪电般的灵感",也有"严密的考证",既有对中华文化的敬畏与咀嚼,也有被排挤攻讦中的相濡以沫,乃至生活上的关切抚慰。我们的观点当然只是一家之言,但对于广大的红迷朋友们,应该还是相当有参考价值的吧。

　　周老给我的信,多有即兴咏出的诗句,而我则多次将自己绘制的小画,或作为春节贺卡,或仅供赏玩一哂,随信寄去。我有一幅画的是曹雪芹好友张宜泉诗句"寂寞西郊人到罕,有谁曳杖过烟林"的意境,说明文字为"癸酉岁末甲戌将至时,忽念及曹雪芹之伟大尚未为世人尽知,叹叹!画赠前辈汝昌先生",周老收到后非常喜欢,当时就有拿到报刊发表的冲动。后来我又画了一幅较大的水彩画《沁芳亭》,周见到立即赋诗:"不见刘郎久,高居笔砚丰。丹青窗烛彩,边角梦楼红。观影知心律,闻音感境通。新春快新雪,芳草遍城东。"原本想把这本书信集的书名,就定为《有谁曳杖过烟林》,但我助理焦金木从网上查到,前两年刚有一家出版社出了本散文集,已作为书名;于是觉得周老诗句中"闻音感境通",颇可概括我们通信的心音,但《闻音感境通》若作书名,似难吸引读者,于是又考虑干脆命名为《红楼嘤鸣录》。最后是出版方反复斟酌后确定为《解语何妨话片时》,很贴切,也通俗易懂。周老与我的通信汇集,相信能够不负当年《笔会》周毅主编那"雅人深致,引人入胜"的评语。

与周老见面交谈,以及见字如面,周老人格中的闪光点——一种孩童般的纯真——常燃于我心臆中,他对人对事,都是如此,不会经营人际,不在乎背景来历,具有贾宝玉般的超俗眼光心地。他以赤子之心研红,口无遮拦,不计褒贬,他把红学研究的空间,视为公众共享的园地,他扶持的后进,岂止我一个。有的民间研红者,被所谓"界内""权威"蔑视,甚至斥为"红学妖孽",他虽并不认同其说,但对其勇气,总是加以鼓励,对其中吹沙见金的价值,总是予以肯定,他的大度包容,足令人感佩。中央电视台《百家讲坛》请他开讲四大名著,他一身朴素的中山装,也没有特别理发,更没有染发,年老了嘴瘪了,满脸褶子,却有不止一个听众跟我说:周先生真有魅力!魅力何在?说他在台案上,双手十指交扣,未曾开言,笑容如孩童般纯真,一开口,平易近人,深入浅出,没有破碎句子,没有废话,一句接一句,逻辑链清清爽爽,说到尽兴处,自己先笑,眼如弯月,纹若绽花。其讲述的内容不消说对听众大有裨益,其赤子心态令人观之难忘!周老对《文汇报》给予我们通信评奖的反应,他在通信中给我即兴吟出的那些诗,不也都具有孩童般的纯真吗？有一回去他家拜望，交谈中，他笑道："你在《百家讲坛》的讲法，做到了左右逢源、四角周全，正如脂砚斋评雪芹，下笔多有'狡猾之处'……"我也笑道："就如此小心翼翼，也还有人完全不容，看来真的是既要自我保护，也不能失去自己的真意呀！"笑谈间，也就比对出，周老长我二十四岁，论年纪属于父辈，但他却体现出带棱带角的学术风骨；我呢，拿我《百家讲坛》头两集讲红学来说，我就不像周老那样，强调红学的特殊性，而是把关于《红楼梦》的思想性、艺术性的一般性表述，也涵括到大红学的概念里，我表述得相当圆滑，但其实，我骨子里是坚定地跟着周老搞考据的。我的原型研究，先从清代康、雍、乾三朝的政治动荡讲起，特别是康熙两立两废太子，延续到乾隆朝，废太子虽然已死，其子弘皙，也就是康熙帝的嫡长孙，却还是一股强劲的政治势力，与乾隆暗中较量，一度出现了"双悬日月照乾坤"的诡异局面，以及与之相匹配的曹雪芹那跌宕起伏的家史；再通过文本细读，从《红楼梦》文本中找出相对应的投影，这样一种特殊角度，来层层剥笋，构筑我的"秦学"大厦，我的"狡猾之处"，正是力图通过我包容别人，来换取别人能相应包容于我，也就是，我认为，彼此既然都在大红学的格局之中，"相煎何太急"！我的这种讲述方略，在一般听众中，还是有效力的，但所谓"界内"及"权威"，到头来还是容不得我，必欲扼杀而后快。现在想来，还是周老那种"童言无忌"，如林黛玉般，"我是为我的心"，更凸显出学术骨气。周老那孩童般清澈的人格魅力，是我应该永远忆念，也是我应该努力去修炼的。

《红楼梦》中菊花诗有句："休言举世无谈者，解语何妨话片时。"我和周老的通信集，相信会有人感兴趣，或共鸣，或争鸣；当然，估计也会有人鄙夷不屑，那么，就"高情不入时人眼，拍手凭他笑路旁"吧！

2021 年 10 月 3 日　绿叶居

2006 年 6 月周汝昌前辈听刘心武讲述访美情况

找吴恩裕先生约稿

今年春末又到卧佛山庄小住,除了去寺内看卧佛,到樱桃沟看杉树林,到牡丹园看姹紫嫣红的牡丹,少不得还要漫步到黄叶村,再到曹雪芹纪念馆兜一圈,在馆后书店,见有吴恩裕先生《考稗小记》增订本,立即购得一册,回到古树掩映的客房中,未及展卷,往事便涌溢心头。

1978 年,我在北京人民出版社(现北京出版集团)文艺编辑室参与《十月》创刊,同仁们个个热情澎湃,都想为文艺的新春约来灿烂的百花,现实题材的作品当然急需,其他题材的也很欢迎。我早就是个《红楼梦》迷,心想何不想方设法约来与之相关的作品?我很早就深受周汝昌先生《红楼梦新证》影响,但考虑到周先生的文章是属于学术性的,《十月》定位是文艺刊物(开始称"文艺丛书"),就暂且没有去找他,但听说有位金寄水先生,写成了从《红楼梦》延伸出来的《司棋》,而且那时就住在编辑部附近,便上门拜访。进得一个很大的院落,当年必是大户人家的宅子,那时已沦为杂院,找到金先生家,惊讶地发现,他所居住的,竟是把当年游廊的一截,砌上砖墙,隔成的一个蜗居。长约 5 米,宽不足 2

米,进门是个窄长条儿,里面的家具只有一床一柜一桌一椅,金先生请我坐椅子,自己就坐床上接待我。那居所虽小,却拾掇得窗明几净,给我留下最深刻印象的,是迎门墙上挂了个金先生的自题匾《科头抱膝轩》。金先生可是显赫一世的清朝睿亲王的后裔啊,原来住阔大富丽的王府,如今却住这低头抱膝方能容下身躯的隙地,但他头发一丝不乱,衣裳朴素而极为整洁,跟我聊起来,温文尔雅,心态怡然,不仅绝无怨天尤人之词,还颇能自嘲,真乃妙人。我说明约稿来意,希望他能把章回体的《司棋》拿给《十月》刊发,他说已经把稿子交付山西人民出版社编辑了,那边答应给出书。知他那《司棋》是"红楼梦外编之一",便问之二写哪个。他说也许平儿也许晴雯,尚未敲定,我就敦促他先写《晴雯》,我说《红楼梦》里有这样几句:"晴雯进来时,也不记得家乡父母,只知有个姑舅哥哥,专能庖宰,也沦落在外,故又求了赖家的收买进来吃工食。"我问金先生:何谓姑舅哥哥?依我想,姑妈姑父的儿子是姑表哥,舅舅舅母的儿子是舅表哥,姑舅怎能混称?您可写个明白,再,晴雯小小年纪,自己有了好去处,竟能顾及能庖宰的亲戚,让其能"吃工食","吃工食"在清代是怎样一种生存状态?金先生说他若写出《晴雯》一定交我。他建议:有位吴恩裕先生,出版过《曹雪芹的故事》,何不约他给《十月》写新篇章呢?一句话提醒了我,想起来,1962 年中华书局刚出版那书时,我曾买到一册,读来兴味盎然,后来竟未能保存住,十几年过去,也不见再版,若吴先生有新写出的故事刊于《十月》,岂不令读者惊喜?忙问金先生知否吴先生的联络地址,金先生说他对吴先生虽心仪多年,却并无交往。

但我很快便有了吴先生的地址。参加一个文化界活动时，见到了清史研究的领军人戴逸先生，对我极为友好，听说我想找吴恩裕先生，立即告诉了我吴先生的地址，原来他们都住沙滩一带。那时候手机还没发明，一般人包括许多知识分子家中也无座机，难以预约，因此到家门外敲门（那时一般家庭门外也无电铃，门上也无"猫眼"），主人多不怪罪。在沙滩一处地方，敲开门以后，吴先生亲自接待了我。他比金寄水大六岁，比戴逸大十九岁，那一年应该已近七十岁，但看上去至多花甲，头发黑黑的，身材保持得恰到好处，眉宇间有英气，却又透着儒雅。他邀我进屋，屋顶似较低矮，但房间不算小，书桌也颇气派，桌上垒着书籍纸张，我就按他指示坐到书桌旁，他则坐在平日写作的位置上，跟他交谈中，就感觉他与金寄水虽然都属文人，但他有一种留过洋的气质，而金则氤氲出旗人的做派；二人都礼数周全，但吴先生绝不过多寒暄，相比之下，金先生就未免客套略多。我说明来意，吴先生现出笑容，很高兴，说十六年过去，你还记得《曹雪芹的故事》，其实那个时候，所搜集到的关于曹雪芹的资料，还很有限，写起来未免吃力，现在，又陆续有新材料发现，应该慎重筛汰梳理后编写进去。我就说，以前不仅读过他的《曹雪芹的故事》，那完全学术性的《关于曹雪芹八种》——他插话，告诉我后来又增订为《关于曹雪芹十种》——我也读过。1973 年他在《文物》杂志披露关于曹雪芹《废艺斋集稿》等佚著的发现，引起过不小的轰动，作为红迷，我也是捧读再三。他说："太好了！"遇到熟悉之前著作的编辑，再审阅他新的作品，两下里都会省劲儿。我们虽是初次见面，聊得投机，竟不知天色已晦，要不是其夫人过来招呼他去吃晚饭，还不知我们会聊到哪阵儿。

那次约稿,吴先生慨然答应为《十月》提供《曹雪芹的故事》新篇。我回去跟编辑部同仁们一说,大家都很期待。本来我希望吴先生能尽快写出,在1978年8月的创刊号上就跟读者见面,但再去拜访时,他说构思尚未成熟。他从书桌抽屉里取出一个四开横向装订的厚册子,里面精裱着文化界知名人士写给他的亲笔信,每封信的信封裱在信的前面。那个册子,可想而知,是绝不轻易示人的。他拿给我看,是对我极大的厚爱与信任。最前面是茅盾写给他的多封信函,其中有一封是1973年他在《文物》杂志披露曹雪芹佚著《废艺斋集稿》后写给他的,其中有这样的话:"新材料的发现,或出偶然,但台端考订之精审,却使断简复活,放异光彩,而曹雪芹之叛逆性格、思想转变过程,遂一一信而有征。足下旧作《曹雪芹的故事》,应予补充,再版问世,则有裨于青年,殊非鲜也。"吴先生颇动感情地说:"茅公鼓励我写,我怎能懈怠?《十月》约我写,我怎能推托?"我看到他那银镜片后的眸子闪闪发光,就越发理解他下面的话语:"但我必须对读者负责,尤其对青年一代负责,要让他们准确地进入曹雪芹的内心世界。因此一定要精心构思、审慎下笔。我所写的虽然是故事,但不同于一般的小说,我不能妄拟人物的心理活动,每一段情节,每一个细节,都要尽量有资料支撑,大体是白描的笔法,人物有对话,这些对话也是根据文献资料引申的,正如古本《石头记》楔子中所申明的:追踪摄迹,不敢少加穿凿,徒为供人之目而反失其真传也。"说得我心里好痒,哪天才能拿到他的文稿呢?却不好硬催。

他又说:"我研究曹雪芹,案头文献功和腿功是齐头并进的,过几天我就又要去香山一带田野考察！不过你放心，我一定在约定的时间交稿。"我就问："这回的田野考察，是不是又由吴德安陪同呀？"他颇惊讶："你也认识吴德安？"我就告诉他，吴德安的舅舅，是我父亲的发小和终身挚友，虽然我父亲和吴德安舅舅都已去世，但两家一直保持着联系。在吴先生先后出版的《曹雪芹丛考》《考稗小记》里，都几次提到吴德安，如一九七三年三月，"吴德安同志来告，香山饭店之上，去森玉笏途中，有一石镌曰'一拳石'，并以为此词或与曹雪芹《题自画石》诗之首二句'爱此一拳石，玲珑出自然'有关，遂于三月二十五日与德安同志同赴香山，至半山，乃见此石，则'一拳石'三字，赫然在目……"又如"一九七四年四月二日，与吴德安同志往访香山正黄旗席振瀛君"，"一九七六年六月七日，余与吴德安同志去蓝靛厂火器营访问八十一岁老人麻廷惠"……那时对男女都惯称同志，如今大概会有不少读者读到吴恩裕先生的这些记叙，会以为吴德安是位男士——其实是位女士，那时候才二十多岁。从北京服务学校毕业后，她在动物园鬯春堂餐厅当过厨师，后来到属于香山公园管辖的卧佛寺大门外的国营照相点为游客拍照，是个热爱文艺的青年。在香山地区，她拜访过住在那里的女作家杨沫、关露，因为热爱《红楼梦》，又主动联系到了吴恩裕先生，帮助他进行田野考察。1977 年恢复高考，她考上北京大学中文系，1982 年入美国普林斯顿大学东亚系，后获硕士学位，到孟菲斯大学任教，再后专注于把 1995 年获得诺贝尔文学奖的爱尔兰诗人希尼的诗歌译介到国内。此是后话。我提及吴德安，吴先生笑叹："世界真小！"

　　六月下旬，我终于拿到了吴恩裕先生新写的四篇关于曹雪芹的故事,欣喜莫名,却又有些遗憾,跟他说:"您早给我十天,还能赶上创刊号,可如今创刊号已经下厂印刷,您这组美文只好刊发在第二期了!"

溽暑八月,《十月》创刊号印出来了,我马上骑车给吴先生送去。他高兴地先端详封面,连赞端庄而又雅气,又翻看目录:李准电影小说《壮歌行》、陆柱国中篇小说《吐尔逊的故事》、刘心武短篇小说《爱情的位置》……他注意到特开辟了"学习与借鉴"专栏,刊发了鲁迅的《药》、茅盾的《春蚕》、屠格涅夫的《木木》、都德的《最后一课》,我说:"这些中外名篇对您来说不稀奇,但我们考虑到目下许多年轻人'缺氧',所以引领他们重返文学经典的森林……"他则说:"我这老头子也喜欢啊,算老友重逢吧!"又说:"你们真行! 这刊物比我想象的还要好! 真期待第二期出来!"

第二期在金秋也出刊了,我又在第一时间骑车把样刊给吴先生送去。第二期有叶君健长篇小说《自由》、李英儒长篇小说《游击队长》选载、白桦与郑君里(郑已去世,刊出时署名加黑框)合作的电影文学剧本《李白与杜甫》、林斤澜短篇小说《膏药先生》、吴恩裕传记故事《曹雪芹之死》……仍有"学习与借鉴"专栏:夏衍《包身工》、杰克·伦敦《一块牛排》等。

吴先生拿到刊物,不免先翻到刊登他大作的篇页,他原来的总题目是《曹雪芹的传记故事》,我编发时给改为《曹雪芹之死》,是考虑到,他1962年在中华书局出版的《曹雪芹的故事》一书,共有《著书山村》《呼酒谈往》《小聚香山》《槐园秋晓》《传奇题句》《一病无医》等八篇,基本上扫描出曹雪芹的后半生,而这次新写的四篇《德荣塑像》《文星猝陨》《遗爱人间》《遗著题句》,则基本上都是写他最后的岁月，因之不如以《曹雪芹之死》的总题引领，他后来在文末加了附记："本篇是《曹雪芹传记故事》一书中的几篇，原来都各有专题，现经编者建议改为今题。意图是根据已知材料，结合近十几年来发现的实物、文字和传说，写《红楼梦》作者逝世前后的情况。我不想在写他实际上平淡的生活时，加上任何耸人听闻的虚构；但对他的思想却有一些推测性质的描绘——有的通过对话，有的通过叙述。对后者，我力求既描述他的进步思想，又不逾越他的时代局限。我做得很不够，希望批评指正。一九七八年六月末一日　作者于沙滩"。发稿前，我请美术编辑约人为此四篇美文配图，美编把清样拿去请范曾看过绘制，那时候范曾无论名气还是身价都还没有攀升，马上就接受了邀约，很快画出了四幅线描插图，构图及人物刻画都很精妙，美编拿给我看，我赞叹："真乃锦上添花！"吴先生翻阅样刊，对插图也很满意。我就趁热打铁，约吴先生再写几篇，我建议，无妨专门写一篇曹雪芹与鄂比交往的故事。据吴先生1963年亲自采访过的香山张永海老人所叙，前辈传说下来，曹雪芹寓居香山附近时，有底层旗人鄂比与其交友，鄂比曾口诵一联赠雪芹——"远富近贫以礼相交天下有，疏亲慢友因财绝义世间多"，前半句赞雪芹，后半句讥世情。这本是"口传无凭"的村言，没曾想到1971年居住在香山附近正白旗营的村民苏成勋在自家居所脱落的墙皮下，发现了几乎满墙的题壁字迹，其中就有书写成菱形的"远富近贫以礼相交天下少，疏亲慢友因财而散世间多，真不错"，两联与口传只差三个字，这就足以证明关于鄂比与曹雪芹的交往，以及曹雪芹在他人眼中的高尚人品，都是不争的事实。我对吴先生说，我知道，关于苏家老屋二百年前曹雪芹是否寓居过,那里是否可考订为曹雪芹故居,以及《废艺斋遗稿》的真伪,张行家传的黄松书箱是否真是曹雪芹家属遗物,乃至"爱此一拳石"的句子是否曹雪芹所咏,包括德荣塑像的真伪,都有争议,但据之写成文学性作品,即《曹雪芹的故事》,应该是有助于人们了解、理解曹雪芹的高尚品质与精神世界的,好比尽管尚不能就黄叶村苏家老屋为曹雪芹故居达成共识,但将其营造为曹雪芹纪念馆,让敬仰他的和热爱《红楼梦》的人们有个寄托怀念之情的空间,是功德无量的好事一桩。吴先生应允再接再厉,为《十月》再撰新篇。

　　转眼到了 1979 年,忽一日编辑部座机铃响,是吴先生找我,让我去他那里一趟。我匆匆赶去,以为是他有了曹雪芹故事的新篇,没想到他递我一大包稿件,说是两个青年人写的小说,他翻了翻,觉得颇有新意,因此帮他们投给《十月》。我拿回去看罢,便知自己在《十月》创刊号发表的《爱情的位置》已完成突破禁区的历史使命,真正的爱情小说已经出现,从此中国文学中爱情题材必将兴盛。后来这两个年轻人的这部中篇小说,由同事责编,以"靳凡"的署名、《公开的情书》为题,在 1980 年《十月》第一期刊出,再后来也有靳凡只是一位女作家化名,并非二人合作的说法,此篇一出,便引起不小轰动。

　　那一年中国大步迈入改革开放的佳境,大家都很忙。1979 年12 月 12 日下午 3 时半,正在写字台前赶写《我对曹雪芹上舞台或上银幕的看法》一文的吴恩裕先生,心脏病突发,昏倒在地,竟未能抢救过来。这篇后来于 1979 年 12 月 26 日发表于《文汇报》的遗作,已经写到第 18 页,稿纸上还留下一道浅浅的笔迹划出去的痕迹。得知这个噩耗，我惊诧莫名、悲痛不已。

2019年商务印书馆为纪念吴恩裕先生110年诞辰，编印出版了《吴恩裕文集》六卷，前三卷显示出，他本是留英归国的政治学家、法学家，在那两个专业领域有很高的造诣，后六卷则展示了他在红学领域，特别是红学分支曹学领域的累累硕果，其中第六卷最后收入的就是《曹雪芹的故事》和《考稗小记——曹雪芹红楼梦琐记》。

在卧佛山庄客房中，骤起的强风送来松涛之声，窗棂轧轧作响，我坐在沙发上，在阅读灯的光圈中，翻开刚购得的《考稗小记——曹雪芹红楼梦琐记》增订本，吴先生的音容宛在眼前，我再一次在他引领下，进入曹雪芹和《红楼梦》的世界。

2021年5月3日　温榆斋

微笑如诗

严辰,20 世纪著名诗人。他的诗风不像有的诗人那么激越,或者那么亮丽,更不写辛辣的讽刺诗,或另类的朦胧诗,他的诗犹如善意、温暖的微笑,恬淡平和,朗朗上口。改革开放后,他年逾花甲,出任《诗刊》主编,扶植了不少年轻诗人。1979 年,作家协会派出恢复建制后的第一个出国访问团,他任团长,鄂华和我是团员,另有一名翻译,所去的国家是罗马尼亚。

罗马尼亚毕竟是欧洲国家,我们出访,规定在正式场合要穿西装扎领带。鄂华虽然是头一次出国,但他在那时的中国文坛,是以写西方为背景的短篇小说驰名的,小说中要描写到西方政界、知识界男士,当然对西服革履包括领带领结早有研究。出发那天,在机场集合,鄂华一出现,就是一副中规中矩的西式打扮,包括头上的一项法兰西帽,歪得恰到好处。严辰的西装领带,并非新置办,却显得老到宜人。翻译呢,在罗马尼亚留过学,着装无须再下功夫。只有我,是个十足的土豹子。

对我来说,西装外套已觉锢腰拘臂,扎上领带,更连脖颈也不自由。好在大多数情况下,都只是参观博物馆与名胜古迹,加上仲春天气已然转热，我就只穿衬衫，倒也舒服。但是，某一天正在酒店客房休息，忽然翻译来通知，一项正式的会见活动提前了，来接我们的汽车已经停在楼下，于是我赶紧穿西装、扎领带，那领带越慌乱越扎不好，急得我额头都出汗了。这时团长严辰进了我的房间，见状，微笑着走到我跟前，也不说什么，只是将我乱扎的领带拆下，抹平，再不急不缓地帮我扎妥。那天他脸紧靠我的脸，他那如诗的微笑，沁入我心中，至今仍传递出温暖。

严辰长我二十八岁，属于父辈。他是老革命，是出自延安的诗人。但他20世纪50年代曾出访苏联，早有过扎领带的经验。于是我想起他在苏联瞻仰普希金铜像后，曾写出过一首一度脍炙人口的诗《雪落满了你黑色的大氅——普希金纪念像前》，里面有这样犹如微笑的诗句："雪落满了你黑色的大氅，/雪落满了你鬈曲的两鬓，/低着头你沉思什么？/竟忘记了冬夜彻骨的寒冷！……谁在你脚边呈献一束鲜花？/带着悠远的芳香无限的尊敬；/是温柔的泰姬雅娜？/是有了自己祖国的茨冈人？……"

出访回来后，我曾邀严辰与其也是作家的夫人逯斐，和鄂华一起，到我那时劲松的居所作客，我妻子吕晓歌烧出一桌菜，他们吃了都赞好。我家那时的单元很小，但客人都夸布置得简洁温馨，他们告辞后，妻子回忆说，严辰一直微笑着，特别是他夸她亲手制作的窗帘拉合后"天衣无缝"，那微笑显得更加慈蔼暖心。

后来中国作协的若干工作人员都迁入了安定门一座塔楼，我和严辰成为邻居。遗憾的是我去拜访他时，他虽气色很好，微笑依然，却已经认不出我了。没想到他那么一个善良的老人，竟得了阿尔兹海默症，于2003年去世。

那次出访,只有鄂华带有一个相机,一路上他给我和严辰拍照,那时候彩色胶片还很金贵,拍的都是黑白照片,胶片很小,冲洗出来需要再放大,照片搁置久了,更不可能具有如今数码相机那种高像素的效果。但重观我与严辰的合影,几乎每张他都在自然而然地微笑,他那如诗的微笑,永驻我的心头。

1979 年在罗马尼亚，左为严辰

"那天,罗伯-格里耶究竟
跟你说过什么?"

1985 年 10 月初的一天,由斯德哥尔摩传来消息:那年诺贝尔文学奖评给了法国作家克洛德·西蒙。法国一般民众对这个奖项都是感兴趣的,也都对法国作家再次获奖感到欣喜,但街头巷尾、路边咖啡座、地铁通道里的法国人,多在互相询问:"克洛德·西蒙是谁?"当然很快就有人通过报纸广播电视进行科普:克洛德·西蒙是法国一个小众的文学流派"新小说派"的成员,因之,瑞典学院给他颁奖,也意味着是对法国"新小说派"的一种肯定。但瑞典学院一直标榜,他们就是颁给作家个人,与机构、团体、流派无关,他们这一年把奖项颁给克洛德·西蒙,主要是由于他创作了《弗兰德公路》这部长篇小说,"在对人类生存状况的描写中,把诗人、画家的丰富想象和对时间作用的深刻认识融为一体"。

改革开放以后,中国文学界以及众多文学爱好者,尤其是"文青",对诺贝尔文学奖十分看重。西蒙获奖三年以后,有个"文青"见到我,还对那年瑞典学院的做法耿耿于怀。原来他对法国"新小说派""门儿清",他跟我说,这个流派的代表人物,首先是阿兰·罗伯-格里耶,小说代表作是《橡皮》,另外还写电影剧本,其中《去年在马利昂巴德》由阿伦·雷乃执导拍成电影以后,反响强烈。瑞典学院就该把诺奖颁给格里耶,没想到却给了西蒙,引得舆论哗然,他也隔空发出嘘声,因为西蒙在"新小说派"里排位,勉强可列第四,排第二、第三位的,是娜塔丽·萨洛特和米歇尔·布托。

那是1988年的冬日,那"文青"是亲戚介绍来到我书房的,因为我那时刚从法国回来不久,所以书架上摆了几张在巴黎拍下的照片,他见到其中一张,大惊小怪,口中惊呼:"你居然跟罗伯-格里耶站在一起喝香槟!"我听了觉得刺耳,心中不快,不禁口中也蹦出一句:"是罗伯-格里耶跟我在一起喝香槟!"听话听声,锣鼓听音,他知无意中冒犯了我,忙拿别的话岔开,我也就心平气和,跟他聊些巴黎见闻。

那时候,改革开放已经十年,在那个节点上,西方文学,特别是西方现代派文学,在中外文学交流上,是一种严重的入超状态。拿法国"新小说派"来说,出版他们作品的午夜出版社,在巴黎是一个门脸很小——甚至可以说寒酸——由一道窄梯通往的小阁楼的小出版社,当然这个出版社所出版的作家作品,除上面提到的以罗伯-格里耶为首的四位"新小说派"健将外,还包括另一些流派或流派外的先锋作家,如萨特、波伏瓦、玛格丽特·杜拉斯、罗贝尔·潘热、阿拉贡等等,"麻雀虽小",岂止是"五脏俱全",在某些人眼中心中,简直是鸿鹄般伟岸,是一处文学圣地。那"文青"问我,在巴黎是否去过午夜出版社,即使没有上楼,在那挂着小牌牌的门外拍照留念,也不枉巴黎一行啊。我告诉他,法国朋友陪我闲逛时,也曾路过巴黎六区贝尔纳巴里西街,给我指点过午夜出版社的那扇小门,我也看了几眼,却并没有靠近驻足留影的想法。那"文青"又注意到,我书架上有在巴尔扎克故居、巴翁雕像前的留影,他望了望,大概是心中浮出"此叔不可教也"的喟叹,便不再跟我讨论文学。

最近整理旧照片,找出这张与罗伯-格里耶并肩而立喝香槟的旧影,确也感慨万端。不免借此梳理一下自己在多年写作中,在阅读、借鉴外国文学过程中的心路历程。

我少年和青年时期,主要是从苏联和俄罗斯文学中汲取营养,深受其熏陶,也从那时国家正式出版的欧美文学译本中获得审美愉悦,但直到改革开放以前,我对西方现代派文学的认知非常淡薄。那时候的《译文》杂志上也曾有卡夫卡作品的译文,但只是从揭露资本主义社会的罪恶这种角度来介绍,对其文本创新的意义不做强调,因此当年像我那样的"文青",也就没有现代主义或现代派的概念。改革开放以后,门窗大开,这才知道原来像巴尔扎克那样的古典作家,在法国已有罗伯-格里耶那样的"新小说派"作家直言不讳地宣布要予以打倒。罗伯-格里耶的论文《未来小说的道路》和《自然·人道主义·悲剧》被视为"新小说派"的理论宣言,他在论文中提出建立新的小说体系,认为这个世界是由独立于人之外的事物构成的,人则是处在物质包围之中,因而主张打倒巴尔扎克,反对现实主义的小说传统,要把人和物区分开,要着重物质世界的描写。按照其创作理论写出的作品没有明确的主题,没有连贯的情节,人物没有思想感情,而作者更不表现自己的倾向和感情,只注重客观冷静的描写,取消时空界限。

1988 年在巴黎与罗伯-格里耶合影

在 1978 年底中国正式宣布改革开放以后的短短十年里，西方现代派文学的主要流派及代表性作家作品，潮水般涌入中国，法国"新小说派"的前四位代表性作家的作品，全都被飞快地翻译成中文出版，罗伯-格里耶的全部小说，以及他的电影剧本，在中国翻译出版全了，他还被邀请到中国出席文化活动，做专题演讲。到 20 世纪末，中国一家省级出版社，干脆和法国午夜出版社签下长期合作合同，编译出版了"午夜丛书"，中方出版社负责人和法国午夜出版社社长兼编辑热罗姆·兰东出任顾问，"午夜文丛"收录的既有老一代的"新小说"作家的作品，也出版了贝克特的选集和杜拉斯的作品，以及新一代作家，如艾什诺兹的《我走了》《格林威治子午线》《高大的金发女郎》，以及图森的《照相机》和《逃跑》等作品，到 2011 年，"午夜文丛"再出发，推出罗伯-格里耶 18 卷集。12 年间共出版图书 38 种。要感谢国内这些出版人和翻译家，他们在引进新奇的西方文学方面做了很有意义的工作，但我又不得不再感叹：这是惊人的入超。没有哪家法国的出版社，对中国当代作家的作品，重视到这种程度，而作为合作方的法国午夜出版社，有没有出版中国作家作品的法译本呢？据我所知，数目为零，因为这个合作方案从一开始就是单向的。

记得 20 世纪 80 年代初，得知有《去年在马里昂巴德》的电影作为"资料片"在内部放映，我也是想方设法跑去观看，看后确实目瞪口呆，电影还可以这样拍？无所谓情节，无所谓人物形象，朦胧，晦涩，断裂的逻辑，牵强的结局……但是也确实学到几招，比如画面上忽然所有背景人物都静止不动，只有一两个前景角色还"活着"；又比如无人的空镜头，太阳明明在那边，按说树呀灯柱呀圆雕呀,阴影应该在这边,却分分明明地展现给观众:有排阴影齐刷刷地反自然,铺向太阳的那边……如果写小说,岂不是也可以这样将角色与社会剥离? 文本结构岂不是也可以反逻辑? 总之,他那一路的美学追求,形式创新是最高价值,至于内容么,你可以理解为深奥,也可以完全不予追究。

　　20 世纪 80 年代,有人形容,仿佛有条叫作西方现代派的狗在后面逼赶,一群中国作家则在前面狂奔。这个比喻刻薄。狂奔的中国作家怕什么? 怕落伍,怕过气,怕被边缘化,以至于出局。那个时期,你如果跟人说你还在读巴尔扎克,读狄更斯,读契诃夫,还真有点说不出口,如果你说是正在读卡夫卡、卡尔维诺、马尔克斯、博尔赫斯,则显得很先进,很在谱。那十年里,乔伊斯的《尤利西斯》和普鲁斯特的《追忆逝水年华》的全译本还没有出现,到如今,加起来,是"二卡四斯",不会欣赏他们的大著,则难上台盘。我一度也是努力地去读这些在中国显得格外时髦的作品,当然,我读的都是中文译本。说个大实话,"二卡"还觉得不错,"四斯"就真喜欢不起来。"四斯"中以哥伦比亚的马尔克斯在中国影响最大,尤其是他那部《百年孤独》,其开篇:"多年以后,面对行刑队,奥雷里亚诺·布恩迪亚上校将会回想起父亲带他去见识冰块的那个遥远的下午。"被众多的中国写作者与阅读者激赏。我虽然也觉得颇为波俏,却怎么也感受不到震撼。难道狄更斯《双城记》的开篇:"那是最美好的时代,那是最糟糕的时代;那是智慧的年头,那是愚昧的年头;那是信仰的时期,那是怀疑的时期;那是光明的季节,那是黑暗的季节。那是希望的春天,那是失望的冬天;我们全都在直奔天堂,我们全都在直奔相反的方向——简而言之,那时跟现在非常相像,某些最喧嚣的权威坚持要用形容词的最高级来形容它。说它好,是最高级的;说它不好,也是最高级的。"还有列夫·托尔斯泰《安娜·卡列尼娜》的开篇:"幸福的家庭都是相似的,不幸的家庭各有各的不幸。"不都是"豹头"吗? 若说必须开篇便写到人物心理及动作,则契诃夫早是高手,如《宝贝儿》:"退休的八品文官普列勉尼科夫的女儿奥莲卡坐在当院的门廊上想心事。天气挺热,苍蝇老是讨厌地缠住人不放。想到不久就要天黑,心里就痛快了。"

但是,在三十多年前,我不怎么愿意公开我的阅读欣赏倾向。那倒不是自卑。我骨子里也是蛮自傲的。我跟罗伯-格里耶站在一处品香槟,我对他知之甚多,他对我不是知之甚少,恐怕是一无所知,大概只泛泛地知道我是一个来自中国的作家,那是一个中法文化交流的酒会,我们被法方人士引到一起,他对我以礼相待,我对他既佩服,又不以为然。佩服,是我知道他乃"二战"后在法国崛起的"新小说派"的教父;不以为然,是我读了他代表作《橡皮》的中译本,觉得味同嚼蜡,故弄玄虚。他那打倒巴尔扎克的主张,我理解,却绝不赞同。从当年那位"文青"看到我们合影的本能反应,可知我们当时是不对称的,我属于"居然",格里耶则属于"理所当然"。

从那时起,我不再掩饰自己对"新小说派"等现代派文学的"难以下咽",也不再以依然热爱巴尔扎克那样的古典作家的老旧作品而觉得难为情。我四次去巴黎,两次特意去参观巴尔扎克故居和雨果故居,一次去参观马拉美故居,两次去参观罗丹博物馆还总觉得没看够,毕加索博物馆则去看了一次便觉饱足。重读巴尔扎克的《欧也妮·葛朗台》，开头细致描写屋宇陈设的文字觉得冗长沉闷，因为现在视听文化已非常发达，无需再借助语言描写去感受，但查理一出场，人物之鲜活，情节之涟漪荡漾，欧也妮春心的萌动，梳妆匣风波……直到"似乎无事"的结局："这就是欧也妮的故事，她在世俗之中却不属于世俗，她是天生的贤妻良母却没有丈夫，没有儿女，没有家庭。"掩卷仍"到底意难平"。

我觉得自己还算得是一个平和、圆通的人。我习惯中餐，却也偶尔会特意品尝西餐。我不放弃对古典作家作品的欣赏，却也很愿意从先锋新潮文学、现代派以至后现代派文学中借鉴写作技巧。我自己不喜欢那样的文学追求，不那样去写，但我在编辑岗位上的时候，总是尽量容纳大胆出格的文学尝试。我崇尚中庸之道，我希望自己的作品能既不保守也不颠覆，既书写反映中国当下的社会生活面面观与众生相，也力图在人道关怀与人性探索上能融进世界文学之中。

但是到头来，我更铭心刻骨地意识到，我是一个中国作家，我用方块字写作，因此，我更应该从自己民族的老祖宗那里，从方块字原创的经典文本里去汲取营养，也就是从那次跟罗伯-格里耶并肩品香槟酒以后，我致力于细读细品《红楼梦》与《金瓶梅》，并努力在自己以后创作的《四牌楼》《飘窗》《邮轮碎片》等长篇小说中，融进我从中获得的活力。可喜的是，那以后，中国当代作家和作品大踏步地走向了世界，罗伯-格里耶没有获得的奖项，却有中国作家穿上燕尾服，到斯德哥尔摩去领到了奖。虽然总体而言，在文学交流上，我们仍处于入超，但既然对这种局面有了清醒认知，那么，更主动、更积极地让世界知道中国文化的博大精深，包括中国当代作家作品的多姿多彩，我们还可以做很多的事。

　　2008 年罗伯-格里耶谢世，享年 86 岁。之前 2001 年午夜出版社的灵魂人物热罗姆·兰东也去世了。一晃，离与罗伯-格里耶合影也已经三十三年了。那天的酒会是在巴黎协和广场的克里雍大饭店举办的，当时我和罗伯-格里耶经人介绍，站在酒店的露台上，朝协和广场望去，有人为我们翻译，我们有所交谈，1988 年冬日到访过我书房的那位人士，也早已不可称为"文青"，已经步入花甲之年的他，近日又与我谋面，他不改对格里耶的崇敬之心，仍觉得即使其人的咳唾，也全属珠玉，便追问步入耄耋之年的我："那天，格里耶究竟跟你说过什么？"我就告诉他，让我忘不了的是罗伯-格里耶跟我说了这么一句："奇怪。我在中国比在法国有名。"

2021 年 6 月 20 日　温榆斋

和叶廷芳聊巴洛克建筑

　　一位小我两轮的朋友跟我通电话，提及叶廷芳在今年 9 月 27 日去世，感叹："他对卡夫卡的译介，是我青春期宝贵的文化滋养。你跟他那么熟，应该写怀念文章啊！"是该写。但这两年像他那样，于我是兄长辈，而且有交往的文化人，竟有接二连三仙去的，有的，如从维熙，我马上写出悼念文章；有的，如邵燕祥，找出了他前年写给我的信，再读，却一时不愿轻率下笔；有的，如沈昌文，去世后立即有怀念文章见诸报端，共情之音，已有表达，涉及我俩之间的事，可以在今后的大回忆录中提及……叶廷芳么，我们来往最密切的时间段，是在 20 世纪最后那十年，近十几年联系少了，但相互的惦念之情，应该是对等的吧。

　　20 世纪最后那十年里，我们一度住得比较近，都在北京东南的劲松小区，不过，我住的那栋楼，在尽东头，他住的那栋楼，在尽西头，走路来往，比较费劲，相互拜访，都是骑自行车。

　　廷芳兄对德语文学的译介，也滋润着我。其实他的修养不仅体现在文学方面，他对德语领域的音乐家，对欧陆的建筑艺术，都有研究，其见解、心得，都有散文随笔呈现。我们两个，一度都被京城的建筑界容纳，一些建筑界的论坛活动，我们都被邀请参加，也都曾做过发言，挥洒自己在建筑艺术方面的见解。

因为聊得多了，相互看对方公开发表的文字也多了，共鸣反而不那么令我们兴奋了，分歧一现，讨论起来，乃至争论起来，滋味就浓郁了，认对方为谈伴的快感就增强了。

有次交谈中，廷芳兄问，是质问的口气："心武，你的发言，你的文章，我发现一个问题，对西方古典建筑，你对罗马式，哥特式，以及后来的浪漫主义，乃至近代化繁为简，简到干脆搞方盒子的包豪斯式，都不吝赞叹之词，甚至于，我记得你有次发言中，对洛可可式，那种奢靡繁琐的风格，都予以容纳，那你为什么几乎只字只句不提巴洛克式？哼，别人忽略过去，我饶不过你，究竟是怎么回事儿？"

呀！只有最佳谈伴，才能如此兴师问罪！我就很高兴地跟他从实招来："受刺激啦！"我跟他说，我上高中的时候，课程里有制图课，需要用鸭嘴笔等工具，用墨线绘制出椭圆形，不知怎么搞的，别的同学绘制起来似乎都得来全不费工夫，我却无论如何画不成，下课铃响，同学们纷纷轻松交上作业，我气急败坏将未成的制图撕毁，老师当场宣布给我一个2分（当时实行5分制），这个少年时代的阴影，使我无法感受任何椭圆的东西的美感。记得我1984年第一次去德国，巴洛克式的建筑虽最早出现在意大利，但后来在德语地区大行其道，德国汉学家朋友带我去欣赏一处典型的巴洛克式建筑，立面高处中央就是巨大的椭圆形造型，虽然那德国朋友喋喋不休地指点着跟我解释那种美术学追求的妙处，我却只盼快些离开，多看看科隆大教堂那种哥特式建筑……廷芳听了先哈哈大笑,笑完却又严肃地议论:"西方心理学,多有研究童年心灵阴影如何影响人生进程的,你这又提供了一个生动的个案。怪不得。'Baroque'来源于西班牙语及葡萄牙语里的'barroco',是变形的珍珠的意思,珍珠本该是正圆的嘛,变形了可不就成椭圆了。这种建筑的造型模式,的确大量使用椭圆、菱形、大曲线……你在巴洛可式建筑上的审美逆反,原来是有心病呀!"我就跟进议论:"搞建筑评论,应该摒弃个人的私密心理、偏执趣味,秉公而论。毕竟,美,还是有客观标准的。其实在我青少年时代,对北京的两个剧场建筑,还是挺欣赏的,一个是王府井附近,东华门外的中国儿童艺术剧院,它现在还在,虽然经过多次改建,立面大体还是巴洛克式。另一个在南城珠市口,原来叫开明剧院,一度叫民主剧场,立面也是巴洛克式,现在因扩展马路已经拆除,但有照片留下。"廷芳兄领首:"我也有印象。"我又议论:"其实1915年,当时北洋政府委托德国人罗思凯格尔改建正阳门箭楼,添建水泥平座护栏和箭窗的弧形遮檐,侧面增添西洋图案凸雕花饰,1916年竣工,现在重修,也还保持那种面貌,我觉得,箭窗的弧形遮檐,侧面增添的凸雕花饰,应该也具有巴洛克式的韵味,看起来蛮顺眼的。"廷芳兄呵呵笑:"罗思凯格尔要是使用椭圆形,你也还觉得顺眼吗?"

那几年,有时我会去他家汇齐,一起骑车奔赴某个建筑界的研讨会,他当着我的面,仅用一条右臂,麻利地穿西装、扎领带,下楼后,也仅用一条右臂,利索地开车锁、推车、骗腿儿上车、扶把前行……他比我帅,真是翩翩王子,一路骑到活动地点,他比我受欢迎。

有人私下问过我:"叶廷芳那条左臂是怎么没有的呢？你该知道吧?"我不知道。我未问过,也从未有过问之心,我跟他在一起时,也从不对他的缺臂投去特殊目光,更不会赞叹他一臂具有双臂功能。廷芳仙去,我又痛失一个谈伴。倒是可以在静夜里,再反刍一下在长安街那被戏称为"水煮蛋"的国家大剧院设计方案确定后,他在某次建筑界座谈会上的精彩发言,他的美学造诣,他的艺术通感,他的博大胸怀,他的如珠妙语……

2021 年 10 月 6 日

一江春水向西流

　　1956 年,《人民文学》杂志编辑部收到从北京市文联寄来的两个短篇小说——《姐妹》和《一瓢水》。编辑读后,一是觉得作者写作能力很强,二是主题含混,似不宜发表。《人民文学》创刊时的主编是茅盾,但那时候的主编已换成严文井,这两篇作品能不能发表? 编辑部为慎重起见,最后把作品送往老主编茅盾那里,茅盾彼时已出任文化部部长,日理万机,工作繁忙,却抽出时间细读了这两篇作品。《姐妹》写的是一对同在孤儿院长大,虽无血缘关系却一个被窝度过童年的女子,历经抗日战争、解放战争,分离遇合,渐渐在认知上出现严重疏离,却又在姐妹情谊上剪不断、理还乱的故事。作者究竟是否意在通过这俩姐妹的沧桑肯定一个、否定一个? 朦胧,暧昧,文字传达的,似乎并非臧否,而是感叹。编辑部向茅盾表态,《姐妹》尚可斟酌刊发,但对《一瓢水》,就觉得实在古怪,难以接受,希望茅公能予以裁决。

　　那两篇小说的作者,就是当年三十三岁的林斤澜。茅盾为《一瓢水》,给编辑部写去一封很长的信,先概括小说内容:"写司机助手小刘留,在路上,忽值司机老赵发病,小刘留为赵找草药郎中,翌日就好了,再上路。小刘留写得还可爱。老赵工作好,负责,但是心境不好,家里闹离婚(原因是老赵工作忙,不能回家,而老赵因此也苦闷,在病中呓语,有'叫她到疯人院里找我'之句,盖谓如此下去,自己也要变成疯人也),很少和小刘留搭腔。写小刘留扶病人找草药郎中的住处,他的举动,都带上阴森森的味道。有几处使人惊心。"然后细心统计:"全篇共七千五百字左右。"下面进入评价:"可以从两个方面评价这篇小说。如果要否定它,理由可以是:不知作者要拥护的是什么,要反对的是什么?(这是一句老调了,但常常被作为不可辩驳的尺度)。甚至还可以进一步作诛心之论,认为作者故意把人的心境、环境,都写得那么阴暗,把乡村描写得那么落后、荒凉,写草药郎中还要仗剑作法,巫医不分,写草药店老太婆迷信说见过鬼,而且,还可以质问作者:写满街人家都糊红纸,'红艳艳,昏沉沉',是何所指?写老赵高热中呓语,分明是暗示紧张劳动会逼疯了人,逼得人家家庭破碎,那不是污蔑我们的制度等等。但反过来,如果不这样'深刻地'去'分析',则此篇的最大毛病亦不过是阴森怪诞了一些,不能不说在技巧上是有可取之处的。例如他懂得如何渲染,怎样故作惊人之笔,以创造氛围。他的那些招来指责的描写,大部分属于这一范畴。那么,看了全篇后,是不是引起阴暗消沉的感觉,即所谓不健康的情绪来呢?我看也不见得。如果我们不愿神经过敏,以为这个作者是'可疑人物',作品中暗含讽刺,煽起不满,那么我们就可以这样想一想:这样一个似乎有点写作力的作者,倘能帮助他前进一步,那岂不好呢?"茅公此信到达编辑部,林斤澜的小说立即放行,在同一期上,把《姐妹》《一瓢水》两篇都予刊出,只是在目录与内文排序上隔开安排。那以后林斤澜的小说便频频见于《人民文学》，他接下去刊发的《台湾姑娘》更引人瞩目。我当时是一个十四岁的文学少年，每期《人民文学》都看，读《姐妹》，不大懂，但朦朦胧胧地产生了对命运的敬畏感。读《一瓢水》，能懂，觉得那些阴森怪诞的场景，正说明僻远山乡的落后，需要把公路修进去，需要有司机把大卡车开进去，用文明驱除野蛮。我记得小说里有个细节，就是老赵趴在车底下修车的时候，衣兜里掉落一封揉皱巴巴的信，说明老赵有私生活方面的隐痛，但他仍然带病修车、开车，忠于职守，是很感人的，而小刘留，有着美好的憧憬，就是终于成为正驾驶，把文明送进更荒僻的角落，这是一篇往我那样的少年心中洒进光亮的有趣的小说啊！

茅盾就《一瓢水》写给《人民文学》编辑部的信，是应该重视的历史文献。这封信体现出对有才华的文学写作者的爱惜，对异样写作风格的保护，真正体现出容纳百花竞开的博大胸襟，但这封信直到2004年《茅盾手迹精选》出版才得以公开。我建议，所有的文学刊物的主编、出版机构的总编辑，以及从事文学组织工作的人士，都应该将这封信作为重要的参考。

众所周知，新中国的文学发展，是经历曲折坎坷的。那时候把社会主义现实主义奉为正宗。但究竟如何先把现实主义概念厘清？1956年，秦兆阳发表了《现实主义——广阔的道路》，试图把现实主义的写作路数拓宽，很快遭到了批判，1963年，法国共产党的文艺理论家罗杰·加洛蒂出版了《无边的现实主义》一书，说明关于文艺创作方法的思考，是世界性的，加洛蒂经过一番论述，他是把卡夫卡及其代表作《变形记》都纳入现实主义的作家作品范畴,结果1965年苏联《真理报》就展开了对他的批判,我们这边也很快跟进。茅公呢,作为一个不但在创作实践上经验丰富的作家,也作为一个在文学理论上一贯用力的思考者,在1958年——那时他在白天文化部长任上操劳、晚上读书、深思——断续写成了《夜读偶记》一书,这本书林斤澜当然看到了,我那时作为一个十六岁的文学青年买来很认真地学习了。茅公对文学(主要是小说)的发展轨迹归纳为:古典主义—浪漫主义—现实主义—新浪漫主义或现代派。他认为就文学的创作方法而言,现实主义是最正确的,但是遭到了非现实主义,尤其是现代派的挑战。那时候还没有后现代主义,所以他大力批判现代主义,他认为文学创作方法存在着两条道路的斗争,而一部现代文学史,也应以现实主义与反现实主义的斗争为纲。按我当时的阅读理解,像荒诞派、象征派、颓废派、抽象派,都属于反现实主义的东西,都是应该杜绝的。茅公在那样一个历史环境下的夜读思考,是真诚严肃的,但其思路,显然是从就《一瓢水》致《人民文学》编辑部那封信有所后退。

　　到20世纪60年代初,文学写作剩下的路子已经相当狭窄,主流的作品多为歌颂性的。正是那时候,浩然脱颖而出,从短篇小说《喜鹊登枝》到长篇小说《艳阳天》,他的写法成为一种优良的范式。他笔下的生活剔除了杂质,正面人物没有瑕疵。那种写法,打个比方,就好似"一江春水向东流",大方向绝对正确,文笔顺畅,读来喜兴。那么,在这种写作环境下,林斤澜怎么写?林斤澜没有停笔,他继续写,但他移步而不换形:他歌颂,真诚地歌颂生活中那些平凡的好人好事,但他不改艺术上的"傲骨",他坚持茅公肯定过的技巧,"懂得如何渲染,怎样故作惊人之笔,以创造氛围"。在艺术手法上,人家"一江春水向东流",他却"一江春水向西流"。中国的地理地质结构,使得大部分河流都是自西向东流,但也有例外,少数河流,是自东向西流,像新疆的伊犁河,青海的倒淌河,台湾的泥溪河;就是黄河、长江的某些河段,也有"一江春水向西流"的景象,例如湖北嘉鱼县簰洲湾,就呈现了水向西流的特异景观,以至有些游客偏要找到那里,获取特异的审美愉悦。

20世纪60年代初,林斤澜的短篇小说《新生》被《人民文学》作为头条推出。这篇小说的故事很简单,就是在北京远郊深山老林的偏僻村庄,一个产妇难产,好不容易联系到公社所在的镇上,希望派一位经验丰富的老医生来抢救,但老医生年岁太大,已经难以涉水上山,"谁知到了后半夜,一声喊叫,一支火把,那二十来岁的姑娘大夫,戴着眼镜,背着药箱,真是仿佛从天上掉了下来。人们还没有看个实在,就已经钻到屋子里去了。往屋子里钻时,还绊着门槛,虽说没有跌跤,却把眼镜子摔在地上,碎了。人们定了定神,想起老大夫没有来,新媳妇躺在那里,只有出的气没有进的气了"。且看林斤澜如何渲染,怎样故作惊人之笔,以创造氛围:"半夜一阵暴雨。只见雨水里,几个上年纪的妇女,招呼着几个小伙子,悄悄地喘着气,抬着木头来了。生产队长惊问:'怎么就要做这个了?'小伙子们不作声,上年纪的妇女光说:'做吧,做一个使不着的,冲冲喜,消消灾。'提出这老辈子传下来的厚道的心愿,她们有些不好意思哩! 队长心想:'防备万一,也好。'就不说什么了。"如果是"东流派"的写法,不会这样来写,这不把生活中的"毛刺"写出来了吗？这样的情景是"不纯净"的啊。林斤澜接着写，"那新媳妇的男人，是一个高身材的小伙子。山里人不爱刮脸，这人脸色煞白，胡子黑长。雨水浇透的衣服，贴在紧绷绷的肌肉上。那浑身上下，有的是山里人的倔强。一声不响，抢过斧子，猛往木头上砍，'空'呀'空'的，使劲砍哪使劲地砍。"如果"东流派"写这样的正面人物，也不会这样下笔，这人物有瑕疵啊。可是我读了这一段，就非常感动。

1980 年至 1986 年，我曾是北京市文联专业作家，跟林斤澜"一口锅里吃饭"，来往频密，有回我邀他到我家喝酒，我就告诉他，读到《新生》里的这段描写，我就产生了电影感，觉得那山村丈夫举斧砍棺材木的声响，与那屋里难产的妇人的呻吟声、嘶喊声，交错一起，持续良久，那是爱与死的抗争啊！我甚至有将《新生》改编为歌剧的冲动，那时候我结识了几位很有才华的作曲家，就说可以约请他们中一位谱曲。而且，我觉得在舞台演出时，虽然舞台画面是中国山村，人物也都是土得掉渣的山民，但演到山村丈夫不停地举斧劈木时，可以像古希腊悲剧演出那样，有歌队出场，可以有五个穿希玛申长袍的男歌者，五个穿紫色希顿装的女歌者……那时候我已与林斤澜成为忘年交，称他林大哥，深谈多次。林大哥对我《立体交叉桥》前的小说，虽有鼓励，但从技巧上，文学性上，多坦率指出缺陷，使我受益匪浅；他知道我早年读过罗念生翻译的古希腊戏剧，我跟他说过索福克勒斯的《俄狄浦斯王》里歌队设置得最好，当"弑父娶母"的悲剧结局呈现，俄狄浦斯自刺双目，自我放逐，歌队悲怆地唱出："这苦难啊，叫人看了害怕！我所看见的最可怕的苦难啊！可怜的人呀，是什么疯狂缠绕着你？

1983 年在西安(左起：贾平凹、刘心武、林斤澜,右二汪曾祺)

是哪一位神跳得比最远的跳跃还要远,落到了你这不幸的生命上?哎呀,哎呀,不幸的人啊!我想问你许多事,打听许多事,观察许多事,可是我不能望你一眼;你吓得我发抖啊!"

《新生》中写到,那姑娘大夫竟在一顿饭的工夫里,使用产钳把那小生命完好地钳了出来:

　　　　石头房子里,新生命吹号一般,亮亮地哭出声来时,男人们一甩手,扔了斧子锯子,妇女们东奔西走,不知南北。有的跌坐井台上,一时间站不起来了。新媳妇的男人脸色转红,连胡子也不显了。看见姑娘大夫走到门边,掏出巴掌大的小手绢擦汗。那男人跳到鸡窝跟前,探手抓住一只母鸡,不容分说,连刀都顾不得拿,拧断了鸡脖子,随手扔在姑娘大夫脚边,叫道:"你有一百条规矩,也吃了这只鸡走。"

写山村村民受益于姑娘大夫的医术,其感谢方式竟如此粗犷、狂放,给我留下的印象,也极深刻。同一故事,换个人写,特别是由"东流派"来写,可能会是另一种明亮、欢快,绝对不会引起"误会"的笔法。林大哥写歌颂性作品,也能写出"一江春水向西流"的"异样"文本,透出"怪味",而且超出当时的语境,令我这样的读者联想到古希腊戏剧,正说明,他参透了文学的本性,那就是无论你写的是什么故事什么人物,到头来你要写人性,写人类心灵相通的情愫,写爱与死的抗争,写善美的永恒。

我倾诉出对《新生》的读后感,颇令林大哥吃惊。他说改革开放后,有评论家评论他以往的作品,《新生》是排在最不看好的第三档的。我就知道,有些人士,还总是从歌颂/揭露、明亮/晦暗、抗拒/融入、拯救/逍遥等二元对立的框架里来评判作家作品,其实文学的本性,在这些框架之外。他又说,我对《新生》的解读,显然是拔高了他那篇东西,其实他那篇小说里,后面用很多的篇幅描写那姑娘大夫是怎么在许多热心人的帮助下,才跋山涉水到达那山村的。引得我激动的那些文字,其实在全篇里所占比例有限,他也没有把那山村汉子举斧砍棺材木的声响,与石头房子里产妇的呻吟嘶叫交错着描写,他几笔淡淡的描写,竟惹得我要动用古希腊戏剧里的歌队!我们交谈的时候,我们这边,已经把德国文学理论家尧斯的"接受美学"理论介绍了过来。"接受美学"认为,一部作品印了出来,摆上了书店书架,并不能说这部作品就完成了,一部作品的真正完成,是通过读者阅读,读者在阅读中参与创作,不同的读者会根据自身的生命体验与审美经验,在接受作家文本的过程中,会把某些部分放大,或对作品加以补充,甚至加以校正,加以延伸,这样,一部作品才算活了起来,才算完成。林大哥就鼓励我说,老弟作为一个读者,阅读中参与别人作品的创作,使其更丰富,更动人,是个好读者。林大哥视我为知音,他感叹,知音难求!他笑我那时候写个什么都能引出轰动,总是红火,他呢,虽有若干知音,却总火不起来。我在《北京晚报》上发表短文,称他的小说为"怪味豆",他看后呵呵笑:"你给取的这个符码,还是流行不开啊!"

　　跟林大哥在一起的最大快乐,就是谈文论艺。有段时间里他集中重读法国小说家梅里美的作品,有一次他跟我特别聊起《伊尔的女神》，我记得那篇小说，写一个新郎官在花园打网球，为了不受妨碍，把婚戒暂时套到了花园里一尊美神铜像手指上，但他打完网球，却怎么也取不下那戒指了，没想到晚上听到他所住的小楼楼梯发出沉重的脚步声，竟是那铜铸女神上楼到了他的房间，第二天人们发现新郎官被铜像压得窒息而死，后来人们用那女神另铸了一口铜钟，但那口钟的钟声，造成两年葡萄藤的冻灾。林大哥问我："有的文学史，把梅里美定位为现实主义作家，但像《伊尔的美神》这样的作品，神秘，诡异，朦胧，暧昧，能算进现实主义里吗?"我说："难以划定，但他写的毕竟是人们在现实中的困惑，肉身的人可能会轻视誓言，铜铸的女神却觉得，你给我手指戴上了戒指，那你就是选我作了新娘，我找你，是要你落实誓言。"从这个角度解读，写的是现实中的人际、人性，因此，也算现实主义的一种吧。林大哥后来写了篇关于《伊尔的美神》的文章，在《读书》杂志上刊出。但现在我身边的荔枝皮颜色封面的 10 卷本《林斤澜文集》里，却怎么也找不到那篇文章，可见是漏收了，而且这文集里每篇文章后面都没有注明写作时间，是很大的遗憾。不过，这文集能出，就好。

　　林大哥晚年推出的《矮凳桥风情》系列小说，把他那"一江春水向西流"的艺术个性，推向极致，打头的一篇，就是《溪鳗》，算算字数，七八千字，是林大哥短篇小说的标准篇幅，看下来，大体只写了三四个人物：主角是来历不明的弃婴，开篇已然徐娘半老，但风韵岂止是"犹存"，简直仍带仙气，这是个被唤作溪鳗的女子，有着极其坚韧顽强的生命力；还有一位叫袁相舟的退休教师，他被请到溪鳗开的专卖鱼丸、鱼松、鱼面的小饭铺，溪鳗请他给饭馆取个名字,并且写成匾额;还出现了一个偏瘫的男子,溪鳗精心地照顾他。小说的叙述方略是半明白半朦胧,朦胧的文字中,读者可以意会到,几十年前那配枪的强悍镇长,一番仕途浮沉,或可说是他得势时捕获了溪鳗,或可说是溪鳗在他沦落时不离不弃;那袁相舟最后写下"鱼非鱼小酒家"匾额还附带题词,溪鳗满意,那瘫子也呜啊呜啊地赞好。此篇在半明半白、暧昧诡异的叙述中,竟概括出了这片大地上的沧桑变化,可以说是写了社会,写了家庭,写了邻里,写了风俗,写了爱情,却也写了情色。溪鳗半人半妖,有很纯的人情美,也有很混沌的人性挣扎,读者莫问主题,却可意会到丰沛意趣。全篇文笔好极了,比如描写矮凳桥和吊脚楼下的溪水:"这时正是暮春三月,溪水饱满坦荡,却像敞怀喂奶、奶水流淌的小母亲,水边滩上的石头,已经晒足了阳光,开始往外放热了;石头缝里的青草,绿得乌油油,箭一般射出来了;黄的紫的粉的花朵,已经把花瓣甩给流水,该结果的要灌浆坐果了;就是说,夏天扑在春天身上了。""那汪汪溪水漾漾流果晒烫了的石头滩,好像抚摸亲人的热身子。到了吊脚楼下边,再过去一点,进了桥洞,在桥洞那里不老实起来,撒点娇,抱点怨,发点梦呓似的呜噜呜噜……"更妙的是写落难后的前镇长,提个篮子,里面盘着好不容易得来的两尺长的溪鳗,盖上毛巾,慀慀懂懂地就走到了矮凳桥上,"镇长一哆嗦,先像是太阳穴一麻痹,麻痹电一样往下走,两手麻木了,篮子掉在地上,只见盘着的溪鳗,顶着毛巾直立起来,光条条,和人一样高,说时迟那时快,那麻痹也下到腿上了,倒霉镇长一摊泥样瘫在桥头。"这仅仅是在写一个醉汉突发脑溢血吗?那和人一样高的溪鳗究竟是幻觉,还是那尽管他落难仍眷顾他的女子赶来了？他在得势时曾漫骂坚持开饭馆的溪鳗："来历不明，没爹没娘，是溪滩上抱来的，白生生，光条条，和条鳗鱼一样，身上连块布，连个记号也没有，白生生，光条条，什么好东西……"可见"白生生，光条条"深深地嵌入了他的潜意识，是诅咒，是暗恋，也是瘫痪时渴盼的天仙。林大哥的小说都需要细品，怪味里有乾坤，含混中有细理。

记得我2006年在美国哥伦比亚大学讲我个人的研红心得，那年夏志清还很康健，他上午来听，大声插话鼓励，我已很是感动，上午讲完，我趋前致敬，劝他下午就别来听我"胡说"了，他却下午仍来听讲，仍大声插话肯定，晚上小型餐聚，我们言谈甚欢，我就跟他说，真该像他当年把几乎被尘埃掩埋的沈从文、张爱玲发掘出来一样，也给林斤澜一个"学术公道"，引起文学史家、评论家和广大读者的最高程度的重视。我把《矮凳桥风情》中的《溪鳗》简略地讲给他听，并且模仿他当年对张爱玲《金锁记》的评价："《金锁记》是中国自古以来最伟大的中篇小说。"造出这样一个句子："《溪鳗》是20世纪下半叶中国伟大的短篇小说。"我没有说是"最伟大"，只说"伟大"。夏先生认真听我诉说，很严肃的表情，最后叹息："可惜我精力不济，读不了那么多，也弄不来那么多了，不过，你既然真那么认为，倒不妨写点文章。"

林大哥2007年荣膺北京市作家协会"终生成就奖"。2009年4月11日下午，我和从维熙去医院看望他，那时候他刚又一次被抢救过来，坐在轮椅上，我大声呼唤："林大哥！"他望着我，现出一个灿烂的微笑。女儿林布谷走过去把他搀扶到病床上躺下，对我们摆手，示意不要进入病房，我和维熙兄就绕到阳台上去,我忍不住哭了起来。我和维熙离开医院约两小时后,林大哥仙去。

前些天有晚做梦,似乎和林大哥一起,站在簿洲湾,只见一江春水,溶溶漾漾,水波潋滟,美感独特,从容西流。

2020 年 10 月 11 日　温榆斋

2005 年与林大哥在一起

愿做报春老梅树

　　六十年前，1962年春节期间，我在《中国青年报》上发表了《赏梅迎春》一文。写那篇文章的时候，我还不到二十岁，我不认识《中国青年报》社的任何人士，是自发投稿，《中国青年报》的编辑从众多来稿中选出我这篇，二审通过，总编辑签发，还安排在副刊头题，配了一张挺大的图。文章里我侃侃而谈，似乎对梅花梅树梅子都很了解，还向读者报告，那一时期，梅树只生长在中国，日本曾多番尝试种植，总未成功；而在我国，梅树主要生长在江南，苏州的邓尉，杭州的超山，无锡的梅园"香雪海"，都是以栽梅出名的胜地。每逢春梅盛开时，人们就络绎不绝地相携去赏梅。迎春赏梅，已经成为我国人民的一种习惯。

　　其实写文章的时候，我并未去过江南，我所定居的北京，那时候还没有地栽梅，我所赏的梅，都是比如说中山公园塘花坞里的那种盆景梅。那么我文章是怎么写出来的？除了从盆景梅去想象江南地栽梅，就是通过阅读。从少年时期，我就喜欢读书，我的生活历程，是现实的阳光雨露、坎坷颠簸、柳暗花明，与读各种书籍从中获得知识、启发、激励、教训，交织一起，相浸相融的。

　　人间正道是沧桑。一个甲子过去，祖国变得更富更强更美了。

北方难以地栽梅花的困难,在 20 世纪 80 年代后,经过园林栽培专家和园林工人们的一再努力,已经突破。现在北京人赏梅,不用非去江南,不必只在盆景梅前凝神,许多地方,都有梅林出现。前些天,助理焦金木开车,我们一起去了北京明城墙遗址公园,那敞开式公园的园林布局,主打就是地栽梅,有红梅、白梅,还有绿萼梅。那日天气晴好,游客不多,防疫都戴着口罩,保持距离,静静地赏梅。我逐次走近不同的梅树,近观那美丽的花朵,嗅其淡雅的香气,品其独特的神韵,身心大畅。不禁就回想起六十年前,自己发表过《赏梅迎春》的文章,那时还是个毛头小伙,如今却入耄耋之年。

"老而不死是为贼",这是两千五百多年前孔子批评原壤的话,孔子说的话收齐全了是:"幼而不孙弟,长而无述焉,老而不死是为贼。"就是这个原壤年轻的时候不尊老爱幼,成年后又无所事事,现在老不死,成偷取岁月的贼了。孔子和原壤本是朋友,他骂原壤"老不死的",既是批评,也有调侃之意。当下尊老爱幼风气很盛,少有人嫌弃耄耋老人视为贼寇的。但我自己既然进入了"80 后",就应自诫:不能像原壤那样无所作为,倚老卖老。就如一株老梅树,只要精气神还在,就该再开出花朵,对社会,对年轻一代,有所奉献。我现在仍在写作,仍在参与当下的文化活动,不仅电脑打字,也录制音频,写新的小说,也把自己几十年来的读书心得、人生感悟,提炼出来,出版新的散文随笔集子。

愿自己这株老梅,还能继续报春。

2022 年早春二月

(此文系天地出版社《天下没有白读的书》之序)

刘心武在书房

羊角灯胡同

　　北京恭王府现在是一个热门旅游打卡地。恭王府所在的那条东西向的小街现在叫作前海西街,海指的是什刹海,这条街南边,有条胡同,叫作羊角灯胡同,羊角灯胡同与前海西街并不完全平行,它呈西南往东北延伸的态势。也许是被恭王府旅游热的带动,近来羊角灯也成了一个旅游打卡地。其实这条胡同,长度不足二百米,宽度两米多,胡同两边的院落,也至多不过是些寻常的小四合院,影壁后也就一进,没什么两进或更宽阔的院落,其中有的早成了混居的杂院,实在是无足观。那为什么有越来越多的人对其感兴趣? 我想,首先是胡同的名字吸引人眼球吧。

　　既叫这名字,那是否与一种特殊的灯具——羊角灯——有关呢? 答案是肯定的。北京胡同的名字,千万不要一律望文生义,比如也在什刹海附近的两条胡同——大翔凤胡同、小翔凤胡同,我初到那里时,就以为一定有过彩凤飞翔的美丽传说,或至少是以前生产凤凰头饰的作坊集中地,后来知道,其实是大墙缝、小墙缝的谐音转化,因为那两条小胡同,是依附在大王府高墙之间的隙地形成的。谐音将俗义转为雅称,是北京许许多多胡同命名的不二法门,比如大格巷原来是打狗巷,奋章胡同原来是粪场胡同,高义伯胡同原来是狗尾巴胡同(北京话尾巴发音为"以巴")……但难能可贵的是,羊角灯胡同并非俚语俗音雅化而来,它确确实实是跟羊角灯这种独特的古灯具相关。

　　熟悉《红楼梦》的人士,肯定能想起,书中出现过羊角灯。第十三回写王熙凤从荣国府出发,出至厅前,上了车,前面打了一对明角灯,大书"荣国府"三个大字,款款来至宁国府。明角灯就是羊角灯,灯上可以写上大字,等于是荣国府的告示牌,可见灯体很大,透明度很强,体面而威严。第五十三回,写祭完宗祠,荣国府那晚各处佛堂灶王前焚香上供,王夫人正房院内设着天地纸马香供,大观园正门上也挑着大明角灯,两溜高照,各处皆有路灯。大观园的园门,据第十七回交代,是正门五间,虽比不上荣国府府门宏伟,也应该相当阔朗,门上所挑的大明角灯,也就是大个儿的羊角灯,想象中或许比十三回为凤姐开路的角灯体积还大。第五十四回写荣国府元宵开夜宴,廊檐内外及两边游廊罩棚,将各色羊角灯、玻璃、戳纱、料丝,或绣或画,或堆或抠,或绢或纸,诸灯挂满。在各色灯具中,羊角灯居首位,可见羊角灯已成为贵族府第奢侈级别的一种标识。

　　现在网上可以查阅关于羊角灯胡同的资料,其中一条是这样写的:"位于什刹海历史文化保护区,在三座桥胡同与龙头井街之间……羊角灯胡同这个名字从乾隆时期开始叫到现在,据说当初这里有许多制作羊角灯的作坊。也有民间传说这里是负责和珅府安全的警卫人员驻扎地。夜间士兵提着羊角灯巡逻,故名羊角灯胡同。21号院曾是刘心武先生住过的地方。23号院内北屋姓张,其主人的先辈是著名的大鼓表演艺术家张宝和,俗称'大鼓张',相声大师侯宝林曾向他学艺。侯宝林先生小时候也曾在此住过。"还有一些别的条文,大同小异。

羊角灯胡同北边的恭王府,其称呼是因为1850年道光皇帝驾崩,咸丰皇帝继位,将原庆王府赐给其六弟恭亲王奕訢,咸丰二年四月二十二日,恭亲王奕訢迁居此府,始称恭王府。现在不少人士参观了恭王府以后,都有一种感觉,就是《红楼梦》中所描写的荣国府,几进院落呀,垂花门呀,抄手游廊呀,东西夹道呀,穿堂门呀,后楼呀,都能在小说中找到影子,而叫作萃锦园的恭王府花园,里面更有诸多景观,令人联想到书中的大观园。但是《红楼梦》成书于乾隆朝中期,作者不可能超前到晚清去从恭王府及其花园撷取素材,因此,有一种说法,就是恭王府的前身,一度是乾隆宠臣和珅的宅邸,和珅当时有可能看到过《红楼梦》抄本,他是参考书中的大观园,来营造他的花园的,晚清恭王对其照单全收,才形成这么个格局。此说可供参考。

周汝昌先生曾出版一书,考据《红楼梦》大观园的园林原型,首印时,出版社可能是考虑到书名最好能简洁明快,就叫作《恭王府考》,有的人不仔细去看书里内容,只凭这个书名,就严重质疑:恭王府是《红楼梦》成书很久以后才有的,就算从和珅府说起,其造成也在《红楼梦》手抄本流布于世之后,你这考据意义何在? 其实,周先生此书自定的书名,本是《芳园筑向帝城西》,再出此书时坚持以此为书名,盖是取《红楼梦》中元妃省亲,薛宝钗奉命题诗的第一句。这一句大有考据的必要,意思是大观园的位置,在京城的西部,再参考书中其他的描写,更可知具体位置是在西北;虽然书中的大观园是作者把关于中国古典园林的识见加以融会贯通后形成的浪漫想象，但追踪蹑迹，探讨作者这想象的最主要的原型依据，还是很有意义的。周先生书中考据了和珅府建造前，那处空间的沿革，可知最早可追溯到明朝，那处地方，原有明代成化、弘治年间，擅权的大太监李广私建的园林。我1961年到那处空间工作、居住时，地名还叫作李广桥斜街，听老居民说，直到1950年，那里的水道以及以李广命名的拱桥还在，大约1952年，河道才被改造成暗河，桥才拆毁，李广桥斜街的地名一直保留到1965年，才改名为柳荫街。那一地域，不仅有什刹海前海、后海的大片湖泊，还有许多的网状水系，李广当年在那里建造别墅，就是利用了那里的水资源，形成一处美丽的园林。清朝取代明朝，明朝的紫禁城成了清宫，明朝遗留下的一些豪宅园林，也多被清朝统治者接收，逐步分配给清朝的贵族达官建府建园享受，李广遗留下的那处园林，后来归了谁呢？应该是被清朝内务府收管，在康熙帝分封他的众多阿哥时，修葺为某阿哥的府邸，但因康熙晚期，有九子夺嫡的闹剧，最后胤禛即雍正胜出，而两立两废的太子胤礽，以及大阿哥胤禔、三阿哥胤祉、八阿哥胤禩、九阿哥胤禟、十阿哥胤䄉、十四阿哥胤禵（后来雍正把这些兄弟名字中的胤字全改成了允字，而且八、九阿哥还被革出宗室，取了侮辱性的称谓"阿其那""塞思黑"），都被不同程度打击，他们当中是否有的倒台前的府邸，就在李广桥那边？和珅后来所获得的地盘，应该就是那地方的一处废府。而这样的废府，照例应该由内务府处置，在成为废府的时期，官绘京城全图，当然只能画成一片卑陋之地，而将废府改建成新权贵的宅邸，应该由相应的工部官员负责，其下面应该有具体实施工程的营缮郎。曹雪芹的父辈曹𫖯在雍正朝的江宁织造任上遭到查抄，但未被斩尽杀绝，逮京问罪后，还给他家在北京蒜市口一个十七间半的院落居住。雍正驾崩乾隆登基初期，乾隆实施缓解前朝紧张形势的怀柔政策，启用了雍正朝被治罪的内务府官员，其中就有曹𫖯，曹𫖯很可能就参与了废府改造为新府的过程，那过程绝非短时可竣，负责施工时可能就会常到现场，而他的儿子曹雪芹（若非儿子应是堂兄曹颙的遗腹子），那时虽然只有十几岁，也可能就会趁机跟过去打打下手，当然也就对那园林有了细致的观察深刻的感受。但乾隆四年发生了"弘晳逆案"，曹𫖯被牵连，才终于"忽喇喇如大厦倾，昏惨惨似灯将尽"，以至于"落了片白茫茫大地真干净"，曹𫖯不知所终，曹雪芹潦倒沦落，贫居西山，举家食粥，但这倒成了曹雪芹后来撰写《红楼梦》大悲剧的动力，他真事隐，假语存，一个有原型的大观园，在其丰富的想象力和高超笔力下，也就呈现出来了。1962年，周恩来总理在当时北京市副市长、著名红学家王昆仑等人陪同下到恭王府视察，关于恭王府花园前身是《红楼梦》大观园原型的说法，他指示说："不要轻率地肯定它是，但也不要轻率地否定它就不是。要将恭王府保护好，将来有条件时向社会开放。"

　　位于恭王府南边的羊角灯胡同，从乾隆时期一直叫到现在，那确实是因为当初这里有许多制作羊角灯的作坊，更有民间传说，这里是负责和珅府安全的警卫人员的驻扎地，夜间士兵提着羊角灯巡逻，故名羊角灯胡同。羊角灯是一种奢侈品，而且应该首先是供应宫廷，由皇帝来享用的。恭王府居然连其巡府的兵丁也大摇大摆各执一盏，可见府里悬挂提用的更不计其数，这是很惊人的。明朝的李广在此建造别墅园林,后来李广倒台,大臣们弹劾李广八大罪状,其中的第四条就是"盗引玉泉,经绕私第",玉泉山的水本来只能皇帝引用,李广却通过月牙儿河把那泉水引到了自家的花园里,这就是僭越。和珅被嘉庆治罪,开列在罪状多达二十条,其中第十三条:"所盖楠木房屋,僭侈逾制,其多宝阁,及隔段式样,皆仿照宁寿宫制度,其园寓点缀,与圆明园蓬岛瑶台无异,不知是何肺肠。"僭侈逾制,其实是各朝各代贪官的通病。《红楼梦》里写到的荣宁二府,地位其实在王爷之下,其吃穿使用,如玉田胭脂米、凫靥裘、大玻璃穿衣镜、大明角灯等等,不仅直追王府,甚至简直就是皇宫水平。羊角灯胡同满布的羊角灯作坊,其生产的羊角灯,主要应该是供应宫廷,其次才是其他贵族府第,但和珅府却独占鳌头,几乎垄断了羊角灯产量的大半,这当然是严重的僭侈逾制。

那么,羊角灯究竟是怎么生产的呢?有三种说法。一种是说,将山羊角煮烂成糊状,然后置于浅碟中冷却,最后形成类似玻璃的薄片,然后把这些薄片镶嵌在事先制作好的灯框上。但这样形成的灯具,不能呈浑然一体的圆筒形或枣核形,与留存至今的实物不符。另一种说法,则是有一种模具,类似两个大小不一却也相差不多的圆形,把煮烂的山羊角形成的糊状物灌进两个圆形的缝隙中,待冷却干燥后,拆去模具,就形成了长圆或浑圆的灯体,上下再附加铁丝等制成的烛台提手,就形成了羊角灯。邓云乡先生持此说法,可供参考。但我相信第三种说法,这是我在李广桥斜街工作居住期间,在羊角灯胡同里,听一位老爷爷告诉我的,我结识他的时候,不到三十岁,他却已经八十开外,左近的人们都称呼他冰爷,我也跟着那么叫。刚开始的时候,我以为写出来是"兵爷",以为他当过兵丁,后来才知道,所谓"冰爷",就是在冬季什刹海的冰冻期,参与采冰的爷们。直到 20 世纪 70 年代,每到冬季,什刹海还都有采集天然冰,运往冰窖保存,在夏季加以使用的做法。但我结识冰爷时,他早干不动采冰,听左近有的知根底的人说,其实也可以叫他杠爷,就是在新中国成立前,他一度当过给人抬棺材的杠伕,这个称呼比冰爷难听,有人那么叫唤他,他不应声。他跟我熟了以后,我问起羊角灯的事情,他就说自己在光绪三十年,十四五岁的时候,到这羊角灯胡同的作坊里,当学徒制作过羊角灯,他说那时候这胡同里原来的羊角灯作坊已经倒闭过半,但也还有继续坚持那营生的,来订货的主顾,达官贵人多过了皇家贵族。他跟我细说羊角灯的制作过程:把大山羊角截去尖端,放在大锅里,放满水,用大量的白萝卜丝一起焖煮,掌握住火候,一定要在山羊角没有煮烂却又软化的情况下停火,然后把煮得膨胀的羊角捞出来晾起,也要掌握住火候。在捞出的山羊角仍温热的时候,用一组木头制成的楦子,塞进羊角里面,将其撑大。开头使用的楦子类似纺锤形,然后逐步换成中部鼓起更多的楦子,这期间,有的羊角就会破裂,那就只能放弃,没破的,再小心翼翼地换更鼓的楦子撑开,最后,才形成或圆筒状或大体浑圆的灯膜。灯膜形成后还要再细心打磨,使其各方位厚薄大体一致,最后再附加上下的提框烛座,成为一盏可供使用的羊角明灯。听他这么说,羊角灯制作过程中的损耗率是相当高的,他说煮一大锅羊角,最后成型的,也就两三个,大型的成品,往往一季也就几盏,而且羊角灯使用期也短,冬寒夏暑,容易开裂,不经磕碰,即使外壳完整，也往往会变得失去透明度，不再美观。我很感谢他给我提供的这些宝贵信息，就跟他说，我管您叫灯爷吧，他摆手，说还是叫冰爷好，原来他是从国营采冰队退休的，他以那个正经职业为荣。冰爷已经谢世四十余年，羊角灯胡同作坊的制灯工艺，随他那代工匠湮灭无传了。

如今存世的羊角灯，非常罕见。整个故宫博物院，也仅存1889 年光绪大婚时坤宁宫洞房使用过的两盏硕大的喜字羊角灯。从网上得知，浙江诸暨大唐箭路村，至今还有一位羊角灯制作传人——张方权。他家祖上四代做灯。他的制作方法，与我从冰爷那里听来的类似，不同处是他将两瓣熬煮过的羊角撑大后，再合拢加以焊接，焊接后使用工具仔细打磨，使人看不出接缝。如果北京羊角灯胡同要进一步开拓旅游事业，或许可以请张方权先生到胡同中开一爿羊角灯店，展示其特殊工艺，并将制成的灯具作为旅游纪念品发售。若再将大鼓书艺人张宝和以及侯宝林故居布置成曲艺博物馆，再将胡同里现有的小餐馆改造为可听大鼓书与相声的茶寮酒肆，人气或许更旺。

至于网上说羊角灯胡同"21 号院曾是刘心武先生住过的地方"，不知何所据。我自己从未说过、写过曾在羊角灯胡同居住。网上有的相关信息的配图中还有发现羊角灯 21 号的华丽门面，看了吓我一跳。现在郑重声明：我不曾在羊角灯胡同居住，不要再以讹传讹。我现在是一个退休金领取者，在哪里居住过也实在不值一提。但我与羊角灯胡同确实有不浅的缘分。我在青春期，追求过居住在那胡同里的一位女郎。那期间我傍晚常从龙头井那边往胡同西口里去，但往往就有一位大体同龄的小伙子，偏在那时候在胡同口舞剑。他身手矫健，剑法专业，似乎也并不是故意要阻拦、威胁我，但我望见那阵势，总觉得还是退避三舍的好，于是转身从前海西街，绕到羊角灯胡同的那一头，叫作三座桥的地方，试图从东口进入。但也就有好多次，我到了东口，他却又出现在东口那里，依然默默舞剑，令我大窘。我们从未过话，但都心照不宣：互为情敌。我知道他那时所属的单位远比我任教的学校高级，而且他的母亲也通过强有力的中介人士，向那女郎的父母表达了迎娶其女的愿望。后来他不再出现在胡同口舞剑，因为那女郎最后选择了我这舞笔的，成为我的妻子。我们生下了儿子，儿子幼时就放在妻子父母，也就是我岳父岳母那里抚养。我虽然常常会去岳父岳母居住的院里，却从未在那里过夜，我和妻子另住在柳荫街，因此那个院落不可说成我一度的居所，更何况那时候那是个居住了五六家的小杂院，即使从我岳父岳母的角度来说，也不能算成是一家的宅院。不行了，流年碎影荡漾心头，都是生命中不能承受之忆，不能再往下写了。爱妻去世马上就满十三年了。羊角灯胡同虽非我曾居之地，却是我生命中难以忘怀之空间。

2022 年 2 月 6 日　绿叶居

2018 年 10 月 17 日恭王府天香庭院匾前

追寻大海

1978 年，对于我的助理焦金木来说，是很久远的年代了，那时候他还在懵懂童年，他帮我整理旧照片，拣出一张背面写着 1978 字样的，认出照片上左后方是我，问我其余都是谁。我告诉他，前面居右，是中国的莎士比亚啊！他才知道是跟曹禺的合影。如今我在文坛早已被边缘化，但 1978 年的时候颇为红火，那时候中国作家协会刚恢复建制，原来的办公楼无法收回，只好在沙滩老北大红楼后面的空场，搭建起一些简易房，房虽简易，活跃在其中的人们却立即繁忙起来，那时也恢复了对外文学交流，作协外联部常招呼我参加一些相关的活动，其中多有境外来客要访文学前辈，让我作陪。

记得 1978 年有天又通知我到作协简易房集合，我骑自行车匆匆赶去，劈头遇见李季，现在好多年轻人不大清楚他了，他是诗人，代表作有长诗《王贵与李香香》，那时他是恢复作协建制后的负责人之一，并且接替张光年主管《人民文学》杂志（他 1980 年猝然去世）。记得他双臂抱在胸前，问我："怎么你又来了？"我说："外联部又给我打电话了呀。"他叹息："这样的事情，会越来越多。"很不以为然的样子。我很受触动。其实那类的外事活动,对于作家写作,实在是弊多利少,我那时年轻,有虚荣心,有招必应,觉得比如说能跟冰心、艾青老前辈一起到外国大使馆赴宴,或与丁玲一起接受西方记者采访,挺不错的。那次劈头遇见李季,到外联部集合,应该就是一起去曹禺家,那张旧照片,应该就是在曹禺家拍摄的。去曹禺家,是外联部的林绍刚,带上我和外联部另一位工作人员,一起坐作协的小轿车去的,活动完毕开回作协,我再骑自行车回家。

那次去曹禺家,是有位叫刘敦仁的加籍华裔文化人,他要拜见、采访曹禺,我们作陪。照片上左前方就是他,右前方是曹禺,后面居中是曹禺女儿万方,她现在也是著名的剧作家了,右后方是中国作协的资深外事干部林绍刚。

焦金木问我,那天曹禺说了些什么。我竟全无记忆,只留下曹禺老前辈蔼然可亲的一些音容。

曹禺 1952 年担任北京人民艺术剧院院长,1954 年剧院推出了他的四幕剧《雷雨》。《雷雨》的剧本发表于 1934 年,之后很快就搬上了舞台,还拍过电影;新中国成立后,1954 年 2 月,上海电影制片厂演员剧团由赵丹执导了话剧演出,而北京人艺,曹禺自己是院长,剧院总导演是焦菊隐和欧阳山尊,《雷雨》由夏淳执导,1953 年就开始排演,1954 年 6 月首演。曹禺自己参与其中,对原剧本的调整,包括对演员的选择,到最后成型的认可,他都耗尽心血,可以说,1954 年北京人艺版的《雷雨》,是最具权威性的,至今仍充满饱满的活力。那一年我步入初中,觉得自己已经不是少年儿童,原来订阅《儿童时代》《少年文艺》,改为订阅《人民文学》《文

1978年曹禺家中，右前曹禺，左前刘敦仁，右后林绍刚，左后刘心武，中间万方

艺报》，看剧也不再是《小白兔》《马兰花》，而是《雷雨》这样的剧目。我不仅在1954年夏天看过最原版的北京人艺《雷雨》，之后几乎每一轮复演，都要再看。那时报纸说刊登演出预告，主演的排序总是饰周朴园的郑榕和饰鲁妈的朱琳打头，我有些疑惑，因为我把戏看下来，总觉得繁漪、周萍是最重要的角色，因此饰繁漪的吕恩和饰周萍的于是之应该挂头、二牌。我那时看到的，饰四凤的总是胡宗温，饰周冲的是董行佶，饰鲁大海的是李翔，饰鲁贵的是沈默。后来也看过狄辛饰繁漪、苏民饰周萍，最有意思的是，我看过赵韫如饰鲁妈，有一次再跑去看，她那场居然饰繁漪，别有情趣。看过女演员金昭饰周冲，难以接受。李翔饰鲁大海很贴切。沈默饰鲁贵非常称职，但我现在怎么也查不到沈默的信息，这位演员还在世吗？现在网络上可以看到1954年版的《雷雨》，其实是1979年录制的复排演出，郑榕、朱琳、胡宗温、苏民、李翔是原班人马，繁漪换成了谢延宁，周冲换成了米铁增，鲁贵换成了李大千，但后三个角色也都大体延续1954年的演法。

据《新京报》2020年12月14日报道："1954年6月30日，北京人艺第一版《雷雨》成功上演，夏淳任导演，被奉为经典。由于时代的原因，此版《雷雨》中的人物已被简化，只有'阶级斗争'了，人与人之间充满恨。1979年重排版《雷雨》尽管有突破，但是做得不彻底。"

1954年版的《雷雨》，"人物已被简化只有'阶级斗争'，人与人之间充满仇恨"这个概括，以我当年的观感，也太过"简化"了。因为曹禺剧本本身为每个人物都注入了鲜明的个性与情感逻辑，即便导演和演员试图让演出尽量符合当年阶级斗争宣传的需求，大多数观众看戏,关注点还是个人命运的诡谲。我那时也许是因为与剧中周冲年龄较为接近,就很钟爱这个角色,还试图找机会到舞台上去饰演这个角色。这个角色对其他七个人物,都没有仇恨,即使对鲁贵,也有温情,形成一个超越阶级斗争的光斑。当然,当时的导演和演员,确实都竭力去为角色作阶级定位。饰演繁漪的吕恩就回忆过,剧组认真地为每个角色判定阶级成分。这里忍不住岔出一段:我的小哥刘心化,1950年随父母来到北京,当时高中毕业,应该上大学,他就报考了华北人民革命大学,报到后才发现,同学里尽是些1949年前已经从业的大龄知识分子,包括电影戏剧明星,原来这所大学是为吸纳知识界人士而创办的,学习的主要内容不是专业知识,而是思想改造,等于是短训班。结业后许多学员很快分配到新的文化部门,吕恩就是同学之一。他记得,那时候学校校址在西苑,就在颐和园附近,周末大家去颐和园东湖游泳,他分明听见吕恩在岸上休息时,用上海话跟同伴真诚地说:"咯个思想改造,是顶顶重要咯!"这所学校很快改组为中国人民大学,吕恩分配到北京人艺,领导找刘心化谈话,说他一个不满二十岁的小青年,以"我要革命"的热情进了这所大学,难能可贵,现在学校改组,打算以"调干"身份保送他到正规大学深造,他就选择了北京大学俄罗斯语言文学系,成了曹靖华的学生。后来吕恩出演《雷雨》中的繁漪,小哥和我一起看她演出,看完小哥就说,其实在革大的时候,大家讨论阶级,就拿《雷雨》里的角色当例子,八个人物,周朴园、鲁妈最好定性,周朴园是大资产阶级,鲁妈是城市贫民,鲁大海是无产阶级,四凤和鲁贵也可以划入城市贫民,周萍和周冲呢,属于小资产阶级吧,或者叫作"出身无法选择，道路可以选择"的剥削阶级家庭子女，而最难定性的，就是繁漪，她已成年，依附于周朴园生活，应该也定性为大资产阶级，但是剧作者对她付出的理解与同情最多，她对周朴园是坚定反叛的，是被大资产阶级压抑的一个生命。据吕恩回忆，剧组讨论的结果，是把她定性为小资产阶级，就是只追求个人的自由，没有直接剥削压迫劳动人民，却养尊处优，也是有原罪的。

难为北京人艺1954年头一版《雷雨》的导演演员们，在当时的时代氛围里，他们努力使这台戏能融入历史唯物主义的框架，而又不违背曹禺最初创作那些人的生存困境，表现人性挣扎的强烈的情感宣泄，使其终究不失为一件熠熠生辉的艺术品。我在20世纪50年代至60年代中期，正是从北京人艺演出的《雷雨》《日出》《北京人》《风雪夜归人》《茶馆》《骆驼祥子》等剧目中吮吸到丰富的滋养，而形成自己的美学观念的。

再据《新京报》2020年12月14日报道："1989年，夏淳用全新阵容重排《雷雨》。第二版《雷雨》以全新视角解读人物，向曹禺回归。这是导演夏淳继1954年、1959年和1979年之后第四次为北京人艺排演《雷雨》，并起用了全新的演员阵容。"什么叫作"向曹禺回归"？根据一些相关的文章，可知当年曹禺写作《雷雨》时，并无阶级斗争理念，连究竟什么是阶级也懵然，他所要表达的，是人性的探索，因此，这一版的《雷雨》，也常被评为"回归人性"。

郑榕是在舞台上扮演周朴园最持久的演员，1954年他才三十岁，但扮演的五十多岁的周朴园无论从年龄感还是气质感都非常到位；1979年他五十五岁，形象更无违和感。他在一次访谈中说，原来演周朴园总强调他的专制与虚伪，改革开放后，再演这个角

北京人艺1954年版《雷雨》,左郑榕饰周朴园,右朱琳饰侍萍

色,就注意演出他复杂的人性。我也看过他1979年和20世纪90年代初最后的演出,他把这个人物有过自己独特的青春,隐秘的情愫,强悍掩盖下的脆弱,家庭专制的出于好心,都丝丝缕缕可梳可扪地表达了出来。他说他曾在幕布缝隙看到台下自己曾追求过而被拒的初恋在座位上看戏,顿时心弦被重重拨动,这使得他在第二幕表演与侍萍不期而遇时,找到了人性挣扎的依据。朱琳在一次访谈时回忆,最初她是不愿意饰演侍萍的,1954年的时候她三十一岁,剧中的侍萍五十出头,她跟曹禺说她不愿意演老太太,曹禺就找到她家,到她面前动员,告诉她这个角色一生只爱过一个人,也只恨一个人,这个人就是周朴园,这样的角色人性中的复杂情感是非常值得表现的,最后她接受了这个角色,跟郑榕一起演到了自己年逾七十。我看过她最后的表演,形象已经完全不符合剧本规定了,但她把侍萍那爱恨交织的情感涌动表达得更精准也更细腻。2004年,北京人艺再次用全新阵容重排《雷雨》。按照历史沿革,这是北京人艺的第三版《雷雨》。在前两个版本老艺术家们的指导下再度排演《雷雨》,导演是顾威。2020年9月24日是曹禺诞辰110周年纪念日,在这一天北京人艺用全新版《雷雨》正式开启了一系列的纪念活动,这次的版本是濮存昕、唐烨导演的,极富新意。2021年推出的一版由顾威与龚丽君联袂执导,以周朴园为主视角进行解读,这一版被称为第四版。2022年为纪念建院70周年,再演《雷雨》,获得"五代人一部剧,经典传承七十年"的美誉。我和焦金木一起观看了由第五代演员演出的这台演出,我回忆起68年前所看到的《雷雨》首演,我的感受是,北京人艺的《雷雨》虽然与时俱进,但移步而不换形,始终保持写实主义的总体风格,回归曹禺,回归人性,拿捏得恰到好处,并没有完全抹去曹禺初衷中与原始剧本中的左翼色彩,就是一种诟富悯贫的情怀。也就是说,剧作者虽然当时并没有掌握历史唯物主义,甚至并不懂得阶级分析,但他也并不否认人物的社会属性。有的人在社会上养尊处优,有的人在社会上艰难求生,他们完全是两种不同的人,他们之间的冲突固然有人性冲突,也有贫富冲突。

1934年初,有部上映后引起轰动的电影《姊妹花》,郑正秋编导,胡蝶主演,一人分饰姊妹两角,其主要情节,就是表现一对亲姐妹,二宝后来成为贵妇,大宝成为其帮佣,互不知情,酿成惨剧。大宝、二宝的命运与《雷雨》中的周萍、鲁大海类似,这种血缘亲近而社会地位大异的人物设计,作者并不需要具有鲜明的阶级意识,却也一定会具有抨击富人同情穷人的情怀,如果去掉这种情怀,只表现人性,不揭示社会不公,那也就成不了经典。《雷雨》1954年首演是以"五四以来优秀剧目"为旗号的,我们无论如何总不能背离"五四精神"去诠释《雷雨》。北京人艺的各版《雷雨》,都保持着"戏中有第九个角色"的美学意识,那第九个角色就是雷雨本身,我也看过别的艺术团体演出的《雷雨》,在雷电和雨声的音效处理上,就往往没有神韵。北京人艺的雷雨音效仿佛一个活的灵魂,参与到这出悲剧的全过程,希望剧院把这"第九个角色"保持下去。

《雷雨》剧本真是"万家之宝",提供了一万种诠释的可能性。从20世纪80年代后,多种新颖的演出版本纷纷推出,比如2007年,导演王延松率上海话剧艺术中心多位资深艺术家以及上海戏剧学院、上海音乐学院的学生,带来了一个新版《雷雨》,该剧着重呈现曹禺原作中的诗意。此版恢复了《雷雨》原剧中的序幕和尾声，导演找来曹禺中学时代的诗作《不久长》作为歌词，谱曲后由歌队吟唱。该版《雷雨》与以往完全不同，是一次摒弃"乱伦"强调"爱之循环"的"全新解读"，为此，王延松将原著的近 9 万字缩编至 35 000 字，要集中"挖掘出《雷雨》中角色的精神困扰和情感迷失"。又有被誉为"最具实验气质"的青年戏剧导演王翀，在 2012年以《雷雨》为蓝本的后现代戏剧，对经典文本进行了解构。剧中所有台词皆来自《雷雨》，主要人物与人物关系也能隐约窥见原剧的影子，但是观众看到的是一出与《雷雨》几乎无关的新戏，甚至这都不是一部戏，而是一部电影以及它的拍摄全过程。现场有四台摄像机与二十来位"演员"同时工作，如同一个忙乱的电影拍摄现场，所有影像都实时投影在幕布上。舞台电影部分展现的是一部女性主义的艺术影片。2014 年《雷雨》发表 80 周年，林兆华导演的作品《雷雨 2014》作为第四届林兆华戏剧邀请展的唯一一部国内原创剧目亮相。该剧全剧时长 80 分钟，从原剧本的近 200分钟戏中拿掉了一半多的内容——事实上，这根本算不上一出"完整"的戏剧演出，创作者只是从《雷雨》作品中剪辑出数个片段，以周朴园为表演中心，拉扯出了与之相关的人物和段落，像一出有画面的广播剧。

同为纪念《雷雨》发表 80 周年，北京鼓楼西剧场请来了瑞典话剧导演马福力，执导了他理解的《雷雨》，共演出 15 场。与林兆华的构思相反，马福力让四凤的灵魂作为一个观察者，她回到周公馆，以她的视角再现《雷雨》中的爱恨纠葛，而自始至终，周朴园这个角色并不出现。以上新奇版本我全没看过，但 2021 年，我和焦金木在保利剧场观看了北京央华时代文化发展有限公司所属的央华戏剧版的《雷雨》,是曹禺女儿万方参与制作的,邀请法国戏剧导演埃里克·拉卡斯卡德携手中国团队执导该剧,舞台装置采用现代派风格。同时还演出万方编剧的《雷雨·后》,万方谈到《雷雨·后》的创作灵感时称,《雷雨》的原著是有序幕和尾声的,里面只出现了一对兄妹和住在这所阴森大房子里的两个老人,而后来众多的《雷雨》演出中几乎都删去了序幕和尾声——"我改编的《雷雨》正是从序幕和尾声的年代开始,从剧中人物的老年开始,这是一个新的视角。当《雷雨》的故事过去几十年后,该死的都早已死去,活着的人度过了漫漫人生。这时,岁月和时间赋予了《雷雨》另一副面目。复杂的人性、无常的人生,一切经过时间的海浪日复一日的冲刷和洗涤之后露出更深的一层,那些埋藏得很深的真相显露了出来,这就是《雷雨·后》"。可惜当时一票难求,我竟未能看到《雷雨·后》舞台演出,只从网络上看到一些片段。

《雷雨》在近三十年来的演出中,遭到过令演员尴尬的年轻观众哄笑,这说明对于一些"90后"、"00后"的新生命来说,舞台上的爱恨情仇,太隔膜了。我跟一位00年出生的大学生就此进行交谈,他坦承他曾是哄笑者之一,第一幕周朴园让周萍跪下劝繁漪喝药,我们老一辈观众都会觉得那一刻人物内心的煎熬比药苦,只会唏嘘,哪会哄笑,"00后"的大学生就说,实在好笑。看到第二幕劳资双方发生冲突,鲁大海痛斥周朴园发的是断子绝孙的财,周萍就冲过去打他耳光,鲁妈也就是侍萍忍不住冲过去喊道:"你是——萍……"却又立即吞声,改为:"你……凭什么打人?"周萍问她："你是谁?"她又几乎忍不住说出"我是你妈",却也在最后一秒变成说"我是你打的这个人的妈",这一片段曾让我这一辈观众屏气细思,"00后"大学生却觉得就是叫出"萍儿",道出"我是你妈"本也无妨,何必磨磨唧唧? 第四幕四凤道出"我已经有了",令侍萍和周萍如雷击心,00后大学生却说：有了又怎么着? 值当那么要死要活的吗? 就是最后周朴园道出周萍和四凤乃一母所生,那又有什么了不得的,四凤可以去人工流产,他们相爱丁克不就结了嘛。所以,不仅他,他的一些同学,也都觉得舞台上的角色大惊小怪,他们遇到的那些事情算得什么? 如今父辈和己辈遇到的住房问题、医疗养老问题、社会竞争问题、求职就业问题……才值得焦虑动情哩! 跟这位小我约半个世纪的年轻人交流后,我默思良久,就觉得,真是不要轻易搞什么"暑期学生场",让原本毫无概念的年轻人去看《雷雨》。看《雷雨》,年轻观众应该先做点功课,起码知道他们去看的既不是娱乐节目,也不是去喝针对现实问题的心灵鸡汤,他们需要进入一种探究人性的审美境界。

1992年,在中央戏剧学院攻读博士研究生的王晓鹰导演,在当时的中国青年艺术剧院排了一版没有鲁大海的《雷雨》。他曾解释说,删去鲁大海这个人物是换一个思路来解读《雷雨》,穿越人物之间社会阶层差别带来的表面冲突,进入人物复杂的情感世界。据王晓鹰说,曹禺1996年谢世前,他在中戏的导师徐晓钟带他去北京医院见了曹禺,当面道出了他删去鲁大海的想法,曹禺对王晓鹰说："《雷雨》这个戏非常非常难演! 你有个新的看法,来个新路子,别人想不到,这就占便宜了,开辟个新路子这是非常好的事情。"我看了王晓鹰版的视频,因为删去了鲁大海,第二幕失去高潮,第三幕显得空落,第四幕的大悲剧未能层层推进,但他的一些处理,比如把侍萍的一些心理活动外化为肢体语言等,还是很具匠心的。万方的《雷雨·后》,似乎也没有鲁大海的戏份。鲁大海真是《雷雨》中一个可有可无的赘物吗?

有意思的是,焦金木跟我看过几次《雷雨》后,他最感兴趣的恰是鲁大海这个人物,而那位"00后"的大学生也说,他和同学看完《雷雨》后,唯一讨论过的问题,也是:鲁大海会改姓周大海,成为周朴园财产事业的继承人吗?

《雷雨》第四幕最后,两声惨叫,一声枪响,八个人物死了三个,繁漪真疯了,侍萍懵傻了,剩下的三个,鲁贵后来如何,关心的人大概不多,但周朴园仅剩下一个骨血就是大海,以他性格中的固有的坚韧与应变的能力,他不会自杀,不会放弃他的矿山财富,他让谁来接班,来继承与发展他的事业? 只能是大海。血缘关系与财产继承,是当今中国社会中聚讼的一大热点,《雷雨》故事里那三十年前的恩怨对于当今的年轻观众也许已经无关痛痒,但鲁大海究竟要不要、有没有变成周大海? 却是仍能令当今《雷雨》的观众感兴趣的话题。

于是,我产生了创作冲动,就是也以话剧剧本的形式,来探讨鲁大海这个人物,在那个雷雨之夜,同父同母的亲哥哥周萍、同父异母的弟弟周冲和同母异父的妹妹四凤惨死后,在周朴园主动认他为亲儿子的局面下,有没有可能血缘意识一度超越了阶级敌对情绪,成为继承周朴园家业的周大海? 个体生命在世上最关键的是自我认知问题,我是谁? 本来以为板上钉钉,我是被资本家周朴园压迫的矿山工人,且代表工人群体出头来与周朴园斗争,却不曾想，一夜过去，竟成了周朴园失散三十年的亲儿子，而且在周萍、周冲都死了后，他成为血缘上唯一的资本家的资本继承人，这样的人生际遇，其刺激性、戏剧性，岂不是比前面四幕戏里所有的元素都更强烈、更诡谲？探索大海这个人物内心深幽处，追寻他可能的人生轨迹，是我灵感的核心。

在曹禺原作的序幕尾声里，都提到鲁大海自那夜之后，又失踪了十年，我在自己续写的剧作里，虽然表现鲁大海一度变化为了周大海，但终究还是在自我定位上失衡，还是逃离了资本家家庭和所继承的矿业出走，这样的处理，与原作中序幕尾声的交代就并不矛盾。我的这剧本里也设定为八个角色，原作中保留的角色只有鲁大海和鲁贵，其余六个都是我的独创，其中出现了一个三凤。焦金木看了初稿后拍案叫绝，说："是呀，侍萍原来生过两个儿子，第三个生的女儿，应该排第三呀，怎么会取名四凤？你的剧本里出现了三凤，似乎很说得通！"我这剧本就命名为《大海》，第四幕我安排了古希腊戏剧中那样的男女歌队，也算是一种别致的表现手法吧。这个剧本交给了《中国作家》杂志，他们已安排在2022年10月的《中国作家·文学版》刊发。

1979年有天我到那时王蒙所居住的前三门单元楼里拜访，他告诉我曹禺刚从他家离开不久，他说曹禺跟他不见外，说着说着哭了："我写不出来了！我还想写啊，可我就是写不出来啦！"我听了跟王蒙一起喟叹。曹禺1949年以后为什么再写不出经典，甚至想写却怎么也憋不出来了？我看到若干分析，包括万方的解释，但我真的觉得曹禺大可不必那样伤心，其实就算他一生仅留下一部《雷雨》，也足够辉煌！

我的剧本最后,周大海站在礁石上,面对大海,高举双臂,激动地呼叫:"大海,我来啦!"他是要投海,还是会回转身,去寻找另外的人生道路,成为一个真正能自我定位、自我圆满的生命存在?我没有给出答案,甚至连暗示也避免了。我今年80岁。曹禺大师仙去二十六年了。我谨将此作献给他,感念他的《雷雨》从我少年时代到耄耋之年的持续哺育。

2022年9月6日 绿叶居

崔道怡和《班主任》

　　2022 年 7 月 20 日,晚上 8 点我和助理焦金木完成喜马拉雅《听见·刘心武·读书与人生感悟》的第八次线上直播《聊聊〈红楼梦〉中的戏曲》,手机调回常态后,焦金木发现《人民文学》杂志主编施战军晚上 7 点后给他发了一条微信,让他把如下信息告知我:"崔道怡老师 17 号下午去世了,心脏衰竭,没遭罪,走的时候很安详。遗体捐献给协和医院了。"我听了悲从中来,已经过世三天了啊!

　　我在 1977 年夏天,写成短篇小说《班主任》,不是定向约稿,是我自发投寄《人民文学》的。那之前我曾投寄过一个短篇《光荣》,写的是工厂老工人的故事,信封上写着编辑部收,不久被退稿,但退回的稿件里夹着一封亲笔信,落款崔道怡。信很短,几行字,大意是此篇不用,但显示出你有写作能力,希望你继续投稿。那时候业余文学写作者能得到这样的编辑来信,是极大的鼓舞。我就思忖再写篇什么,那时候我已经是北京人民出版社(现北京出版社)文艺编辑室的编辑,虽也有点下农村到工厂积累的素材,毕竟写那些难以得心应手,但我之前有十五年在中学任教的丰富体验,何不从最熟悉的中学生活中挖掘一口深井呢?于是反复构思、提炼,写成了《班主任》,再投《人民文学》杂志,信封上就写崔道怡同志收。没几天就得到崔道怡回信,大意是看了觉得挺好,已经提交上一级审阅了。到11月那期,《班主任》就被作为小说头题刊登出来了。关于我在投寄这篇稿子前曾有过的犹豫,以及稿子到了编辑部以后,引发出争议,最后由当时《人民文学》负责人张光年拍板刊发等情况,后来相关的文章颇多,这里不再赘言。今天我要强调的是,崔道怡是我的伯乐,是《班主任》的发现者,没有他从自选题材的来稿中挑出《班主任》提交上一级,就不会有《班主任》的发表,也就不会有后来引出的轰动,以及我登上文坛,种种接踵而至的风光。

1980年我成为北京市文联专业作家。1986年我经王蒙动员,接替他担任《人民文学》杂志主编。崔道怡是三位副主编之一。我竟成了他的上级。1990年我卸任。崔道怡1956年一从北京大学中文系毕业,就分配到中国作家协会《人民文学》任编辑,一直没有挪过窝。江流石不转。他协助过《人民文学》的历任主编。从李国文到我,以及我离开杂志社以后,近七十年里,崔道怡慧眼发现了许多作者,后来都凭借经他编辑的成名作登上文坛,他是中国当代文学发展进程中的资深伯乐!

喝水不忘挖井人,乘凉牢记树之恩。老崔虽去,忆念他的奔马当不止我一人。他生前就跟协和医院签下捐赠遗体的协议。这很了不起。静夜里,听一张莫扎特《安魂曲》大碟,再默念他的好处。

2022年7月20日夜急就

崔道怡(1934—2022)

无憾的蟹爪莲

我有三个哥哥一个姐姐,哥哥们分别叫作大哥、二哥、小哥,姐姐呢,就叫作阿姐。1983年我和阿姐一起看根据王蒙同名小说改编的电影《青春万岁》,从片头的篝火晚会,到片尾中骑自行车的男青年追着卡车上女青年们互喊:"下一个五年计划再见!"激情一直在银幕上燃烧,阿姐就频频颔首说:"是这样! 就是这样!"阿姐对王蒙作品的认同,首先是对时代、生活、同辈的认同。阿姐高中是在河北北京中学,那也是王蒙的母校,后来我在王蒙第一部自传《半生多事》中,发现他写到1948年与几位少年同时成为地下党员时,出现了阿姐初恋对象的名字。阿姐那一代人,几乎都怀有投身新中国建设的激昂情怀。阿姐抱着促进农业机械化的理想,考进了东北农学院,并且在那里成为新中国第一批研究生中的一员,后来她在北京农业机械化研究院工作,虽然未与初恋成为眷属,也有了美满家庭。我姐夫是政治文工团歌剧团演员,1964年参加了周恩来亲自指导的大歌舞《东方红》演出,最早的版本,是在新中国成立时的天安门大联欢之后,还有几场分别展现工业、农业、国防等方面的成就,其中农业成就一场,主体是一群农妇挥动镰刀的丰收舞,阿姐看完,就郑重地让姐夫去跟编导们反映:舞台上完全没有农业机械出现,不妥。姐夫去反映后,后来果然在那一场的背景上,增添了大型农业机械的剪影,不过《东方红》大歌舞最后定型,是直到天安门联欢结束。

阿姐和姐夫一度下放到海南,气候不适应,生活颇艰苦,但她那以科技报效祖国的情怀,丝毫未减。当时信息流通并不畅快,但阿姐敏锐地从有限的资料中,获知当时(20 世纪 70 年代)世界上出现了四种新科技,就是激光、射流、单晶硅、液压。液压技术虽然早已有之,但 70 年代液压技术有质的飞越,且与机械设备关系最为贴近,她就在海南技校的岗位上,竭尽全力搜集相关的资料,钻研液压,并将其安排到自己的教学中。后来他们全家回到北京,她就在北京建工学院(现已发展为北京建筑大学)教液压。

阿姐退休后,虽然姐夫病逝,她于 2002 年迁入了国家为高校教师打造的花园小区,住房宽敞,两个儿子都很孝顺,生活恬静安适。有天她打电话让我快去看花。我去了,原来,她阳台上盛开了一盆蟹爪莲。她说那本是邻居抛弃的,她的养法其实很简单,就是每次喝完盒装牛奶或酸奶,往剩余的奶根里灌进自来水,放在厨房角落令其微微发酵,十来天后用来浇灌花木,尤其对蟹爪莲,竟大有效益,那环形展开的肉质叶片顶端,娇艳的花朵纷纷展开形成一派嫣红。

阿姐刘心莲于 2022 年 9 月 17 日在睡梦中仙去。她是一个极其平凡的人,但她经历了不平凡的时代。她去世后,有亲友与我通电话,赞她真是一株纯洁美丽的莲花。水中的莲花固然美丽,但我总觉得作为理工科技女，把她喻为柔美型的水莲并不恰当，莫若喻为烂漫开放花如火焰的蟹爪莲。她为这共和国奉献了她的青春、热情、才智，她是去而无憾的。

2022 年 10 月 18 日

2014 年与阿姐合影

跃动的天际轮廓线

　　1994年，我因上海文艺出版社所出的《四牌楼》获得上海优秀长篇小说奖，应邀到上海领奖，其间一位上海市领导，抽出时间带领我们几个作家走访了刚刚开发的浦东，整个是一派看不到边的大工地的景象，气氛很令人振奋。那时候浦东最高的建筑——东方明珠塔尚在紧张施工，轮廓线已经出来，从浦西望去，惊似UFO降临。我找出一张那年在杨浦大桥上与王安忆、张炜的合影，那时竟显得那么年轻，拿现在的照片对比，不禁感叹岁月这把雕刻刀的厉害，但岁月雕老雕丑了我，却雕靓雕美了浦东。1995年，又因上海人民出版社出了一套名人日记随笔集，也收录了我一本在内，搞活动，再到上海，那时我老伴尚健在，随行参与。著名演员潘虹也出了一本《潘虹独语》，我老伴得到赠书，活动间隙便读，说写得比我那本《人生非梦总难醒》好，她那次跟潘虹很聊得来，两个人有时候还在人群外，凑在一处喁喁低语。因她们相好，潘虹邀请我们到她居所作客，聊天中自然谈及浦东的开发，都说应该登上建成开放的东方明珠去"一览众楼小"。但后来潘虹忙，我和老伴去登临了，视觉上和心灵上都受到震撼。我和老伴，当然还有潘虹,还有那套丛书的诸位作者,以及更多的人士,乃至十几亿中国民众,都是改革开放的受益者,浦东和深圳、珠海一样,也是改革开放的旗帜之一,想起浦东的从无到有,总不免激动不已。

2010年,上海文艺出版社推出了我的散文集《命中相遇》,应邀到上海书展与读者见面。因我老伴2009年去世,我总不免有些抑郁。但书展上得到热心读者的鼓励,又恰有好友薛仁望、李黎夫妇旅沪,我烦上海文艺出版社修晓林——他是老朋友,也是《四牌楼》《命中相遇》的责任编辑——在和平饭店餐厅预订餐位,大家欢聚。晓林竟订到了饭店餐厅靠窗的餐位,窗外就是外滩,可朝南望见浦西楼影,更美不胜收的,是窗框仿佛画框,把浦东新的天际轮廓线展现出来。东方明珠的高度已然被矗立的金茂大厦比下去,金茂大厦造型把中国竹与西方装饰趣味糅合到一起,既有民族特色,又是对外开放的无声宣谕,我们在餐桌上忘记了品尝美食,不由频频赞叹。后来晓林又陪我去金茂大厦顶层餐厅,边喝下午茶边观赏浦江美景。昔日荒芜的浦东,已然林立起春笋般高矮、造型不一的楼群。

2014年,漓江出版社推出我的长篇小说《飘窗》,又到上海参加书展活动,这次去,浦东的最高建筑又不是金茂大厦,而是造型独特的环球金融中心了,其顶层呈现"巨型开瓶器"的造型,其实是一种"后现代主义"的美学追求。我不懂金融,但朦胧晓得充实于这座"巨型开瓶器"里面的,都是全球顶尖级的金融机构,我们国家,是深入地参与到全球性金融活动中了。出版社安排我去那摩天楼最高层参观,没出息的我恐高,那长条形的观览厅地板是透明玻璃的,所乘坐上去的电梯,不能下行,下去必须通过透明玻璃通道前往几十米外的电梯。惶恐中,是年轻人两边扶持着我,把我架到那下行电梯口,终于降到底层,大松一口气。

2018年,东方出版中心推出了我的散文随笔集《恕》,再到上海书展与读者见面。活动后在老城隍庙湖心亭饮茶小憩,窗外可见浦东新的天际轮廓线,最高的摩天楼又并非全球金融中心,而是造型更加新潮的上海中心了,朋友问我还敢登顶吗。我正犹豫,朋友笑告我,上海中心顶层观览的设计,考虑得周到,不是非得踩着透明玻璃去体验"悬空快感",有了大面积可让恐高者放心的观览区域。那我当然要去。而且我北京的老相识马未都,在上海中心37层开设了观复博物馆,无妨先参观博物馆再登顶眺望。那晚的登顶体验极佳,落地窗外城市夜光璀璨流溢,望去有改革开放颂歌的交响轰鸣于心。

改革开放,极大地改变了整个中国的天际轮廓线。浦东开发三十年,那不断跃动的天际轮廓线,正是整个中国良性变化的美妙缩影。爱我浦东,改革开放的步伐不停,未来必将更加辉煌。

2020年10月27日

1994 年在上海,左王安忆,中张炜

碎片式叙事方略的选定

——《邮轮碎片》创作谈

　　长篇小说的内容确定以后,确定文本的叙述方略便成为关键。

　　1984年写《钟鼓楼》,确定为"橘瓣式"。空间,是北京钟鼓楼附近一个胡同杂院;时间,是一天早上五点到傍晚五点;出场的人物,各有其前史,然后因院中一家人的婚礼而纠结出当下的矛盾冲突,各个家庭或人物自成一个"橘子瓣",但合拢起来,则构成钟鼓楼下小市民生活的"整橘子"。2013年写《飘窗》,确定为"扇面式",以一个人物出场便扬言要杀人的大悬念引领,令读者猜疑:他要杀谁? 为什么? 杀成没有? 那悬念仿佛一把折扇的扇轴,由此逐步打开扇面,展示出林林总总俗世景观。

　　2019年写《邮轮碎片》,可以承袭《钟鼓楼》《飘窗》的写作经验,但又一定要在叙述方略上有所突破。没有清晰的文本策略,则不能开笔(实际是在键盘上开敲)。

　　《红楼梦》第七十八回,写贾政忽来兴致,讲出一段姽婳将军的事迹,要求儿孙写诗咏叹,贾兰写出一首七绝,贾环写出一首五律,贾政看毕问宝玉构思得怎么样了,一旁的清客道:"二爷细心镂刻,定又是风流悲感,不同此等了。"宝玉笑道:"这个题目似不称近体,须得古体,或歌或行,长篇一首,方能恳切。"众人听了,都立身点头拍手道:"我说他立意不同! 每一题到手,必先度其体格宜与不宜,这便是老手妙法。就如裁衣一般,未下剪时,须度其身量。这题目名曰《姽婳词》,且既有了序,此必是长篇歌行,方合体势。或拟温八叉《郭处士击瓯歌》,或拟李长吉《还自会稽歌》,或拟白乐天《长恨歌》,或拟古词半叙半咏,流利飘逸,始能尽妙。"结果宝玉一气呵成四十六句的长歌。这段情节就昭示我们:内容与形式必须贴切适宜,"每一题到手,必先度其体格宜与不宜",作诗如此,写小说也一样,内容确定后,采取怎样的叙事方略,必须三思而后行,否则,上好的内容,会被平庸的叙事弄得味同嚼蜡。

　　那么,邮轮上的众生相,以什么方略来叙事呢? 邮轮的空间是有限的,一次邮轮旅游的时间也是有限的,因此,宏大叙事显然不宜,因要写实,当然不采取现代主义的荒诞、变形、错位,但后现代主义那"同一空间中不同时间的并列"的拼贴趣味,则大可借鉴,于是,首先确定下来,要拼贴。如何拼贴? 想到这几年接触到的年轻人,特别是 90 后、00 后的,他们有的已经很不适应长篇幅的阅读,习惯于碎片化的阅读,特别是在手机上阅读,手机的屏幕限定了篇幅,故此即使要把丰富的信息传递给他们,也必须分割为若干片段,以碎片方式呈现。如果他们被吸引了,则诱导他们将这些碎片自行拼装起来,整合为具有广度与深度的世道人心图像。

　　其实我很早就有碎片化写作的尝试。二十几年前,我就在上海《新民晚报》《夜光杯》上开辟过"一句话小说"专栏,后来又把这专栏开到台北《联合报》副刊,那时候是瘂弦在主持"联副",他非常支持我的尝试,还由此搞过"一句话小说"的征文活动。所谓"一句话小说",就是要力图在一个句子里,写出场景,写出人物,并且表达出一定的意蕴,例如:

> 婚宴上,新郎一直心神不定,因为新娘的那位远房红歌星表姐直到上场的时候竟还没有光临……

再如:

> 到家以后,他才发现包花生米的那一角旧报纸上,正好有三十多年前他发表的第一首诗,他望着那一角发黄的旧报纸,心波汪漾。

小说写作,不同作者会有不同叙事方略,所形成的文本风格也就各不相同。大量排比,浓烈抒情,汪洋恣肆,华丽澎湃,那样的文本,我是很佩服的,作为读者,也能从中获得快感,但是就我自己而言,特别是到了晚年,写起小说,还是尽量使用简约、勾勒、白描的笔法。

于是,在尝试了《钟鼓楼》的"橘瓣式"、《飘窗》的"折扇式"以后,2020 年推出的这部写邮轮上众生相的长篇小说,叙述方略就确定为"碎片式",而作品名称,也就叫作《邮轮碎片》。

采取碎片式的叙述方略,是一步险棋,搞不好,会失去对读者的吸引力。怎么办? 向母语经典取经。《红楼梦》的叙述方略,是写生活流,不断地写到吃饭、喝茶、请客、做寿、家长里短、闲言碎语……其实也很碎片化,那么,它的文本魅力来源于什么呢? 一是把生活细节写到毫发毕现,超越真实达到逼真,这就从文字中溢出了醇厚的芳香。二是"草蛇灰线,伏延千里",设置诸多引读者探究的伏笔,有总伏笔、大伏笔,有中伏笔、小伏笔,有近伏笔、远伏笔,有显伏笔、暗伏笔,有最后揭晓的伏笔,也有始终是谜团的伏笔。《邮轮碎片》也就刻意写邮轮上下的琐碎细节,点染些真名真姓,"真事隐,假语存",追求"超级现实主义"的逼真效应。完成的《邮轮碎片》文本虽然由 447 个碎片构成,但一开始就设置悬念,有大悬念,如游客教授、学者宙斯在邮轮顶层卫生间被人殴打,谁干的? 为什么? 这悬念直到后面才予揭晓。有中悬念,如作家马自先的母亲婚前曾接到热辣情书,后来写情书的成为他姨父,那封情书究竟销毁了没有? 情书背后究竟有没有隐秘的行为? 还有,策划人滕亦萝所策划的马耳他瓦莱城花园的"飞行集会"式的国际诗歌评奖活动,究竟举办成了没有? 从少年时代就暗恋林珊珊的罗可尔,究竟能不能追求到已经徐娘半老的她? 那两个暴富的"00 后熊少年"明厉、普奔究竟是什么背景来历? 也有小悬念,如导游小张北京家中的失窃,是否就可以判定是保姆樊姐所为? 其中若干悬念,一直到终卷也未抖出谜底,但读者可以参与创作,以思路和语言往下续出结果。

　　这部小说,主要是写人性,写个体生命的内心秘密。人民文学出版社在出版时,封面上就印出"你的秘密与谁有关?"的字样,很贴切。《红楼梦》写人物之间的矛盾冲突,就很善于写"微笑战斗",人际间看似一派客气,其实心里都各有私密。《红楼梦》第三十五回,写宝钗笑道:"我来了这几年,留神看起来,凤姐姐凭怎么巧,巧不过老太太去。"贾母听说,便笑道:"我如今老了,那里还巧什么,当日我像凤哥儿这么大年纪,比他还来得呢……"当时王夫人、薛姨妈就站在贾母旁边,都等着贾母夸宝钗,贾母就故意说道:"提起姊妹来,不是我当着姨太太的面奉承,千真万真,从我们家四个女孩儿算起,都不如宝丫头。"薛姨妈听说,忙笑道:"这话老太太是说偏了。"王夫人也忙笑道:"老太太时常背地里和我说宝丫头好,这倒不是假话。"你看,"忙笑道","也忙笑道",大家都在笑,其实心里都在打架,贾母不说迎春、探春、惜春不如宝钗,偏把元春算进去,"从我们家四个女孩儿算起",这么一算,能"都不如宝丫头"吗?贾元春才选凤藻宫,加封贤德妃,你"宝丫头"越得过去吗?这么夸,其实就是恶心王氏姐妹,但王氏姐妹心里愤懑,脸上还得装笑,嘴里还得应承。老祖宗留下的经典文本,能不佩服?学着点,写人际交往中,那些内心秘密的冲撞。

　　我多次说过,我研究《红楼梦》《金瓶梅》,并不是想当红学家、金学家,只是为了从母语长篇小说经典中汲取营养。有人注意到了我从《红楼梦》取经,忽略了我从《金瓶梅》中获取的启迪。《金瓶梅》文本的最大特点,就是客观到底,冷峻至极,写生死善恶,不动声色,坚持白描,使人物活跳,如在眼前。《金瓶梅》的冷峻笔法,我在《飘窗》中已有使用,在这部《邮轮碎片》中,进一步取其精华,运于笔下。《金瓶梅》写人性恶毫不避讳,但也不是一恶到底,总能写出人性的复杂。《邮轮碎片》里的作家马自先,在客观叙述中,似乎还是个不错的生命存在,但通过罗可尔的眼光、回忆,可知他在改革开放初期,也有"自来洋"诸般糗态。有读者认为宙斯被殴"大快人心"，其实，在叙述文本里，作者对他也是心存怜悯的，他活得也很不容易，你觉得他的那些个恶，不过是他为自身谋求生存价值的种种努力罢了。

虽说是从《红楼梦》《金瓶梅》中汲取滋养，但我必须郑重声明，我写的是中国当代，写的是 20 世纪下半叶迄今的中国当代众生相。在《邮轮碎片》里，主体是近三十年来中国崛起的中产阶层人物。邮轮旅游这种生活形态，在三十年前的中国，还是绝大多数人不可想象的，但是在 21 世纪的头十几年，在中国中产阶层的退休人群中，已经成为一种时尚。我的这部新长篇完稿于 2020 年 1 月 25 日庚子年正月初一，随即就出现了全球性的新冠肺炎疫情，也就很快有邮轮出现疫情的败兴消息，全球的邮轮旅游便都停顿。邮轮公司遭遇前所未有的危机，今后即使恢复邮轮旅游，不少人也会对此种旅游项目敬而远之。这部《邮轮碎片》，会成为一种曾经红火的旅游方式的怀旧篇吗？

2020 年 8 月 25 日　温榆斋

话剧《钟鼓楼》感言

《钟鼓楼》单行本前面印着：

谨将此作呈献

在流逝的时间中，已经和即将产生历史感的人们。

小说写的是 1982 年 12 月 12 日早上 5 点钟到下午 5 点钟，发生在北京中轴线上，钟鼓楼下一个胡同杂院里，围绕一家人办婚事，所发生的种种故事。距离中国正式进入改革开放，仅仅四年。随着时间的流逝，这些人物和故事离当下越来越远。40 年来，社会生活有了很大的发展，人际关系有了新的形态，人的喜怒哀乐有了许多新的缘由，但改革开放仍在继续，普通人对幸福与快乐的追求，对亲情、友情、爱情的执着，对流逝在时间远处的怀念，对时间将流淌到的未来的憧憬，都如同钟鼓楼那样，敦厚，坚实，巍峨，永恒。

我自 1950 年入户北京，户口就从无移出过。我在钟鼓楼的抚育下，从一个八岁孩童，成长为一个耄耋老人，一个地地道道的老北京。老北京人的传统中，我以为，有两样：宽容、温情。《钟鼓楼》里氤氲的，就有这两样心灵之宝。

感谢北京九维文化传媒有限公司,感谢东城区文化和旅游局,把我的这部长篇小说搬上话剧舞台;感谢黄盈导演,以他杰出的艺术才能,使这部长篇小说在艺术转换中获得了新的生机,焕发出与当下相融的共情魅力;感谢演员们,感谢舞美、灯光、服装、道具以及其他各方面的相关人士。

还要感谢到场观看演出的观众们。我们一起沐浴着改革开放的春风,聚到一起。多少悠悠往事,多少当下的喜乐烦愁,多少未来的可盼可望,涌荡在我们心头。啊,钟鼓楼默默无言,而我们以微笑,迎向下一刻、下一天、下一年……

2022 年 10 月

2022 年 11 月 18 日话剧《钟鼓楼》谢幕后上台发言

爱一朵葫芦花

　　再读孙犁的长篇小说《风云初记》，他在记叙性文本中，融进散文笔触，溢出盎然的诗意。如书中的一段文字：芒种去打水饮牲口，春儿在堤埝上低着头纺线，纺车轮子在她怀里转成一朵花。半夜了，天空滴着露水。在田野里，它滴在拔节生长的高粱棵上，在土墙周围，它滴在发红裂缝的枣儿上，在宽大的场院里，滴在年轻力壮的芒种身上和躺在他身边的大青石碌碡上。这时候，春儿躺在自己家里炕头上，睡得很香甜，并不知道在这样夜深，会有人想念她……养在窗外葫芦架上的一只嫩绿的蝈蝈儿，吸饱了露水，叫得正高兴；葫芦沉重的下垂，遍体生着像婴儿嫩皮上的茸毛，露水穿过茸毛滴落。架上面，一朵宽大的白花，挺着长长的箭，向着天空开放了。蝈蝈儿叫着，慢慢爬到那里去。

　　读了这些文字，就想：什么是爱国？什么是家园？什么是民族？什么是人民？孙犁写得多么具体入微啊！爱吧，爱芒种春儿那些，为民族生存、发展、强大付出青春和全部生命的普通人，爱脚下这被露水滋润的土地，爱裂缝的枣儿、嫩绿的蝈蝈儿,爱家乡遍体生着像婴儿嫩皮上的茸毛的新葫芦……一直爱到家乡那挺着长长的箭,向着天空开放的,宽大的白葫芦花。

聪裕攥腕

疫情中宅在家里，关注我的人还真不少。曾在我家做保姆的小孙，也来电话问候。三十年前，小孙来我家帮忙，那时候她还不满二十岁，我妻子把着她手教她做菜，后来她最拿手的菜是红烧鱼，她对我妻子最感恩，说她永不会忘。有次她烧好了一条鳜鱼，已经装进了长圆的青花瓷盘，打算从厨房往餐厅端送，忽然不慎将盘子掉到地上，发出极大的响声，我不由得一边喊着"哇呀怎么啦"，一边从电脑桌那里起身要出屋看个究竟。这时我妻子在厨房门口，对我来了一声"你请留步"，她那时病体已经衰弱，一般说话总是细声细气，那一声针对我的"你请留步"却朗声亮气，我当然也就转身回到电脑桌那里去了。这本是一桩小事，那天晚餐主菜改成西葫芦炒鸡蛋，我吃得也很香。后来我妻仙去，小孙继续为我烹饪饭食，有次她想起摔掉鱼盘的事情，跟我说："叔叔你可不知道，那天厨房里碎瓷瓦子、油汁蒜瓣溅了一地，我真怕你过来看见啊！"说着眼圈红了，念我亡妻的好处说："阿姨没为我掉盘子说我一句，就是跟我一起收拾残局。"

小孙后来回乡完婚，老公是乡里的小干部，过一年生下一个儿子,求我取名字,我想来想去,建议叫聪裕,她老公先叫好,说是呀,用聪明谋富裕,正合咱们农村人的念想,两口子欣然采纳,我也算有了个叫聪裕的外孙子。

后来小孙和她老公都来京城,带着异常淘气的聪裕来我家看望我,带来他们家乡的一些土产。我正高兴地跟小孙两口子聊天,忽然咣啷一声,是聪裕把我多宝格上一只花瓶碰地下跌碎了,小孙老公二话不说,就过去一手抓住聪裕胳膊,一手就大巴掌打聪裕屁股,小孙竟也过去帮着打,聪裕大哭。我劝开以后,两口子一再跟我道歉。说实在的,我没有亡妻那么宽厚的胸襟,嘴上说"算了,没关系",心里别扭了好多天。

那时已经另有小时工来帮忙。小孙两口子有了份好工作,就是管理闹市区的一处公厕,待遇不错,还给上医疗、养老和工伤保险,聪裕也在北京一所小学读书。逢年过节,两口子总带着聪裕来看望我,我眼看着聪裕长高长胖,他来了总是拘束得过分,显然父母千叮叮万嘱咐,不许他来了以后乱说乱动。我觉得聪裕能安静一时也是好事。

岁月流淌,小孙隔段时间会来个电话,通话的重点不再是询问我的情况,而是倾诉她的焦虑:聪裕学习很差,成绩几乎总在倒数五名之内,有时干脆就是垫底。老师约她老公和她多次,说聪裕成绩差倒也罢了,问题的严重性在于,他个头挺高,坐最后一排,上课的时候没一刻不在晃动,点名批评,要他坐稳,他还顶嘴,老师的意思,这样下去,影响全班,退学算了。小孙老公对聪裕的教育方式,就是打,打也打不顺溜,小孙按我的建议,给聪裕讲道理,似乎还有点效果。后来小孙老公懒得打懒得管了，要不是小孙坚持，那聪裕真的就辍学，送回老家爷爷奶奶那里了。

忽然一天晚上，小孙一个人来找我，眼泪汪汪，说起当天的事。原来是聪裕在课堂上把试卷揉成纸团，扔到了老师身上。这次找家长谈话的，不是班主任老师，是校长，看来聪裕被开除是难免的了。小孙说她从学校回到他们租住的胡同杂院的小屋子里，见聪裕坐在床上发呆，千愁万恨涌上心头，过去就想打上几下。可是，聪裕见她来了，站起来，伸出两手，一下子攥住妈妈的双腕，攥得紧紧，这下她可打不成了！

后来小孙平静下来，细细形容聪裕攥腕的那一刻的感受。她说那一刻她才意识到，聪裕长大了，比她高两指了，那攥住她的一双手，是男子汉的手了，好有力气，而且，说着小孙滴眼泪了，告诉我，在那一瞬间，她以前从未注意到的，聪裕上嘴唇那里，有小绒毛了。我听了，也很感动。岁月，生命，前途……人世间多少看似平淡琐屑的瞬间，容纳进多少牵心挂肺的情愫！

我虽然说了好多劝慰小孙的话，也提了好多建议，但是我的确并没有什么改变聪裕的良策。疫情稍缓后，小孙再次来电话，告诉我聪裕已经初中毕业，回老家继续上学去了，上的是三加二的一种职业培训学校。聪裕是怎么转变的，竟终于把初中念完，走上了比较顺溜的人生之路？我问，小孙学我的口气：一言难尽！但她又告诉我，也许，转变，是从那次聪裕攥住她双腕开始的。聪裕后来告诉她，直到那天，他才看清妈妈的双手，那双气得哆嗦想打他的双手，青筋暴起，那暴起的青筋，一下子照亮了他的心。从那一刻，他铭心刻骨地意识到自己的罪过，发誓要给父母，首先是妈妈，一种新的表现。

　　想起小孙一家，我就觉得，仿佛那天聪裕攥住他妈妈双腕的一幕，活现在了我的眼前。那一攥，那一互望，竟是人生转折的宝贵一瞬！

星故事

灿烂星空

闺女上到初二,两口子终于首付后贷款,改善了居住条件,是一套二厅二室的新盘单元。闺女有了自己的独享空间。闺女跟他们说:"我的屋子归我装扮。你们要进,先敲门,听我说请进,才能推门!"他们当然同意。假期里,闺女关上门装扮她那独享空间,宣称:"我要布置出灿烂星空!"两口子独处时,他就说:"真想进去指导她一下,别把北斗七星安错了。"她则说:"他们这代人讲究星座,她是天蝎座的,真怕她在墙上画出大蝎子来!"假期快结束,有天闺女外出,母亲忍不住推开那闺房的门,瞄一眼后仿佛被蜇了一下,忙去叫来在厨房做饭的父亲,父亲过来一探头,也不禁咋舌。原来,闺女的屋子里,满墙贴着些时下影视歌领域的"小鲜肉"照片,其中一个显然是闺女最钟情的,那大头像竟贴在了天花板上,俯瞰着闺女的床铺……两口子交换眼神,一时无语,心里都明白,将陪伴闺女,穿越这惶惑的青春期,直到她自觉改变那"星空",而这将是为人父母的艰难工程!

粉　堕

自媒体上惊爆,她所倾心的那个明星竟瞒婚十三年! 她不由自主地哭了,反正一个人在出租屋,爽性哭个痛快! 那明星怎么能欺骗自己? 瞒得铁桶一般! 哭累了,也倒在床上睡熟了。醒来,头疼。窗外射进朦胧的天光。去卫生间洗个凉水脸。回自己屋的时候,发现租另一间屋住的悠悠穿睡衣坐在餐桌旁发愣,问:"是不是……也为那白眼狼……瞒十三年的事?"悠悠望她一眼,现出一个意味深长的笑容:"嗨,他跟咱们,究竟有个什么关系? 他娶他的老婆,由他去! 可恨的是,他跟经纪人、娱乐机构,瞒,瞒,瞒,为的是骗咱们这样的,场场演唱会都买高价票,现场摇晃电光棒,就好像他会娶咱们一样!"第一缕阳光射进窗内,她去屋子一角取出保存的电光棒和有那明星名字的电光板,问:"垃圾分类了,这些东西算哪类? 其他? 有害?"悠悠说:"他也别再装嫩啦,咱们也别粉他啦,都扔有害类桶里吧!"从那个早晨,她和悠悠,应该还会有更多的同类粉丝,告别生涩,开始成熟……她哼着"粉堕百花洲,香残燕子楼"这两句诗,准备下楼扔垃圾。

老画星

病愈了,他又抄起了画笔,一年多没执笔都有些生疏了。在老伴的鼓励下,大半天的时间,一幅山河图出炉了。他一边端详一边摇头,自言自语:"没有皴好,也没点好……"这时电话响了,是一位公司老总打来的，此人是他多年的粉丝，老伴代接，对方先热情问候，不免又打探是否有新作，说自己公司业务复苏，颇有进账，老爷子如有新作，无论多大代价也要收藏……因是免提，他全听清，忙一旁摆手，虽然老伴代他致谢，那粉丝还是执意要来看望，说甘愿磨墨铺纸、清理画室，老伴只好说他仍体弱乏力，暂时无法提笔，也难会客……通完电话，老伴凑拢观看那画，说："其实蛮好。人家全是好意，就给他无妨啊。"他却一把抓起，揉成纸团，扔进案边纸篓。老伴见怪不怪，转身去给他倒茶，端茶杯过来，只见他竟把那扔进纸篓的画作捡起来，撕得粉碎。不待老伴发话，他心平气和地解释道："他前年来，说是帮助清扫房间，其实把扔纸篓的废画收走了，结果在拍卖会的目录上，竟出现我那裱好的败笔。我那败笔，竟就此流入社会。这样的事情再也不能发生。我死后，留在世上的，都必须是我自己满意的作品！"老伴笑道："瞧你这一脖子犟筋！"

毕竟世间多好事

六十多年前，还是个中学生的时候，偶然得到一枚书签，上面印着法国作家罗曼·罗兰（1866—1944）的一段话："累累的创伤，便是生命给予我们最好的东西，因为在每个创伤上面，都标志着前进的一步。"当时我已堕入文学的渊薮，除了如饥似渴地阅读中外文学名著，自己也试着写些文章向报刊投稿，屡投屡退，所以感到罗曼·罗兰这段话很对我的榫儿。一次退稿便是一回创伤嘛，但每被退回一次，也就激发我对自己的文章自省一次，渐渐的，似乎也就摸到了一些写文章的门径。后来，到 16 岁那一年，我的一篇文章终于被《读书》杂志刊登了出来（1958 年夏天），那以后的投稿，虽陆续有被发表的，退稿量依然不小。后来经历的坎坷多了，才懂得退稿实在算不得什么创伤，生活的磨炼，远无穷期，因此对罗曼·罗兰的那段话，也就渐渐有了更深的体味。

一位作家的一段乃至一句格言式的话语，也是他心灵中开放出的鲜润花朵，竭诚地奉献给读者，有时对读者来说那启迪、那激励、那引发、那愉悦，也并不亚于读他整本的大作。

自己从半个多世纪以前的一个爱好文学的青年，托赖时代给予了机遇,编辑给予了支持,读者给予了厚爱,到 2022 年 10 月在国内和海外所出版的著作按不同版本计已有 282 种(《文集》《文存》《文粹》还不计算在内),忝列在了作家行列。我原来主要从事小说创作,也兼写散文、评论,后来又写建筑评论,并从事《红楼梦》《金瓶梅》的研究。依我想来,世界上凡属于推进人类文明的作家,无论伟大的还是稚小的,都好比蘸着心血点燃着的火把,伟大的作家也许犹如屹立的灯塔,杰出的作家也许仿佛巨大的火炬,而平常的作家,小小的作家,他那火把也许十分地小,光热十分地微弱,乃至于只不过等于添了一炷红头香,飞着一只萤火虫,但世界和人类的光明,应是这些光焰的总汇吧!

　　我在近二十年里,引起人们注意的,是红学研究方面的电视讲座和相关专著,其实我在写作上一直坚持种"四棵树"(小说树、散文随笔树、建筑评论树、《红楼梦》研究树),但红学研究树把其他几棵树不同程度地给遮蔽住了,以至于有的年轻人误以为我只搞红学研究;但是,最近出现了一个现象,就是有的读者,特别是年轻读者,因红学研究注意到我,从而好奇地探究"这个人还写过什么",结果他们就发现了我其他三棵树,有《钟鼓楼》等长篇小说,有不少能入心的随笔,这册《世间多好事》,就是最新印制的随笔集。于是又想到,罗曼·罗兰还曾说过:"世界上只有一种英雄主义,就是看清生活的真相之后依然热爱生活。"命不由己,运势难驭,但我们既然生而为人,就应该热爱生活,要相信毕竟世间多好事,拥抱命运,乐观前行。

　　　　(此系长江文艺出版社《世间多好事》自序,刊发时有修订)

三言厄谈

彩鸾灯

　　鸾,是一种传说中的、与凤凰类似的神鸟,其形态应该也如凤凰般长尾巨翅,华美异常。古代小说中常写到鸾鸟。按鸾鸟形状制作的彩灯,称鸾灯。

　　明末冯梦龙编撰了三部短篇小说集:《喻世明言》《警世通言》《醒世恒言》,合称"三言",同时代又有凌濛初撰写了两部短篇小说集:《初刻拍案惊奇》《二刻拍案惊奇》,合称"二拍",这五部短篇小说集,又合称"三言二拍"。这个栏目里,先议论"三言",故称"三言卮谈"。

　　"三言"每部四十卷,三部共一百二十个故事。这些故事,不少都是前朝有记录的,冯梦龙将其加工改写。《喻世明言》第二十三卷《张舜美灯宵得丽女》,就取材于宋代笔记小说集《醉翁谈录》中的《彩鸾灯记》。《彩鸾灯记》是文言写成,冯梦龙是拟话本的白话文体,篇幅扩大许多,情节更加复杂,读来兴味增强。

　　这是一个洁净优美、有情人终成眷属的爱情故事。故事起始于灯节。灯节也就是现在正月十五的元宵节。古时那天前后,民俗不仅是北方人阖家吃元宵南方人吃汤圆,而且要到处挂灯笼,家里从屋里挂到院里,再从院里挂到院外,街上也挂满,寺庙等处更是密集悬挂,而且街市上还会有人提灯游行,更兼爆竹烟花,形成一种喧嚣欢乐、共享繁华的局面。有意思的是,灯节中,还会有人把彩灯挑在肩上游走。故事中的书生张舜美,在杭州上元灯节那晚,到街市观赏,口诵诗词,且诵且行,遥见灯影中,一个丫鬟肩上斜挑一盏彩鸾灯,后面一女子冉冉而来,那美女便是故事的女主人公刘素香。张舜美与刘素香一见钟情,后来就密约幽会,更大胆私奔。经过一番曲折跌宕,两个人都没有放弃彼此,终于在一尼姑庵中邂逅,缔结良缘。

　　故事中点睛的细节,就是灯节中刘素香丫鬟肩上斜挑的那盏彩鸾灯。这灯体积一定比较大,否则提着即可,何必肩挑。肩挑如果完全挑在身后,则难以体现灯之美,所以是斜挑,这样前后的路人皆可入眼。我们都知道,凤凰,凤为雄,凰为雌;鸳鸯,鸳为雄,鸯为雌;那么,鸾呢?有种说法,鸾是凤的一种,羽毛赤色多者为凤,青色多者为鸾。另一种说法,则鸾又叫青鸟,鸾也分阴阳雌雄,其中:雄鸟称为"鸾",雌鸟则称为"和"。总之,我们可以想象,那个灯节之夜,首先吸引张舜美的,是彩鸾灯,那灯体型颇大,由一个丫鬟斜挑肩上,应该是青羽为主,也有赤橙红紫等绚丽的颜色,由灯及人,先见丫鬟,再见丫鬟身后冉冉而来的小姐,生得凤髻铺云,娥眉扫月,生成媚态,出色娇姿,不由得惊艳,一段风流韵事,由此展开。如果拍影视,导演按冯梦龙的描写分镜头,是很便当的。1960年香港拍有《彩鸾灯》电影,故事虽与"三言"中此卷不同,但彩鸾灯这个引出爱情的道具是一样的。

信物一箩筐

　　信物，即凭证之物，是社会生活中频繁出现的东西。"三言"故事中多有信物出现，《喻世明言》第一卷就是"蒋金哥重会珍珠衫"，第二卷又把信物写入题目：陈御史巧勘金钗钿，末卷即第四十卷则是"沈小霞相会出师表"，所说的出师表，是一轴书法作品。"三言"中此类信物极多，不过有的没有列入卷目，如"张舜美灯宵得丽女"，其中有很重要的一个道具彩鸾灯，给读者的印象亦如珍珠衫、金钗钿、出师表般深刻。中国古典小说中，信物，以及重要的道具，可谓一搜一箩筐，如果再加上古典戏曲里面出现的，那真是数不胜数。随便举些例子：不但有珍珠衫，还有珍珠塔、珍珠扇，此外，白罗衫、宝莲灯、碧玉簪、碧明镜、破毡笠、鸳鸯绦、合色鞋、串龙珠、佛手橘、蝴蝶杯、九龙杯、香罗帕、龙凤巾、龙虎剑、龙凤锁、乾坤圈、乾坤带、锁麟囊、青霜剑、孔雀屏、十五贯、九件衣、桃花扇、燕子笺、雁翎甲、胭脂褶、鱼肠剑、宇宙锋、一捧雪、玉麟符、玉虎坠、玉狮坠、玉镜台、玉蜻蜓、鸳鸯剑、章台柳、香罗带、乾坤福寿镜……这还都是直书物名的，有的则涵括在词语中，如勘玉钏、铁弓缘、绣襦记、赠绨袍、拾玉镯、风筝误、摘缨会、罗衫再会、双镜重圆、红叶题诗、怒沉百宝箱……

　　善于在故事中设定信物，或是贯穿性道具，或是结尾时突现其物（最典型的是杜十娘的百宝箱），是中国古典小说以及戏曲中的重要的艺术手法。这个优良传统，我们必须继承，不能漠视丢弃。

　　当然，外国的文学艺术里，也有突出信物的例子，如莎士比亚悲剧《奥赛罗》里，那方引出奥赛罗妒火导致他扼杀忠贞的妻子苔丝德梦娜的手帕。但西方文学艺术从现实主义、浪漫主义演变到现代主义以后，似乎就更重视人物心理，对故事情节以及贯穿性道具往往就比较淡漠忽略，追求朦胧，刻意晦涩，到后现代主义，讲究平面化，那就更不重视道具细节了。

　　改革开放以后，我与比我大一轮多的资深作家李凖探讨过短篇小说的创作。他告诉我，他的创作秘诀，就是构思一个短篇，首先要确定好数个独特生动的细节，其中最好还有至少一个或是贯穿性，或是如杜十娘百宝箱那种在关键时刻亮出的"杀手锏"，也就是一个能让读者印象深刻的信物道具。后来再读他的短篇小说如《李双双小传》，就发现，时过境迁，他那小说的原始立意，可能已显得不宜，但他笔下的人物，却仍鲜活可赏，就是因为他在布局谋篇中，有信物的巧妙设置，"江流石不转"，作品的文学品格常在。

　　"三言"各卷中信物道具的设置，值得细究细赏。当代作家写短篇小说，仍可从中取经。

棒打之后

金玉女棒打薄情郎，这个故事在《喻世明言》第二十七卷。一般俗众熟悉这个故事，大多从戏曲舞台而来。京剧舞台上早就有《豆汁记》，演出了棒打薄情郎的故事，四大名旦中的荀慧生，1959年为建国十周年献礼，进一步加工改编了这出戏，叫《金玉奴》。按小说的描写，故事发生在古时临安，也就是杭州。故事里的人物关系，搬到舞台上，没有变。就是有个乞丐帮的首领，那时候称这种人为团头，叫金松，他有个女儿金玉奴，十八岁仍未嫁出，后来有邻居老头来说媒，告诉金松太平桥那里有个父母双亡的书生莫稽，因为实在穷窘，二十岁尚未婚配，愿意入赘人家为婿，金松和金玉奴父女就愿意收容莫稽，莫稽一见玉奴才貌双全，觉得自己不费一钱，白白得着个美妻，也就乐得入赘。

但是，小说里的杭州，哪有豆汁这种东西。豆汁这种东西，只在北京有。直到如今，不仅绝大多数南方人绝对喝不来豆汁，就是北京的新生代，也少有适应的，能喝的，多是老年人，爱喝的，如我，则算是有种特别的嗜好了。《喻世明言》，又称《古今小说》，里面写的关于金玉奴的故事，也没有出现莫稽冻饿金松家门外，金玉奴将其让进家门,后来喂其豆汁将其救活的情节。戏曲演出既然以豆汁为引子,而且构成第一场的"戏眼",也就模糊了故事发生的地点,观众会自然而然地想象为北京。

《豆汁记》或称《金玉奴》这出戏的改编,在豆汁的设计上,于小说而言,是"青出于蓝而胜于蓝"。戏曲中的金玉奴设定为年方二八,也就是十六岁,还并不处在高龄难嫁的状态,她对几乎倒毙在自家门外的莫稽,由同情而怜悯,由怜悯而细观,由细观而生爱,由生爱而主动向慈父提出缔结连理,层层自然衍进,人物形象生动活泼,鲜明可信,而她与父亲金松,金松与莫稽的互动,充满诙谐的细节,看来既有趣又有味。

小说与戏曲后来的情节,到结尾前基本一样,就是莫稽后来科举高中,封官乘船上任,莫稽这时候就嫌岳父身份不雅,妻子出身低贱,竟生歹心,哄骗金玉奴出舱,将其推下水中,再将金松驱赶下船。但金玉奴被上级官员许德厚所救,也找到父亲金松,许德厚收金玉奴为义女,将其嫁给莫稽,莫稽原以为攀上了高枝,喜出望外,但进入洞房时,却遭到丫头仆妇们一阵棒打,莫名狼狈,最后才知所娶许女,竟是落水未死的金玉奴。小说结尾,是金玉奴将其痛斥后,本着一女不嫁二夫的封建规范,与莫稽重为夫妻。戏曲舞台上,原本也是这样的演法,到1950年后改编,才成了金玉奴坚决不予原谅,而巡按许德厚也就将莫稽去掉官帽官服,交办治罪。

莫稽被棒打之后,小说中那样写,是符合那个时代的情与理的,而1950年后戏曲中这样演,显然是为了符合新时代的道德观。如何对古人笔下的故事和人物保持一种对其局限性的理解与宽容? 真是一个值得探讨的话题。

节烈之恶

　　对于传统文化，我们必须取其精华，去其糟粕，这是大家耳熟能详的说法。但是如何区分精华与糟粕，却不可草率行事。记得我青年时期听一位老师的讲座，他对"三言"的糟粕举例，就特别提到《警世通言》第三十五卷"况太守断死孩儿"，说内容无聊，属于色情篇章。

　　这个故事讲了些什么呢？按封建礼教的说法，是讲一个寡妇失节，弄出丑事，最后惨死。整个故事是歌颂一位况太守，顺藤摸瓜，让一桩原本迷离扑朔的奇案，终于水落石出，真相大白，令人佩服。

　　但是我们今天再读这个故事，就不免会心生别的判断。故事里写一个姓丘的人士，家颇饶富，娶妻邵氏，二人婚后甚相爱重，但相处六年，未能生育，不想丘某一病而亡，邵氏时年二十三岁，哀痛之余，立志守寡。这邵氏是真心守寡，如果没有后来出现的情况，因为丘某遗下的家产足可令她衣食无虞，还留下一个丫头秀姑，一个小厮得贵，丫头司内，小厮应外，人力资源也足够。她绝不再嫁，不接触成年男子，庭无闲杂，内外肃然，如此数年，赢得口碑，她到头来很可能获得官府旌表，甚至立起一座贞节牌坊，成为那个时代的节烈模范。

但是那小厮得贵，却在不知不觉中，从孩童而少年，从少年而成为一个发育健全的男子。街坊里搬来个浪荡汉支助，在丘某去世十周年，丘家做法事，邵氏走出拈香的时候，偷觑到其美色，就动了邪念，支助就怂恿得贵用自己发育健全的身体，诱惑邵氏。邵氏多年来只把得贵当作孩童，得贵多年来任其支派打骂，双方都浑然没有意识到可能派生的身体诱惑，但得贵在支助教唆下，便一连三夜裸睡，邵氏举烛查夜，第一夜惊诧，第二夜难堪，到第三夜，邵氏就再禁制不住，主动与假睡的得贵做爱了。所谓色情描写，其实只是寥寥数语。后来邵氏怀孕，打胎不成，生下一孩，邵氏用蒲席包起，让得贵扔到河里，得贵却被支助扭住，支助以此去胁迫邵氏，邵氏抗拒，最后邵氏痛恨得贵令她失身，杀死得贵，自己上吊身亡。支助将石灰腌的死孩扔进河里，被人看到，后来新上任的况太守勘清此案。

这个故事的重点情节是得贵发育健全的身体对寡妇的强烈诱惑。我们应该重读鲁迅先生的《我之节烈观》，应该懂得，以节烈来禁锢寡妇自由支配自己身体，是最反人性的。节烈之恶，莫过于此。封建礼教桎梏下寡妇的痛苦，多半不在缺衣少食，不在社交受限，而是她们那本真的身体欲望，那天赋的情欲，无法获得合法的满足，不得不在无尽的压抑中度过余生。

以今天的眼光来看，这个故事并非糟粕，而是客观冷静地写出了节烈之恶，具有一定的认知价值。邵氏是节烈的无数牺牲者中的一位。让我们铭记鲁迅先生的话："要除去于人生毫无意义的苦痛。要除去制造并赏玩别人苦痛的昏迷和强暴。""要人类都受正当的幸福。"

报恩有度

因为行善积德而获得厚报，是古代小说里常见的故事。"三言"中此类题材的就有多篇，《喻世明言》第三十七卷"李公子救蛇获称心"就属于此种类型。

故事写一个叫李元的书生，应举不第，便琴书意懒，游山玩水，以自娱乐。他乘船顺扬子江，到吴江太湖畔，欣赏风光之余，偶见数个小孩儿用竹杖于深草中戏打小蛇，那小蛇生得奇异，金眼黄口，赭身锦鳞，体如珊瑚之状，腮下有绿毛，体长尺余，如瘦竹之状。李元忙止住顽童，拿钱买下伤蛇，又把蛇用衫袖包裹，带到所雇船上，让仆人取出艾叶煎汤，洗去小蛇身上污血，精心救治，然后命艄公开船，到岸上草木旺盛处，把那小蛇放生。小蛇回头数次，看向李元，李元嘱咐它可于僻静处躲避，别再叫人看见，那蛇就游入水中，穿波底而去。

过些天，李元又乘船经过吴江，泊舟长桥下。黄昏时分，他上岸闲步登亭，独坐赏景，忽然有青衣小童到他跟前递上名帖，说主人邀他前往。他甚惊诧，后来被劝上一艘画舫，转瞬间来到一处神仙居所，有若干华美文字的形容铺陈，在宫殿中受到一位老年王者的盛情接待,正疑惑中,屏风后宫女数人,拥一郎君至,头戴小冠,身穿绛衣,腰系玉带,足蹑花靴,面如敷粉,唇似涂脂,立于王侧。聪明的读者读到这里,都不难猜测出,那老年王者便是龙王,而那郎君便是小龙,也正是李元救出的那条小蛇。龙王爷自然是要厚报李元搭救小龙之恩的。他把自己的一个美丽的女儿叫称心的,嫁给李元为妻,李元得了称心自然如意,但龙王说了这么句话:"三载后,需当复回。"也就是说,龙王对李元的厚报,不是没有底线的,是把握着一个尺度的。这一点是这篇小说的一个亮点。

李元得龙王厚报,并不因此张狂膨胀,他对任何人都没有泄露称心的真实身份来历,而称心帮助他事先偷得科举题目,帮他作出花团锦簇文章,使他一路高中,进入官场。但三年时限一到,称心就跟他告别,他不舍,上前拥抱,称心化风而去。李元也就不再奢望外力,最后凭自己资质能力,被王丞相招为女婿,又一路高升,直至成为吏部尚书。

比冯梦龙晚生一百多年的俄罗斯诗人普希金,写有童话诗《渔夫和金鱼的故事》,内容与李元和小龙的故事极其类似。渔夫在其妻子的一再敦促下,多次到海边向救过的金鱼索求,金鱼都尽量满足,但是最后渔夫妻子贪心吞天,逼迫渔夫去跟金鱼说,她要当统治海洋的女霸王,这次金鱼沉默地消失了,渔夫回到自己家,还是原先的破屋,妻子也恢复成原来的样子,守着一只破木盆。普希金的故事里,金鱼没有事先说明,他的报答是有尺度的;冯梦龙笔下的龙王,却对李元有三年为限的契约,李元最后也遵守了这一契约。这样,就使这个故事对历代读者都有警示：你行善，不要求报，而一旦获得厚报，也需知道对方的报恩，毕竟是有度的，以为自己既然积了德便可无限索报，到头来只能是恩消灾至。

物流链中破毡笠

大多数的古典小说及戏曲里，男女之间情爱的信物多是金玉珍珠之类的名贵首饰摆件，但在《警世通言》第二十二卷"宋小官团圆破毡笠"里，信物却是一顶破毡笠。

这篇故事虽然也是拟话本的写法，却不像大多数篇章那样，在主体故事前"戴帽子"，就是先讲一个与设定主题相关的故事，作为引子，再去开讲主体故事。因为那个时代的酒馆茶肆中，说书人登场说书，刚开始时上座率不高，或虽满座但听书人注意力不集中，因此需要拿"帽子"铺垫，等上座率高了，多数人也安静下来准备享受说书了，这才把主体故事抛出。这个关于宋小官的故事，却开篇就是正题。

宋小官不是官，小官是小伙子的意思。简单来说，他姓宋名金，后来成为一个孤儿，被曾是邻居的船家刘翁夫妇收留到船上。那刘氏夫妻有一女儿宜春，这对青年男女，男方并非秀才，女方并非小姐，其生命轨迹，男不会科举发达，女不会封为诰命，所以这就并非一个才子佳人的故事，与书中数量颇多的公子小姐私订终身后成眷属的套路完全不同，写的是那个时代市井小人物的离合悲欢。

毛泽东主席在 20 世纪中期,曾几次在与高级干部讲话时,建议他们读《金瓶梅》,因为《金瓶梅》写了明代社会的经济状况,值得参考。冯梦龙编撰的"三言",如这篇关于宋小官的故事,也一样写了社会的经济生活。从故事里可知,那时候在河道中,像刘翁那样的运货船家,非常之多,航道物流十分发达;那时候的年轻人,也不是只有一条晴耕雨读、参加科举以求功名的上升通道。宋小官不是秀才,但他有很强的算术能力,打得一手好算盘,而随着商品经济的发达,经济生活中这种财会人员的需求,也就猛增,因此,当时的人可以凭借这种本事,谋求生活的提升。

刘翁夫妇收留宋小官,并招赘他为女婿,也有经济方面的考量,不仅增加了物流中的劳动力,也毋庸再去花钱请人算账,更不用说也省却了大笔陪嫁。而宜春与宋金,也一见钟情,宋金上船时,恰逢细雨纷下,刘翁命宜春拿顶毡笠给宋金,那毡笠有裂缝,宜春手快,就盘髻上拔下针线,将绽开处缝了,递给宋金。但是宋金被招赘后,得了痨病,被刘翁夫妇嫌弃,竟在一处地方停泊时,逼他上岸砍柴,将船顺流而下,宜春发觉后,哭闹不依,刘翁只得回船寻觅,却不见踪影。宜春此后就为宋金戴孝,忌酒荤,终日啼哭。约两年后,有南京豪富钱员外雇刘翁运货,宜春远观,认出似为宋金,后钱员外向刘翁借旧毡笠,夫妻得以重合。

原来宋金被弃岸上,偶然发现强盗藏在岸上的八箱宝物,因此发财。故事里这样写,也就让我们知道,那个时代的财富,一部分被贪官污吏吞没,一部分被绿林强盗抢夺,剩下的部分,才被生产者、销售者以及刘翁这类物流链中的人物艰辛获得。一个破毡笠，折射出当时社会经济生活的多个侧面，而宋金和宜春，超越金榜题名的价值观，堪称新兴市民社会的新人。

脱匪归良

任何时代任何地域，生活在其中的个体生命，都有一个能否自觉把握自己命运的问题。"三言"中有诸多青春女性形象，她们在封建礼教桎梏下，自觉地争取恋爱与婚姻的自由，最后有情人终成眷属。《醒世恒言》第二十一卷，"张淑儿巧智脱杨生"，里面出现的小女子张淑儿，她也有对青年男子的追求，但这个故事别开生面，重点不在张淑儿恋爱婚姻的自主追求，而在她在智脱杨氏书生的同时，实际上也为自己逃出不良的生存环境，做出了大胆的努力。

这张淑儿和年已五十的母亲，还有一个成年的哥哥张小乙，住在河南荣县一处僻静的山野。一个风高月黑的夜晚，忽然有人敲门，母亲点灯开门一看，是个书生，称自己落难，恳求暂息半宿。张淑儿母亲拒绝："老身孤寡，难好留你。且尊客又无行李，又无随从，语言各别，不知来历，绝难从命！"那书生继续哀求，说自己是扬州人士，和两外几位同乡一起上京赶考，在那边宝华寺被僧人苦求留宿，不想僧人灌了他们迷魂酒，其余几个都在昏睡中被杀，钱财劫掠一空，只有他留了个心眼，没怎么喝那酒装醉，紧急时刻逃了出来，看这处有灯火，故来求救。张淑儿母亲就惊呼：
"哎哟！阿弥陀佛！不信有这样的事！"表示同情，收容了杨生，但
又说她有个姨娘是卖酒的，去那里打壶酒来给他压惊暖身。出门
前，唤出女儿张淑儿来奉陪。张淑儿盯住杨生看，杨生诧异，一问
一答，杨生才知道，张淑儿母亲和哥哥，都依附于宝华寺那里的匪
僧，他回想起来，匪僧杀他同伴时，有一俗人参与，应该就是张小
乙，那妇女哪里是打酒去，分明是给匪僧报信去了，怕他明天去官
府告发。那么，怎么办呀？眼见着宝华寺那边，众匪持着火把就
要赶到，张淑儿从容镇定，心生一计，从柜中取出一锭银子给杨
生，又让杨生拿绳子把她绑缚柱上，杨生开始不愿，后来听明白计
策，就照办，等张淑儿母亲领着匪僧和张小乙进了家门，张淑儿就
哭诉，说那书生强迫她未成，竟翻箱倒柜拿走银锭逃跑了。

　　故事结局不难想到，杨生逃脱后进京殿试高中，为那几位被
害的同乡报了仇，匪僧都被整治，杨生设法找到张淑儿，那之前张
小乙已然病死。张淑儿母亲开始战战兢兢不敢相见，在张淑儿设
计放走杨生的时候，她就把话说明，日后愿委身于他，但他不得追
究母亲，因为母亲实在也是被匪僧胁迫的。杨生与张淑儿重逢
后，果然善待岳母，后来一家幸福。

　　故事的女主角张淑儿，她所自主抉择的，不仅是婚恋对象，而
是脱匪归良。直到今天，社会中依然有恶黑势力，例如搞传销的，
有的凶恶度堪比故事中宝华寺的匪僧，难以摆脱。但这个故事里
出场时仅有十三岁的张淑儿，却能巧计救人，同时也是自救，那份
机智、沉着与坚毅，穿越时代仍可学习。

罗衫合的伦理疑问

官员、良民、强盗，是"三言"中最常见的三种社会阶层。《警世通言》第十一卷《苏知县罗衫再合》，写了一个强盗抢劫官员，终于伏法的曲折故事。故事写的是明朝永乐年间的事，直隶涿州苏家两兄弟，哥哥苏云科举考中，被授浙江金华府兰溪乡知县，走水路上任，因原来的船漏水，在仪真换大船续航，不想上的是一只贼船。书里写了一窝贼，头领叫徐能，跟随的水手，听听那名字：赵三、翁鼻涕、杨辣嘴、范剥皮、沈胡子……落在他们手里，一定大祸临头。夜航中，徐能故意让把船驶入黄天荡，便指挥众盗下手，砍死了苏家仆人夫妇，本来也要砍死苏云，经徐能那略有善心的弟弟徐用劝阻，说给留个全尸，就把苏云捆绑起来扔到水里。苏云的妻子郑夫人被劫掠上岸后，徐能就欲霸占，只因狂饮醉倒，郑夫人和一个同情她的朱婆便趁隙逃走，半路上实在走不动，朱婆为成全郑夫人，就投井自尽了。郑夫人后来挣扎到一茅庵，产下九月大的婴儿，庵里尼姑不愿收养那婴儿，郑夫人只好哭着扯下自己身上的罗衫包裹婴儿，又拔下金钗一股，插在婴儿胸前，尼姑就把那婴儿撇在半里外的柳树下。徐能酒醒后发现郑夫人和朱婆逃逸，就带人去追，在柳树下捡得婴儿，心中暗想："我徐能年近四十，尚无子息，这不是皇天有眼，赐予我为嗣？"遂抱了回去，正好他仆人姚大刚死了个不足月的女婴，姚大媳妇正有奶水，就交其哺育。俗语道："只愁不养，不愁不长。"那孩子长成六岁，聪明出众，取名徐继祖，发愤读书，十三岁考中秀才，十五岁上登科，起身会试，到了京师，连科中了二甲进士，选授监察御史，风光无限。

这个徐继祖，为徐家赢得了官方地位，徐能成了太爷，真个是光宗耀祖了。但他应试、封官，以及被派往南京行权，一路上异事迭出。先是路过涿州时，在一破败屋宇中遇到一个老婆婆，留他住宿一晚，临别赠他一件罗衫；再后乘船往南京进发时，有妇人递状诉冤，所控告的，正是他养父徐能；到了南京，又有人到他御史衙门告状，那人自称苏云；再后，徐继祖从仆人姚大那里要来当年包裹他的罗衫，与涿州老婆婆的罗衫合看，才恍然大悟，确认告状的夫人正是生母——苏云正是其落水未死的生父，那老婆婆则是自己亲生的祖母。于是这个徐继祖就不再认徐家为亲了，他为苏家大报仇冤，认祖归宗，易名苏泰。他报仇的具体措施如下：徐能赵三首恶，打八十；杨辣子沈胡子在船上帮助，打六十；翁鼻涕、范剥皮各打四十；姚大原来也判打四十，但其妻有哺乳之举，姚大又高声求饶，最后打三十大板；打后收监，最后将姚大缢死算留个全尸，徐能等一律斩首；徐用算最幸运，只被逐出衙门任其自生自灭。

看完这个故事，我并无大快人心的感觉。徐能对苏云而言是杀人未遂，对郑夫人而言是霸占未遂，就此案而言，罪不至死。而且，他收养抚养徐继祖十五年，供他吃喝穿用不说，还让他能读书写文章,科举中步步高升,从伦理上说,也应该算是尽责的父亲了,怎么在那个时代,对血统就看得那么重呢? 后来改名苏泰的官员,在处决自己养父时,怎么就没有丝毫的内心挣扎呢?

善鬼恶人

　　为什么说到三言作者的时候，虽然一定要提到冯梦龙，却不能说是"冯梦龙著"？因为他的这三部短篇小说集，有的是直接从前朝人的书里收录的，有的改写润色部分较多，有的基本上是全文照搬，只少部分可以算是他的独创。署名，则只能是"冯梦龙编撰"，或"冯梦龙编著"、"冯梦龙纂辑"。

　　《警世通言》第八卷"崔待诏生死冤家"，就是把宋代《京本通俗小说》中的《碾玉观音》照单全收，只是改了个题目。待诏在这个故事里，指供奉宫中（含达官贵人）的手艺人。故事开始的时候，说郡王想把一块美玉雕个精品献给皇帝，郡王府叫崔宁的待诏玉工，精心雕成一具观音，献去后龙颜大悦。不料一日郡王府遭遇大火，崔宁在府里走廊迎面遇上一个女子，这个女子姓璩，是装裱匠的女儿，名秀秀，被郡王府收来当养娘。秀秀精于刺绣，在府里地位等同于待诏。秀秀撞到崔宁怀里，崔宁倒退两步致歉，显示出性格拘谨懦弱，秀秀却是个主动把握自己命运的人，她勇敢地向崔宁表白，提醒崔宁郡王曾允诺在她入府期满后，把她嫁给崔宁。现在府第焚毁，人们四散奔逃，她已提了一手帕的金珠宝贝,何不一起逃遁? 崔宁就把她带回家,后来更远奔,一直到了千里外的潭州,在那里定居下来,开了个碾玉铺。不料郡王府的一个郭排军,为郡王办事来到彼处,发现了他们夫妇,崔璩夫妇误认郭排军是朴实人,热情招待了他,嘱咐他回府千万别把他们的事情告发给郡王,但郭排军一回去即刻就告发了,崔宁夫妇都被拘回,崔宁如实招供,璩娘被拖入后园。郡王认为崔宁能实招,就放了他,被押往建康府的路上,崔宁听到有人从轿子里呼唤他,一看居然是秀秀,秀秀说被拖到后园打了三十竹篦后被赶出。后来,崔宁和秀秀到建康再开碾玉铺,秀秀父母又找了来。谁知那郭排军又在建康府发现了他们,又回去报告郡王,郡王大惊,说秀秀那次分明被打死并埋在后花园里了呀。故事最后,不仅秀秀是鬼,秀秀父母其实也早在得知秀秀遭难后跳河成鬼,而崔宁最后也被秀秀扯入鬼境。

这是古代短篇小说中最精彩的篇章之一。以往一般评家都肯定秀秀争取自身幸福的勇气与坚毅,真是人鬼情未了,感天动地,但崔宁这个形象,其实也应予以肯定,他是一个凭手艺谋生的,社会上最善良的生命存在。他的悲剧,更让我们痛恨郡王那样的压迫者和郭排军那样的势利宵小,他的懦弱,是可以予以理解和谅解的。这个几百年前善鬼恶人的故事,可以启发我们认知:为什么到头来被压迫者会站起来革命,为什么革命政党会在黑暗中诞生,为什么革命终于会成功迎来光明,为什么革命成功以后,为防止新的恶势力从旧时代旧社会的余秽中死灰复燃,同志仍需努力。

《十五贯》的演变

　　1956 年戏曲舞台发生了一桩轰动的事情：浙江国风昆剧团编演的昆曲《十五贯》进京演出，4 月 17 日，毛泽东主席在中南海怀仁堂观看了演出，他高举双手鼓掌。本来昆曲这个剧种已经濒临灭绝，《十五贯》的改编演出成功，特别是得到毛主席、周总理等领导人的激赏，以及文化界的热情肯定，后来又及时拍成彩色戏曲电影，各个不同剧种争相移植，普及到一般民众，形成一个观剧热潮，《人民日报》因此刊发社论《从一出戏救活一个剧种说起》。

　　《十五贯》的素材基础，就是《醒世恒言》第三十三卷的"十五贯戏言成巧祸"，而被冯梦龙编入的这个故事，其实在宋代的《京本通俗小说》里就有，题目是《错斩崔宁》。《京本通俗小说》里《碾玉观音》里的青年男子也叫崔宁，但彼崔宁非此崔宁，被错斩的崔宁，缘由是因为一句戏言，冯梦龙对宋话本的这个故事除了题目变换，内容基本上是照搬。

　　这个故事里的青年男子崔宁，到城里卖丝线，卖得十五贯铜钱，放在褡膊里。宋代社会上的流通货币主要是银子，其次就是铜钱，圆形，当中有方孔，把一百个铜钱，拿绳子穿过方孔连贯起来系紧,就是一贯钱。这崔宁在路上遇见一位青年女子,二人要去往的地方相同,便一起同行。不想有群人追了过来,将他们二人扭送官府。原来,那女子本是一个叫刘贵的男子的二房妻子,刘贵与正妻去岳父家祝寿,岳父给了他十五贯钱,让他拿去当本钱做点生意,当晚妻子在父母家留宿,刘贵回到自己家,醉醺醺的,戏言把二房卖给别人了,因此得了十五贯钱。那二房待丈夫昏睡后,就先往邻居家借宿,天亮再回娘家去。不料跟崔宁同行,被追上的邻里扭送官府。原来前晚她丈夫刘贵被人砍死,从岳父家拿来的十五贯被盗。偏偏那崔宁褡膊里也是十五贯,这样在官府就屈打成招,以协同杀人盗窃私奔罪处以极刑。故事后面写刘贵正妻为刘贵守孝一年后,父亲家老仆接她回娘家,路上遇到强盗,老仆被杀,刘贵正妻被掳为压寨夫人,后强盗被妇人劝说改邪归正,却在忏悔中说出,当年是他杀的刘贵盗走的那十五贯钱。最后强盗伏法。这个短篇小说,误会加巧合,情节倒蛮曲折抓人,但主题似乎只是教人勿轻率戏言。

这个故事,到清朝初年,被戏曲作家朱雀(即朱素臣)写成传奇(就是戏曲剧本),定名为《十五贯》,故事里增加了重要人物,苏州知府况钟,他出手平反了崔宁冤案。到1956年黄源主持改编为昆剧,将朱雀剧本中的复杂结构做了必要的简化,把主题确定为通过三个官员的对比,批判了官僚主义、主观主义,肯定了况钟的调查研究精神与实事求是作风,戏中崔宁和同行女子都在被处决前夕,因真相大白而获得平反,也体现了对生命的重视。

鬼　友

　　爱情、友情、亲情，是中外古今小说常有的题材，"三言"也不例外，其中写友情的，仅《喻世明言》，就有好几篇。其中两篇是写鬼友的。

　　其中第十六卷"范巨卿鸡黍生死交"，首先涉及一个古俗佳节，就是重阳节。重阳节一是要登高，二是要赏菊。唐朝孟浩然那首著名的诗《过故人庄》中写："故人具鸡黍，邀我至田家。绿树村边合，青山郭外斜。开窗面场圃，把酒话桑麻。待到重阳日，还来就菊花。"诗里没写登高，写的是朋友欢聚，相约明年再赏菊花。"范巨卿鸡黍生死交"的故事有可能是受到这首诗的启发，构思铺陈而成。写的是一个秀才范巨卿，赶考途中病倒，被张元伯照顾救治，后来范巨卿病愈，二人分手，各奔前程，分手前在酒肆畅饮。那天正是重阳节，见黄花红叶妆点秋光，印象深刻，于是范巨卿跟张元伯说，来年重阳节，一定去他家拜访，张元伯就说："但村落无可为款，倘蒙兄长不弃，当设鸡黍以待，幸勿失信。"范巨卿发誓："焉肯失信于贤弟耶！"

　　古人最重信义，所谓一诺千金，允诺之事，必须记在心上，而且到头来要践约。故事写到,一年之后,又到重阳,张元伯就在家里具鸡黍,备酒席,等候范巨卿到来。开始他母亲还支持他等候,然而等到太阳落山,也不见范的踪影,母亲弟弟等家人自去睡觉,他却仍如醉如痴地等候,等到月光都没了,隐隐见黑影中一人随风而至,仔细一看,竟是范巨卿到来,不禁狂喜,但那来者却向他坦白,说自己是范巨卿的鬼魂,怎么成的鬼? 因为他直到那天早上才想起,又到重阳,与伯元有相聚之约,但相隔千里,如何赶去? 听说只有鬼魂才能瞬间千里,故此羞愧自杀,化鬼魂行,以来相会! 范巨卿深为感动,后来范巨卿去往张伯元家,赶到灵柩前,将囊中的钱给了张的遗孀,自刎于伯元灵柩前。这个鬼故事过去会感动一些读者,但到了当代社会,不说别人,我自己作为一个读者,就只觉得矫情。范张的友情,似乎不到必须以死相报的程度,为了去符合儒家对友情的"信义"规范,采取了完全不必要的极端自裁手段,酿成两个家庭的大悲剧。

还有一个鬼友故事,是第七卷的"羊角哀舍命全交"。故事里,羊角哀和左伯桃一起去楚国求前程,遇大风雪,事态最后到了只能死一人保一人的地步,左伯桃就脱下自己衣服,让羊角哀穿上,把自己剩下的那份干粮也给他,自己钻到一棵桑树的树洞里去,最后冻死在那里。羊角哀挣扎到楚国后,凭借才能终于获得重用,就去大桑树那里寻找左伯桃,为他厚葬。其实故事写到这里,大可收束,却画蛇添足,写佐伯桃托梦羊角哀,说附近的荆轲墓里的鬼魂骚扰他,羊角哀就为他毁荆轲墓以报友恩。总体而言,这个鬼友故事,比范巨卿张伯元那个靠谱,因为在最危急的时刻,舍身保友,直到今天,仍是一种美德。

为朋友而活

"范巨卿鸡黍生死交"和"羊角哀舍命全交"是两个为朋友而死的故事,都不够精彩。《喻世明言》第八卷"吴保安弃家赎友"则是一个为朋友艰难而生的故事,非常感人。

故事里讲有个叫郭仲翔的人,是大唐宰相郭震的侄子,随平南大将军镇压反叛的西南少数民族。有一天他接到一封河北武阳一名叫吴保安的同乡来信,信里表达了对他的钦佩与信任,希望他能引荐自己到军中效力。郭仲翔被来信者的诚恳感动,就向上司推荐了吴保安,吴保安果然进入军中充当了管记。

后来率军将领不听郭仲翔的合理建议,鲁莽进入部族腹地,全军覆没,郭仲翔被俘。那时候的西南少数民族部族还是奴隶社会,被俘的汉族军人被充作奴隶。但奴隶主为了谋财,按照不同背景身份的俘虏设定了不同等级的赎金,因为得知郭仲翔是宰相之侄,因此给他定的赎金,额度就特别高,需要一千匹绢。郭仲翔在这种逆境中,并不自弃,他以旺盛的求生欲,谋求绝处逢生。当时有个奴隶被赎出,原是解粮官,郭仲翔就设法求他带信给吴保安,请吴保安去京城找宰相,他想也只有宰相能出得起一千匹绢的赎金。其实郭仲翔与吴保安不过是一封书信的交情,神交而已,此前并未谋过一面。郭仲翔本着对吴保安的信任,以等待救援为支撑,在万般折磨中,顽强地活下去。吴保安得到郭仲翔带来的书信,立即着手救援,首先去往京城,但去后惊闻郭震已然谢世,家属都已回原籍,凑集一千匹绢的重任,只能由他一个人承担。他就弃官从商,拼命积累财富,甚至离家远走,到达离郭仲翔被俘地近处的姚州,在那里朝驰暮走,东趋西奔,身穿破衣,口吃粗粝,虽一钱一粟,不敢妄费,都积来买绢,得一望十,得十望百,满了百匹,寄放府库,后来终于凑够了七百匹,但那已过十个年头了。故事里的这位吴保安没玩死了化鬼魂去慰问的把戏。郭仲翔呢,他数次逃跑,次次被抓回,被转卖,最后买到他的奴隶主为防止他再逃跑,就用两块木板,各长五六尺、厚三四寸,让他两只脚立在板上,用铁钉从脚面把他双脚钉在板上,就这样,郭仲翔也还是不主动化鬼,坚信吴保安终有一天会来将他赎出。吴保安为赎友坚韧存活去凑齐千匹绢,郭仲翔为等候吴保安来赎脚上穿钉亦坚信友情,这两个人的友情故事,比一万个范巨卿化鬼履行允诺的故事更动人,真是惊天地、泣鬼神啊!这个故事是个喜剧的结局,吴保安终于在一位开明官僚协助下,以一千匹绢将郭仲翔赎出,煎熬了十五年,两个朋友这才头回见面,未暇叙话,各睁眼看了一看,抱头而哭,皆疑为梦中相逢也。

交朋友,不是为了让朋友死后获得安慰,更不是为了显示自己重信义而去为朋友死。活着为朋友,为的朋友活,才是真友谊。

王公子与玉堂春：
叙述主体的转移

　　京剧《玉堂春》是人们耳熟能详的剧目，这出戏的来源，有人说是根据《警世通言》第二十四卷改编，其实妓女玉堂春落难的故事，是明代正德年间发生在山西洪洞县的一桩流传甚广的社会新闻，并且早有人写出这段故事，题目叫《王公子奋志记》，因为故事里的男一号，是一位叫王景隆的官宦子弟。这篇《王公子奋志记》虽然一度刻印流传，后来却失传，我们现在看到的王公子与玉堂春的故事，则是冯梦龙根据其改写的这篇《玉堂春落难逢夫》，冯梦龙在刻印《警世通言》时，特别在这篇题目后注明"与旧刻《王公子奋志记》不同"。确实不同，改写时叙述主体有了大转移。

　　原来的《王公子奋志记》，顾题思义，是从王景隆如何从沉溺烟花自拔奋志，终于苦读应考，最后科举高中，当了大官，拯救了当日爱恋的妓女玉堂春，这样一个角度来写的。冯梦龙的改写文本，显然承继了《奋志记》里的一些相关描写。故事里的这位王公子，身为高官的父亲让他从南京到北京收账，他到北京后收到三万两白银，却并没有及时带回南京，而是被引诱到一家妓院，与其豢养的美妓玉堂春一见钟情，便梳拢了她，住下不走，一年中将三万两银子泼撒花费，打造金银首饰、增添华服霓裳以外，还盖起一座百花楼来。但是他将三万银子荡光以后，妓院的老板（男的称王八，女的称鸨子）就跟他翻了脸，把他轰了出去。依我看来，这位王公子并不值得同情。这家妓院，是"本司院"，就是在官方登记注册，合法经营色情生意，你有钱就由你嫖，你没钱了，当然不能白养着你。王公子对玉堂春是动了真情的，他被轰出后，玉堂春设法救济他，他也曾装作又发了财，再到妓院鸳梦重温，王八鸨子见钱眼开固然可恨，他把砖头瓦块放在箱子里冒充银子，也非善茬儿。他后来悟出，要改变命运，到头来还是得读书应举，求得官职，这才奋志精进。

　　冯梦龙的改写是下了功夫的，这篇《玉堂春落难逢夫》篇幅颇长，他把王公子的叙述本位，改为玉堂春的叙述本位，着重写了玉堂春对王公子的真情真爱，有许多动人的细节。玉堂春是被侮辱与被损害的生命，她是值得同情的。她本姓周，被妓院王八苏淮买去，因为妓院本已有两个妓女，她去了就被称为三姐，花名玉堂春，后来她落难，也自称苏三。但是，这个故事冠以"落难逢夫"的题目，多少有些牵强，故事里写那王公子得中封官后，秉承父母之命，娶了一位正妻，他搭救出玉堂春后，才纳其为妾，虽然故事最后说那正妻待玉堂春不错，一家和美，但细想起来，这位原来姓周的女子，命运也实在是悲苦。

　　玉堂春的故事在清末民初，搬演于京剧舞台，后来的四大名旦，全都唱过，荀慧生的改编本竟有十七场之多，连演需要四个半小时。其中《苏三起解》《三堂会审》两折，目前京剧舞台上仍常有演出，但《起解》里的崇公道，《会审》里的刘秉义、潘必正，都是小说里并没有的角色，说明一个素材经过多次改编，会发生很大的变化。

中国茶花女

　　19 世纪,法国作家小仲马创作了小说《茶花女》,把妓女对爱情的忠诚不渝描写得感天动地,成为世界名著,后来作曲家普契尼谱曲的歌剧更引起轰动,久演不衰,演遍全球,更不要说又多次拍成电影,风靡至今。

　　"三言"里有多篇以妓女为主角的故事。其中玉堂春改编为戏曲影响最大。但玉堂春这个妓女形象是有重大缺陷的。在她被骗卖又被诬陷杀人之前,她对王公子虽然有爱情,却并不考虑其人生前途,纵容那王公子将家里的三万雪花银子挥霍一空,是个享乐至上的女子,不足为训。但《醒世恒言》第三卷《卖油郎独占花魁》里的妓女王美,却是个闪烁着人性光芒的女子,说是中国的茶花女,亦不为过。而且,我们要注意到,冯梦龙着笔"三言",比小仲马要早二百多年,那时随着明代商品经济的繁荣,开始出现了新兴的市民阶层,因之也就有了人文主义的萌芽。

　　《卖油郎独占花魁》里的卖油郎秦重,就是一种社会新人。那时候与他同龄的,大体是两种人,一种是读书人,当然有贫富之分,贫点的也挣得秀才身份,再往上攀登科举之阶,富的则凭借家族背景,往上升腾较为便当;一种是衙内纨绔,一味吃喝玩乐,乃至以势欺人。秦重却是做小生意的,当然后来他做大了,成为富翁,但故事里的主要事迹,则是凭借自己的才智信用,挑油担搞零售,是一个既不去苦读应考,更无权势可依仗的小市民。

故事里的妓女王美,在杭州地区人称花魁,美丽灵动,多才多艺,她被人骗卖到鸨子王九妈那里,本来发誓绝不接客,却在一次酒醉后被算计失身,后来她索性游戏人生,以名妓身份周旋于达官贵人间。看冯梦龙笔下写她的种种荣华中的落寞,我耳边就不禁响起普契尼谱出的那首《饮酒歌》,她在表面的玩世不恭中,始终深藏着一颗轻易不付与人的心。后来遭遇到卖油郎,那卖油郎用辛苦积攒起来的十多两银子,只求与花魁王美亲近一晚,王美开始哪把他看在眼里,应酬高官归来,在绣房中和衣醉睡,卖油郎对她充满怜惜,绝不侵犯她,当她大口接连呕吐,就用自己衣袖接住那些秽物。王美酒醒,惊讶天下还有如此不把她当玩物,而是尊重她为一个人的仰慕者存在。后来王美遭恶霸欺凌,又被卖油郎搭救。于是王美决定把自己几年来积攒的金银财宝,拿出赎身从良,嫁给了秦重。这个故事最难得之处,就是写那妓院鸨子王九妈,虽然是"天下乌鸦一般黑",少不了贪财之心,把王美当成摇钱树,开初也觉得卖油郎掏出那点银子,只求一夜之欢,未免是"癞蛤蟆想吃天鹅肉",但她对王美有骗,有吓,有哄,有劝,却始终没有打骂,而发现卖油郎的憨痴真情后,心里生出超越赚取嫖资的感叹,就尽量去满足那老实人的痴念。

说王美是早于小仲马笔下二百年的那个中国茶花女,并不牵强。如果明朝后来不遭受农民起义和关外满族八旗兵的双重摧毁，社会商品经济长足发展，新兴市民阶层成熟起来，把人当人的人文思想就会进一步成熟起来。

商品流通与礼教解构

　　悲欢离合，是"三言"描摹社会人生的主轴。《喻世明言》开篇第一卷《蒋兴哥重会珍珠衫》，就做足了世道难测、人生诡谲的文章。我对 20 世纪 50 年代，毛泽东主席在跟高级干部谈话时，对如何阅读《金瓶梅》的指示，非常信服，觉得不仅可以作为解读《金瓶梅》的圭臬，也是解读包括"三言""二拍"在内的所有古典小说的指南。

　　毛主席强调，要重视《金瓶梅》对明代社会经济活动的描写（虽然小说托言宋朝）。他认为像《东周列国志》那类作品，只写权力斗争、意识形态，是片面的，好的文学作品，应该反映一个历史阶段的经济活动，经济基础决定着上层建筑。《蒋兴哥重会珍珠衫》，表面上写的是小市民的离奇命运：游商蒋兴哥外出贩货，久不归家，其妻子三巧儿实在耐不住寂寞，勾搭上了商人陈大郎，竟把蒋兴哥祖传的珍珠衫赠与了陈大郎。陈大郎也是游商，不巧在苏州遇到蒋兴哥，一起饮酒，天热解开外衣，露出贴身的珍珠衫，蒋兴哥大惊，回到家去，查明真相，怒休三巧儿。陈大郎妻子平氏，发现珍珠衫后觉得蹊跷，就偷藏起来。后来陈大郎病亡，平氏将其安葬,经媒婆牵线,嫁给了蒋兴哥,蒋兴哥遭遇人命官司,幸得县官庇护脱罪,县官为何对他网开一面?原来县官妻子发现被审的犯人是蒋兴哥,就谎称是她哥哥,其实她正是蒋兴哥的原配三巧儿,故事最后县官把三巧儿放归蒋兴哥,蒋兴哥便以平氏为妻、三巧儿为妾,过上美满生活。

对人物的行为,文本叙述大体是无事无非,虽有过错,却都有情可原。书里这些小市民的生活,已经突破封建礼教的桎梏,给人礼崩乐坏的印象。人的原欲,被理解,被宽容。商品经济的繁荣,加强了流动性,人的流动,使得固守封建礼教规范愈加困难。其实这是一篇陈述商品经济解构旧家庭、旧人际关系、旧观念、旧道德标准的小说。故事里出现了来自比如襄阳与徽州等不同地域的角色,他们为谋生,游动经商,南达广东,北达苏州,所经营的商品,有米豆,有珍珠、玳瑁、苏木、沉香,运输方式有陆路也有水路,故事里还出现了典当铺,这是游商获得流动资金,也就是融资的重要场所。

虽然才子佳人,也就是走科举攀登的仕途之路的公子与达官贵人家里的千金小姐之间发生的爱情故事,在"三言"中也还占有相当的比例,但"三言"的开锣戏《蒋金哥重会珍珠衫》,里面的蒋金哥、陈大郎,都与读圣贤书、科举应试了无关系,他们选择了经商的人生道路,去通过积攒财富,以追寻自身的幸福。陈大郎的名字干脆就叫陈商;而三巧儿、平氏,她们也并非尊礼守矩的佳人,有了自主支配自己情感与归宿的意识与作为;书里的这些小市民,通过非儒家传统的管道,也过上了小康以上的生活,他们之间的关系,因为有突破儒家礼教的现实考量,也能达于和谐,这类篇章,就使得"三言"多少具有了一定程度的现代性。

掩耳朵的人

责奸指佞,颂忠弘义,是"三言"中多见的主题。《喻世明言》第四十卷《沈小霞相会出师表》,是最具代表性的一篇,写的是嘉靖朝严嵩严世番父子把持朝政十五年,欺上瞒下,卖官鬻爵,穷奢极欲,残害忠良,最后终于还是被弹劾罢免,忠良得以平反的故事。

故事里的沈襄,号小霞,是个秀才,住在老家绍兴,他父亲沈炼在京都看不过严氏父子专权胡为,上书皇帝,严氏父子就把沈家往死里整,害死了他父亲和他的两个弟弟,母亲幼弟发配僻地,他也被严氏父子派人去抄家,押送他到京都受审。他的小妻闻氏已有孕三月,自愿随他前往,两个押送的公差张千李万,如虎赛狼,一路上对小霞夫妇肆意折磨,而且大有奉命将其杀害之势。一路行走,来到济宁地面,小霞对公差说,济宁东门外有个冯主事,在家为父母守丧,此人曾欠他父亲二百两银子,他想去讨要。李万想银子讨来,岂不成了他和张千的,就随小霞去取,谁知半路内急,如厕后出来,不见小霞身影,自己跑到冯主事住处,问门房有没有个白衣人进去?回答有,叙完话又留饭,李万等候许久,果然有白衣人被送出,一看却并不是小霞,再追问,人家回答除走掉的亲戚,再无人来过。李万回去告诉张千,闻氏听说大哭大闹起来,引动居民围观,最后到知州那里告状,知州就亲自打轿去冯主事家探寻。整篇小说中,我以为下面的描写最妙:

> 冯主事见知州来拜,急忙迎接归厅,茶罢,知州提起沈裹之事,才说得沈裹二字,冯主事便掩着双耳道:"此乃严相公仇家,学生虽有年谊,平素实无交情,老公祖休得下问,恐严府知道,有累学生!"说罢,站起身来道:"老公祖既有公事,不敢留坐了。"知州一场没趣,只得作别。

十年过去,严氏父子才被嘉靖帝罢官整治,沈家冤案得以平反,沈小霞母亲和幼弟,以及寄居尼姑庵的闻氏和长到十岁的儿子,才得团圆。那么,沈小霞是怎么捱过来的呢? 正是那冯主事,掩护了他,把他藏在家中夹壁墙后的小院里,为了掩护到底,冯主事后来一直不去起复做官。

故事中作为信物的出师表,是沈炼落难初期,被保安州贾石收留,后来迫害一步紧似一步。在沈夫人携幼子离别时,贾石要来沈炼亲笔楷书的诸葛亮前后出师表,以为留念,后来沈裹得解脱,在保安州偶然见到悬挂于壁的出师表,才知贾石是为父亲收尸的大恩人。出师表这件信物在整个故事中的作用并不大,冯主事对沈小霞的巧妙掩护才是关键的关键。有趣的是冯主事采取的策略,是掩耳,一副胆小怕事、避席畏闻、唯求苟活、不沾是非的怂样,取得了最大的掩护与自保的功效。与奸人恶棍斗法,横眉怒对硬碰硬,牺牲自我惊醒民众是一种方式,装疯卖傻掩耳回避,以软延时,等待时机,时候一到,一切都报,也不失为一种可取的方式,如拍成影视,饰演冯主事的,掩耳一场,大有施展演技的余地。

诅咒怎能替代评价

历史人物故事，在"三言"中占相当的比例。《喻世明言》中有《晏平仲二桃杀三士》《梁武帝累修归极乐》，《警世通言》中有《俞伯牙摔琴谢知音》《庄子休鼓盆成大道》《王安石三难苏学士》《拗相公饮恨半山堂》《李谪仙醉草赫蛮书》《赵太祖千里送京娘》，《醒世恒言》中有《隋炀帝逸游召谴》……但这些历史人物故事，几乎都不成功，有的甚至显得很可笑，最明显的例子，就是《拗相公饮恨半山堂》。

拗相公，是北宋王安石的绰号，"拗"有不顺旧俗、顽固执拗的含义。王安石本着"天变不足畏，祖宗不足法，人言不足恤"的信念，主张变法图新，宋神宗两次起用他，采纳他的变法主张，根本目的是要改变北宋"积贫积弱"的局面，增强对外防御，对内弹压的能力，以巩固和加强封建王朝的统治。他实施新法的时间并不太长，但确实提升了北宋王朝的国力。变法引起朝廷两派政治力量的激烈交锋，最后王安石罢相归隐，在抑郁中病亡。

如何评价王安石？这本来是个学术问题，不是靠取绰号、抹黑丑化，甚至谩骂诅咒就能解决问题的。变法革新，从来都是一把双刃剑，在切除腐朽积弊的同时，也难免伤及某些平民，但如果变法革新的过程里,整个社会大多数民众获得到好处,那这种革新就应该予以基本肯定。冯梦龙的文学水平很高,但他对历史人物的评价完全接受前人的"定论",缺乏自己独特的主见,这就使他的历史人物故事都显得平庸味涩。

拗相公的故事,很早就有文言小说,在南宋出现了白话小说,并且收入了《京本通俗小说》,冯梦龙将《拗相公饮恨半山堂》照搬在《警世通言》里。其实,冯梦龙生活的时代,离北宋已经相当遥远,大可通过独立思考,加以改造,写成一个具有新意的文本,但他没有这样做。他写前朝故事《沈小霞相会出师表》,尚且能不惧严氏父子奸党余孽寻隙,挥洒自如,为什么对于他而言是古人的王安石,反而不能自由发挥呢?应该不是心有顾忌,而是限于他的认知水平,他完全没有意识到,王安石是一个了不起的政治改革家,正值得他那一只生花妙笔翻案,而那翻案文章,也就能使他的文学成就,更上一层楼。

《拗相公饮恨半山堂》写王安石罢相后,微服低调从东京去往金陵,一路上到处看到抨击他新政的顺口溜,甚至茅厕也有,登峰造极的一段情节,是他见村中蓬头老妪喂猪,口中呼:"啰,啰,啰,拗相公来。"一赤脚蠢婢喂鸡,口中呼:"㸡,㸡,㸡,王安石来。"这应该就是南宋时文言小说《钟离叟妪传》里的"精华"吧,小说最后王安石在被万人唾骂的处境中呕血而亡。《钟离叟妪传》产生时,宋朝的反改革派气焰正盛,以极端丑化,乃至骂王安石为猪鸡泄愤,以为通过诅咒就可以把王安石"永远钉在耻辱柱上",哪想得到历史书写到今天,王安石已成为一个具有通识的改革派人物。冯梦龙缺少对历史人物的新认识、新表述,为他一叹。

人间情相通

　　冯梦龙凡试图进入宏大叙事，多不成功，"三言"里精彩的篇章，多是写他所置身的时代社会，并且多是平头百姓的故事。写小人物的故事，冯梦龙有时会引入些神佛怪异介入，或一波几折，以意料之外、情理之中赢得读者的阅读快感，但也有完全生活化的篇章，比如《醒世恒言》第九卷《陈多寿生死夫妻》。

　　这个故事，基本上只有五个人物，都是庄户小民。写江西分宜县农村，陈、朱二家东西街对面相住，都是最本分的小民，陈青与朱世远爱在家门外下象棋，时常引得三邻四舍围观，但观棋最多的，是一位比他们年长的王三老，是个"观棋不语"的真君子，胜败定后，他几句评语，能使陈、朱双方都听得入耳。陈青有个儿子陈多寿，出场时九岁，是个小帅哥，且彬彬有礼，喜爱读书；正巧朱世远有个同龄的女儿名多福，生得也不错；王三老就从中做媒，两家结为了亲家。故事开篇就写得很有生活气息，展现出一派田园牧歌式的世俗生活，人们没有不良嗜好，社会稳定、没有纷乱，故事往下发展，没有战乱引出的生离死别，没有恶人侵犯造成的家破人亡，却出现了人生中那生老病死中最可怕的一项：病。陈多寿到了十五岁，本应正式迎娶朱多福，却忽然患上恶疾，是一种癞症，也就是严重的皮肤病，虽不死人，却令人生不如死。这种情况下，朱世远媳妇柳氏就对这门婚事悔恨不迭，整天跟丈夫叫骂，陈青是明事理的人，就跟媳妇商量好，请来王三老，让他送回去庚帖，免除这门婚姻。柳氏喜出望外，却不想女儿朱多福誓不退婚改嫁，她嘴里说的是一女不嫁二夫的封建礼数，其实读者可想而知，两家对门而居，她对陈多寿即使没有青梅竹马之乐，也有相视倾心的爱恋情愫，并非真是从礼教的概念出发，来决定自己的命运。在陈家二次退婚时，朱多福就悬梁自尽，所幸被父亲发现，救活过来。后来朱多福自愿嫁到陈家，虽然不与陈多寿发生身体关系，却心存爱怜，对陈多寿不离不弃，对公婆也极为尽孝。几年过去，倒是陈多寿心里实在过意不去，认为只有结果掉自己，才能让朱多福获得解放，他就从药房买来砒霜，喝酒时放入，但他喝了，陈多福也喝了，两个人就都倒地昏迷。陈青夫妇吓坏了，想起民间有个说法，就是灌热羊血可以解砒霜之毒。邻居里就有养羊的，民风淳朴，乡里乡邻，闻讯哪有迟疑之理，马上宰羊接血，拿去灌给那对要死在一起的夫妻，结果两个人灌热羊血后，就都把胃肠里的毒素呕出，活了过来。更奇妙也是事后可以理解的是，那砒霜毒酒，竟起到以毒攻毒的作用，陈多寿那多年遍求名医偏方都治不好的癞病，竟很快出现转机，两夫妇在恢复元气的过程中，陈多寿渐渐脱癞复原，依旧头光面滑、肌细肤荣，比原先更是个大帅哥。故事结尾其实可以挪用西方童话里的惯用语："他们从此过上了幸福的生活。"

　　爱情是中外文学艺术中永恒的主题。人间情相通。坚贞不渝的爱情总是令人感动。看看这两个文学家的生卒年：英国莎士比亚（1564—1616），中国冯梦龙（1574—1646）；他们从事文学创作的时间有所重叠，他们当然没有互相商量过，但一个在遥远的西方写出了罗密欧和朱丽叶的故事，另一个写出了陈多寿和朱多福的故事，其拨动历代读者心弦的指法，何其相似乃尔！

跃出牛马界

　　20 世纪中期,我在北京吉祥剧场看过一出京剧《走雪山》,此剧又名《南天门》。一位青衣扮演家族遇难不得不翻越雪山逃命的小姐,一位老生扮演她家的忠仆,主仆二人在雪山上要么一起冻死,要么死一个活一个。那仆人就脱下衣服给小姐保命,自己冻死在雪山上,小姐呢,被雪山那边接应的人救下山去得以幸存。这戏演员的唱、做都很吃力,艺术性很高,但我看了心里却不大舒服,因为这戏宣扬的仆人之"忠",是以否定自身的价值,来保全那主子的性命。其实人的价值都是一样的,平等,才是一种现代意识,主贵奴贱,颂扬奴甘愿一死以救主,属于一种落后的观念。

　　"三言"里写到忠仆的不止一篇,有的也落《走雪山》之俗套。但《醒世恒言》第二十五卷《徐老仆义愤成家》,却别开生面,令我心膻大快。

　　故事就发生在明代嘉靖朝,在浙江严州府淳安县乡村,有一徐姓人士,家境小康,生有三个儿子,而三子都有子,只是老三生育能力特强,生有二子三女。父母在时,没有分家,和睦共存,阖家欢喜,可是后来父母相继去世,老三又不幸病逝,老大老二怕老三遗孀遗孤成为累赘,就强行分家,家里的一头牛一匹马,老大老二各分其一,老三遗孀颜氏,却只分得老仆阿寄及其老伴,显然,是把那阿寄夫妇当成牛马一类的动产,牛马当时都十分强壮,阿寄已年老力衰,似乎只能是养起来白吃饭,这分明是欺负三房的孤儿寡母,更是对阿寄生命价值的蔑视。

　　故事里的这位老仆阿寄,劝主母颜氏不要一味哭泣,告诉她自己虽然没有牛马那样的耕种能力,却还是个大活人,总还有办法辅助她,而老伴也还能帮助她做家务。经过劝慰、协商,颜氏拿出自己的首饰,可换十几两银子,阿寄拿去做本钱,做贩运生意。这消息被徐老大徐老二知道了,他俩都撇嘴嘲笑,那阿寄能做成什么生意?阿寄第一次跑生意回来,报告颜氏赚到了钱,但却没有把钱带回来,而是押在下一次出货方了,颜氏半信半疑,徐老大徐老二认定阿寄贪瞒,都有些幸灾乐祸。故事往下发展,情节似乎胶着在阿寄是否诚信可靠上,但我阅读时,兴趣更多的是在写阿寄如何迅速学会经商的技巧。"常言道,货无大小,缺者便贵",阿寄发现,当时各处大兴土木,因之油漆需求量猛增,他就贩漆,从产地往急求处倒卖,又发现有的货物的价格与气候变化密切相关,杭州大旱,原本是籼米产地,那年却减产紧缺,便提前往杭州运送籼米。几年之后,阿寄用十几两银子的本钱,赚进了三千多两银子;他又趁一个富翁死去,其不肖子降价出卖田产房宇,为颜氏买进,又很有契约意识,把买卖合同签得滴水不漏,最妙的是他请来徐老大和徐老二做签约的见证人,这时那二位才恍然大悟,阿寄不是不如牛马的废物,而是一个具有创造力的生命。

　　对于徐家老三,特别是老三的遗孀遗孤而言,阿寄当然算得忠仆,但他不是《走雪山》里那种"变牛变马为主而死"的愚忠,他跃出牛马界,通过经济活动,证明了作为一个人,他具有令人敬畏的崇高价值。

白马王子娶老寡妇

　　这个故事在《喻世明言》第五卷,卷目是《穷马周遭际卖馎
飥》,写的是唐太宗宠臣马周的遭际。马周是历史上有明确记载
的真实人物,据正史,马周幼年失去父母,家境贫寒却爱学习,尤
其精通《诗经》《左传》,长大后因放荡不羁而不被乡亲尊重。武德
年间,补授博州助教,每天都饮酒,不把讲授当回事。刺史达奚恕
多次斥责,马周就愤然离职,在曹、汴之间游荡,又被浚仪令崔贤
首侮辱,于是在气怒之下西游长安。宿于新丰的旅店中,店主只
招待诸商贩不照顾马周,马周于是要了一斗八升酒,悠然独饮,店
主深感惊奇。到了京师,寄住在中郎将常何家中。

　　贞观五年,唐太宗令百官上书谈论朝政得失,常何因是武官
不涉猎经学,马周便为常何陈述合乎时宜的事二十多件,叫他上
奏,事事符合旨意。唐太宗怀疑常何有这样的才能,询问常何,常
何说:“这不是臣所能写出的,是家客马周草拟的。”太宗当天召见
了马周,在马周尚未到达期间,皇上四次派人催促。待到马周拜
见后,太宗和他谈论得非常高兴,令他在门下省值班侍奉。贞观
六年,马周授任监察御史,奉命出使符合旨意。皇帝因常何举荐

得当,赐帛三百匹。马周的谏言太宗都采纳了,不久授任侍御史,加朝散大夫。贞观十九年,马周代理吏部尚书。贞观二十一年,加银青光禄大夫。贞观二十二年,马周逝世,终年四十八岁。太宗为他举哀,追赠幽州都督,陪葬昭陵。自从马周亡故,太宗非常想念他,要凭借方士之术求得显现他的身影。马周有随机应变的才能,善于陈述奏进,深识事理,所陈述的事情没有不切中要害的。太宗曾经说:"我对马周,一会看不到便要思念他。"唐高宗继位后,追赠尚书右仆射、高唐县公。垂拱年间,配享高宗庙庭。

　　历史上的马周,以上的事迹在《穷马周遭际卖鎚媪》中基本上都写了出来。史书上把马周的上两辈和下三辈都予以记载,但没有记载他的夫人为谁。有意思的是,这篇故事主要是写马周娶了谁。他在新丰酒店一人要了五斗酒,又用狂饮后剩下的酒泡脚,酒店老板喜他豪爽,知他要从新丰往长安去寻求发展机会,就介绍他到长安投奔自己一个侄女儿。这个侄女儿就是王媪,她嫁的夫家是卖鎚的。鎚就是一种普通的蒸饼,但马周去时她已经守寡,她接待马周前夜做了个梦,梦里一匹白马自东而来,到她店里,把所有粉鎚全吞吃了,自己就去追赶,不觉腾上马背,那马化为火龙,冲天而去……第二天果然有一自称马周的穿白袍的男子来投奔,更有意思的是,这故事里写穷马周升腾的第一步,就是进入中郎将常何家做幕僚,是通过王媪,先向常何家来买鎚的苍头推荐,苍头回去再跟常何说,常何加以收容的。故事最后,已经被唐太宗赏识重用的马周,便娶了卖鎚媪为妻,同享富贵。这说明在唐朝,寡妇,而且是一个卖蒸饼的老妇人(媪就是老妇的意思),并不被歧视,其改嫁,嫁给"白马王子"(马周娶她时才三十岁左

右），也并不认为怪异。到宋朝，由于理学的泛滥，对妇女要求"守
节"，到明朝初期，为"贞节烈妇"立牌坊成风气，都是妇女观上的
倒退。冯梦龙写下这样一个故事，显然有借唐朝背景，古为今用，
向当时主流节烈观挑战的用意。

暴怒误升天

大约四百年前,有个英国哲学家弗朗西斯·培根,写了部《习惯论》,当中有这样几句:"思想决定行为,行为决定习惯,习惯决定性格,性格决定命运。"其中"性格决定命运"一句最为脍炙人口,传诵至今。

中国明代,"三言"的编撰者冯梦龙,生活的时间段,与培根高度重合。这位也大约生活在四百年前的作家,在他编撰的《喻世明言》第三十二卷《张古老种瓜娶文女》里,写了一个曲折离奇的故事。故事的时代背景放在了南北朝时期的梁朝,说有一位管理皇家马匹的官员韦谏议,走失了一匹梁武帝最爱的名为"照殿玉狮子"的白马,便急忙派人顺着雪中蹄印去寻觅。在一个花园中,他见到一位老人,就是张古老,他不但送还马匹,还赠送香瓜。后来韦谏议想报答张古老,却未曾想到,张古老竟想迎娶他那才十八岁的女儿为妻,谏议就故意刁难,让张古老拿十万贯现钱来作聘礼,本以为张古老会知难而退,谁知张古老真就运来十万贯现钱,关键还在于,那十八岁的女儿,竟愿意嫁过去,无奈中,就结成了这么个似乎不会幸福的婚姻。

　　韦谏议的儿子,叫韦义方,也就是那个嫁给张古老的名叫文女的十八岁女子的哥哥,从军得胜归来,发现妹妹成了张古老的媳妇,哪里能接受这样的事实,就要找张古老算账。找去后,文女告诉他,见可见,但勿生恶意,可见这个妹妹本身是自愿嫁去的,并不认为是被霸占或卖身,并且生活得挺自在。韦义方天生火暴性子,见到张古老,立刻斥他为妖人,拔出身上太阿宝剑,觑着张古老,劈头便剁将下去,却只见剑靶还在他手里,剑身却碎成了数段,老人发毫无损,还说了句怪话:"可惜又少了一个神仙。"文女把哥哥推了出去,埋怨他不该拔剑刺人。

　　韦义方第二天告诉父母,一定要去把妹妹接回家来。可是他再到他们住处,却不见了踪影,有人告诉他,那一老一小两口子,各骑一驴,早已远遁。韦义方誓不干休,非找到他们不可。追到茅山脚下,韦义方把行李寄存客店,往山上寻找,最后找到一处桃花庄,仙境般的所在,见到帝王皇后般的张古老和文女,等他下山回到寄存行李的客店,才知已经过去了二十年。故事开始的时候是南北朝南朝的梁国,二十年后已是隋炀帝统治了。故事后来交代,张古老和文女本都是天上神仙,张古老下凡的任务之一,就是接韦谏议全家上天封神,韦义方回到父母居住的地方,人们告诉他,他家所有的人都早升天成仙了,他呢,后来知道,就因为性格暴躁,见了妹夫张古老拔剑就要刺去,错失了升天成仙的大好机会。

　　四百多年前,一个英国培根人做出这样的判断:"性格决定命运。"一个中国人冯梦龙用一个故事得出了同样的结论。他们隔空呼应。

冯梦龙的故事最后告诉我们，韦义方虽然因性格暴躁没有升天成仙，但最后还是被封为地上城隍系统的一个土地神。没成天仙，当个地神也不错。终究还是一个喜剧。

近金之处七八分

　　冯梦龙编撰"三言"的时间，跟《金瓶梅》词话本出现的时间，应该相近甚至重叠。《喻世明言》第三卷"新桥市韩五卖春情"，写的是一个劝诫男子莫沉溺色欲的故事。这个故事无论思想性艺术性都不高，但有值得注意之处。

　　故事写富人家子弟吴山，城里有大宅大铺，城外新桥镇另有一宅开一丝绵铺，此宅铺面后的屋宇长期空置不用，后屋外面临着水道，有小码头可停靠。有一天中午，吴山从城里去往新桥铺中，走进看时，只见屋后河边泊着两只驳船，船上许多箱笼、桌、凳、家伙，四五个人尽搬入空屋里来，船上走起三个妇人，一个中年胖妇人，一个老婆子，一个小妇人，尽走进屋里来，吴山不禁愤懑，岂有未经同意擅入别人屋宇的道理？这时他雇的主管在旁告诉他，这家人是城里过来的，因暂无住处，由邻居范老介绍，想在此暂住一时，两三日后觅到居所便迁走。吴山正欲发怒，只见那小娘子敛袂上前深深道了个万福，软语请求，吴山在家虽已娶妻，但父母管束严苛，一见这小娘子温柔美丽，便被解除了武装，不仅不阻拦，还主动去帮着那家人从船上往屋宇里搬家什。问答间，吴山得知那家人姓韩，那小妇人家中行五，昵称金奴。从此吴山就落入韩五陷阱，难以自拔。

《金瓶梅》第九十八回，写陈经济在临清码头开大店，一日，他正在楼窗后瞧看，正临着河边，泊着两只驳船，船上载着许多箱笼、桌、凳、家伙，四五个人尽搬入楼下空屋里来，船上两个妇人，一个中年妇人，一个小妇人，尽走入屋里来。陈经济也是不禁愤懑，也是他雇的主管告诉他，这家人由范姓邻居介绍，来到这里希望暂住一时，陈经济正要发怒，也是那小妇人敛袂向前道了个万福，以红颜媚态软化了他，而这家人，也姓韩，那小妇人叫韩爱姐，陈经济因此堕入韩爱姐的迷魂汤。

《喻世明言》第三卷故事，与《金瓶梅》第九十八回情节，相近处是否已达七八分？是谁抄袭了谁？

《金瓶梅》一书作者有署名：兰陵笑笑生，但这位笑笑生真实姓名是什么？也就是，《金瓶梅》的作者究竟是哪一位？历来的研究者其说不一，被指认为《金瓶梅》作者的猜测，至今不下十六七种，包括：王世贞、王世贞门人、李卓吾、薛方山、赵侪鹤、冯惟敏、李开先、徐渭、卢楠、李渔、贾三近、屠隆、丁维宁等；另外还有多人合写，最后由一人写定的说法，也有人认为，是冯梦龙。冯梦龙确实有可能是在编撰"三言"短篇小说集的基础上，另创作了长篇小说《金瓶梅》，那么，他把其《喻世明言》第三卷的写法挪用到《金瓶梅》文本中，也就无所谓抄袭。历来作家把自己先期创作的中短篇小说扩展为长篇小说时，挪用其中的角色、场景、细节、话语的例子很多，如20世纪作家梁斌的长篇小说《红旗谱》，就是从其《三个布尔什维克的爸爸》等短篇小说衍化而来的。

镜中世相

　　年轻的时候，读《警世通言》第十二卷《范鳅儿双镜重圆》，觉得故事还是蛮生动感人的，故事里的男主人公叫范希周，水性极好，可在水底潜伏三四昼夜，故绰号范鳅儿；女主人公则是地方官的女儿，小名顺哥；鳅儿与顺哥在战乱中相遇，相爱结合。鳅儿有祖传宝镜，乃是两镜合扇的，清光照彻，可开可合，内铸成"鸳鸯"二字，名为"鸳鸯宝镜"；但事态的发展，是乱世逾乱，棒打鸳鸯两离分，经过一番波折，才终于双镜复合，夫妻团圆。双面鸳鸯宝镜的道具设置，颇为新颖，比人们熟知的"破镜重圆"生动许多。

　　故事的时代背景，是北宋覆灭，南宋初立的建炎四年，作者叙述道：自古"兵荒"二字相连，金兵渡河，两浙都被蹂躏。故事里顺哥的父亲在闽地为官，金兵倒未攻入，但发生饥荒，斗米千钱，民不聊生，官府只顾催征上供，顾不得民穷财尽，百姓既没有钱粮交纳，又被官府鞭笞逼勒，禁受不过，三三两两，逃入山间，相聚为盗……虽然作者由于时代认知的局限性，把这些官逼民反的穷人称为盗贼，我年轻时阅读，心里是明白的，这些人其实就是具有正义性的农民起义军。范鳅儿的叔叔范汝为，就是起义军的首领。

故事里说，范鳅儿是在叔叔的胁迫下，参与起义军的，他偶遇被起义军俘获的官员之女顺哥，并无你官我贼的对立意识，而是因怜生情，竟自主与其结为夫妇，这都说得通。

令年轻时的我惊异的，是故事里这样的交代：范汝为造下弥天大罪，不过是趁朝廷有事，兵力不及，哪知道名将张浚、岳飞、张俊、张荣、吴玠、吴璘等，屡败金人。国家粗定，宋高宗建都临安，便派韩世忠，统领大军十万，前去剿灭范汝为起义军，结果大获全胜，范汝为自焚而亡，朝廷对范氏宗族格杀勿论，范鳅儿是漏网之鱼，隐姓埋名苟活下来。韩世忠，中学老师讲历史时，是当作抵御外族侵略的民族英雄来宣谕的，没想到他镇压农民起义，居然也毫不手软，岳飞那时也尊皇帝命去镇压农民起义。

现在再读《范鳅儿双镜重圆》这段故事，就懂得当时的整体世相，是一方面民族矛盾尖锐，朝廷和民众都有抵御金兵进犯的抗战，但另一方面，阶级矛盾从未止息，民众在深重的苛捐杂税压迫下，揭竿而起，势在必行。而韩世忠也好，岳飞也好，在抗金方面成就卓著，却毕竟属于统治阶级成员，他们也会去奋力镇压农民起义。他们的两面性，通过这个故事，也透露了出来，具有一定的认识价值。

大时代中的小生命，如范鳅儿，如顺哥，夹缝中求生存，坎坷离乱，劫后重聚，值得同情。但故事里写到，范鳅儿后来改名为贺承信，被朝廷招安，被划归岳飞部下，在镇压洞庭湖杨幺起义军时，发挥了自己能潜水的特长，被岳飞提拔。他的此种行为，和岳飞一样，应视为人生污点。

"鸳鸯宝镜"映照的不仅是个人的悲欢离合，也是复杂诡谲的世相。

瑰丽的童话

童话(fairy tale)这个概念来自西方,作为文学的一个品种,童话这种体裁成熟于 19 世纪,最具开创性与代表性的,是德国格林兄弟,以及丹麦安徒生的童话。冯梦龙写"三言"是在 17 世纪,其中有的篇章,分明就是童话,尤其是《醒世恒言》第四卷《灌园叟晚逢仙女》,放之四海,在人类的童话创作中,都属于翘楚之作,极其瑰丽动人。这童话的面世,早于格林兄弟和安徒生一二百年。

这篇童话,讲的是宋朝宋仁宗时期,江南有个村翁叫秋仙,他独自栽种养护着一园子四季花卉,爱花如命,花也为他灿烂开放。冯梦龙的文笔在这篇中尤见光彩,他写道:

> 那花园真个四时不谢,八节长春。但见:梅标清骨,兰挺幽芳;茶呈雅韵,李谢浓妆;杏娇疏雨,菊傲严霜;水仙冰肌玉骨,牡丹国色天香;玉树亭亭阶砌,金莲冉冉池塘;芍药芳姿少比,石榴丽质无双;丹桂飘香月窟,芙蓉冷艳寒江;梨花溶溶夜月,桃花灼灼朝阳;山茶花宝珠称贵,腊梅花磬口方香;海棠花西府为上,瑞香花金边最良。玫瑰杜鹃,烂如云锦;绣

球郁李，点缀风光。说不尽千般花卉，数不了万种芬芳。

　　但是，世界有善美，就有恶丑来侵犯。城里有个张衙内，路过秋先花园，就强行闯入。那时花园中正有牡丹盛开，那品种不是寻常玉楼春之类，乃五种有名异品。哪五种？黄楼子、绿蝴蝶、西瓜穰、舞青猊、大红狮头。这牡丹乃花中之王，惟洛阳为天下第一。有"姚黄""魏紫"各色，价值五千金。秋先能在他自家园中培植成功，可见他是天下最出色的花把式。那花正种在草堂对面，周遭以湖石拦之，四边竖个大架子，上覆市幔，遮蔽日色。花本高有丈许，最低亦有六七尺，其花大如丹盘，五色灿烂，光华夺目。众人齐赞："好花！"张衙内便踏上湖石去嗅那香气。秋先当然不悦，就劝阻，没想到霸道的张衙内大怒，带领众喽啰把那些美丽的牡丹尽行乱撇乱扔，打得个只蕊不留，撒作遍地，意犹未足，又向花中践踏一回。遭此荼毒，秋先痛不欲生，哭泣不停。于是出现了一个仙女，施以法术，将那些被摧毁的花朵，悉数复原到枝上，而且开放得比原来更加艳丽璀璨。秋先后来就开放花园，迎进乡亲，大家共赏。这情况被张衙内得知，竟丧心病狂地到官府诬告秋先，控他交往有妖术的反贼，拘走问成死罪。张衙内以为这下花园属于他了，带着喽啰进去打算饮酒赏花，没想到那些牡丹又都恢复成那日被他毁坏践踏的状态，正诧异，忽然地上的花瓣旋转成一群仙女，团团将他们围住，又舞动长袖，引出旋风，将张衙内一伙吹得狼狈不堪，张衙内本人后来被发现倒栽在粪窟中。村民请愿担保，秋先脱罪，花园重归美丽。后来秋先被一群仙女在仙乐中接往天界。

这个故事里写到，秋先曾用净瓮装满谢落的花瓣，深埋长提之下，谓之"葬花"。一百年后的曹雪芹写《红楼梦》，那黛玉葬花的情节，或许是受到了冯梦龙这一笔的启发。1956年上海电影制片厂曾据此篇拍成电影《秋翁遇仙记》，可惜是黑白的，现在应该重拍一部彩色的，向全球发行，以昭示我们民族早在三四百年前，就有如此瑰丽的童话篇章。

扼死杜十娘的最大黑手

　　《杜十娘怒沉百宝箱》的故事，是"三言"中影响最大的篇什之一。戏曲舞台上的这出戏，至今仍屡演不衰。故事内容大家都很熟悉。绍兴布政使的长子李甲，进京本应读书，却与同乡柳遇春一起到教坊司游冶，柳遇春倒还能自制，李甲却沉迷于坊中名妓杜十娘。前面的一些情节无甚新奇，与王公子与玉堂春的故事都是一个套路，即嫖客金尽，鸨母变脸，为妓赎身，需费银两，嫖客借贷无门，妓女自身出银，再加上朋友柳遇春的慨然相助，凑齐赎金。时限未至，鸨母虽想反悔多要银两，但契约已定，难以改口，便收下赎金，将李甲和杜十娘双双逐出。

　　冯梦龙在《警世通言》中的这一卷，文笔流畅，而且笔下人物，如杜十娘的真情付出，鸨母的贪婪势利，柳遇春的通情达理、乐于助人，坊中谢月朗、徐素素等姊妹的同气相慰，乃至于写李甲杜十娘泊舟瓜州渡口，偶遇阔公子孙富，包括写孙富对李甲的攻心伎俩，都没有平面化、脸谱化，夸张不失度，渲染不离谱，对人物的心理活动，写得丝丝入扣，又都在情理之中。

　　这个故事的看点，在杜十娘被老鸨撵出门时，是净身出户，当天连脸都来不及洗,真个是身无分文。但坊中姊妹集资与其饯行,安排她梳洗,各自拿出翠钿金钏,瑶簪宝珥,锦袖花裙,鸾带绣履,把她装扮得焕然一新,备酒作庆后,还拿出一个描金文具箱,给了杜十娘。那文具箱里究竟装了些什么? 可能只是姊妹们凑赠的一些"小意思"? 构成一个悬念。

戏曲舞台上的李甲,虽以小生扮演,多强调他的贪财无情,活脱脱一个负心渣男,其实在冯梦龙笔下,李甲对杜十娘是有真情的。他因开始挥霍无度,导致后来虽有友人接济,仍囊中羞涩,每往前一步,都有经济危机,但细读冯梦龙的文本,压垮李甲、导致他心理崩溃的,究竟还不是经济问题,而是巨大的精神压力——源头就是他那作为布政使的父亲。其父对他在京城沉溺花柳、荡尽财富虽震怒,只要他返回绍兴,或许也就赦免,但他把一个风尘女子带回家中,虽说还保留原配正妻的位置,纳这样一个妾,却是其父万万不可接受的。文本中写李甲内心的焦虑,非常细腻,非常到位。正因这个压力比山大,他和杜十娘才讨论出一个折中的方案,就是先把杜十娘安排在苏杭一代匿居,他先返回绍兴家中,再寻机逐步求得父亲的包容。但读者替李甲想想,那获得他父亲首肯娶妓女为妾的概率,是否接近于零?

戏曲舞台上的孙富,以鼻子上抹白的丑角应工,坏水写在脸上。其实冯梦龙笔下的孙富,攻心之术甚是缜密,他用以引诱李甲的,首先并非财富,而是这样一番"大道理",就是倘若把杜十娘先安顿在苏杭,自己先回家,则"江南子弟,最工轻薄,兄留丽人独居,难保无逾墙钻穴之事。若挈之同归,愈增尊大人之怒",令李甲进退无路,只能"知难而舍"。

当杜十娘得知李甲以千两白银将她转让给孙富后,便当众打开百宝箱,将其中价值万金以上的金珠宝物尽数抛入水中,最后自己投水而亡。扼杀杜十娘的,固然有李甲负心之手、孙富图占之手,其实,最大的黑手,是李布政使所代表的封建礼教。读者掩卷不妨想想,就算没有孙富插一竿子,杜十娘带着百宝箱随李甲回到绍兴,那布政使就一定能容下她吗?

比杜丽娘朱丽叶更勇敢

　　爱情故事，在"三言"中占据很大比例。我们都知道，明代还有跟冯梦龙同时代的文豪汤显祖，他那部传奇（就是剧本）《牡丹亭》，堪称最感天动地的爱情故事，而在同一时段，遥远的英国有莎士比亚，其爱情悲剧《罗密欧与朱丽叶》，也成为流传至今的经典。冯梦龙编撰的《醒世恒言》第二十八卷《吴衙内邻舟赴约》，作为一个爱情故事，比之《牡丹亭》《罗密欧与朱丽叶》毫不逊色，是非常瑰丽动人的爱情篇章。

　　这个故事以《吴衙内邻舟赴约》为题，其实我以为其中最具光彩的角色，并不是吴衙内，而是女主人公贺秀娥。

　　故事写有两个官员同时乘船赴任，途中忽起风浪，船只便赶紧靠岸停泊，后来两船紧挨着，一只船上的官员姓吴，要去长沙赴任，另一只船上的官员姓贺，要去荆州赴任，互通信息后，发现彼此在京城会试时，曾经交往，都考中进士，都是新官赴任，就都很高兴，恰逢江上风浪一时不能平息，二位官员便互相拜访，把酒话谊。吴家夫妇只有一个十六岁的儿子吴彦，是个博学多才的帅哥，贺家则只有一个十五岁的女儿秀娥，是个美人儿。那时候的官船都很阔大,前舱有可充客厅的空间,中舱有官员夫妇的居室,后舱有衙内小姐独占的空间,此外底舱还有丫头仆人及船夫伙夫的宿舍。一般的古代爱情故事,总是写男方如何主动追求,女方如杜丽娘,算是很大胆了,也只是思春苦闷,只能在梦中羞涩地发泄春情,莎士比亚笔下的朱丽叶,阳台幽会,也还不是非常放肆。但冯梦龙这个故事里的贺秀娥,则远比杜丽娘、朱丽叶勇敢,她的身体她做主,她的婚配她自择,她的欲望她驾驭,她的生命她把握。故事里写到,秀娥不仅看到了吴彦,也听到了他到自家船上做客时的谈吐,便生大爱,写她的心理活动:"今番错过此人,后来总配个豪家官室,恐未必有此才貌兼全。"左思右想,把肠子都想断了。杜丽娘是做了旖旎春梦,秀娥也做梦,却是个悲催的噩梦,秀娥便一不做二不休,设计将吴彦吸引到自家船的后舱来,其主动性、强烈度,非杜丽娘、朱丽叶可比,真是一位勇敢的爱情女神!

　　但不想两位恋人做爱倦怠时,江上风平浪静,船夫便各自开船,等发现船行江中时,吴彦已经无法回归他家的官船了。莎士比亚笔下的罗密欧与朱丽叶是双双殉情的大悲剧,汤显祖的《牡丹亭》在大团圆的结局前让杜丽娘抑郁而亡,冯梦龙的这个故事却是个大喜剧。他写秀娥将吴彦藏匿床下,自己先佯称身体不适,不能出舱用饭,必须丫头送进来,但她那点饭量,就算都给吴彦吃,也填不饱其肚皮,故事里的吴彦,故意被写成一位超级饕餮,为此,秀娥便装作得了贪吃症,父母一路求医问药,越治她胃口越大,却又面色红活,不像病容。当然后来吴彦败露,秀娥直供不讳,非吴彦不嫁,两家通气后,吴彦科举高中,迎娶秀娥，皆大欢喜。

　　这个故事读来笑点不断。秀娥的形象丰满跳脱，是难得的一个艺术形象。

对宿命论摇头

　　冯梦龙一生著述甚丰,有人猜测他是《金瓶梅》的作者,但从确定是他编撰了"三言"来看,他的思想境界和文学素养,总还是跟大师差了一截。我在前面的"厄谈"里盛赞了"三言"中某些篇章,竭力向读者揭示了"三言"中的不少精华,但我也不得不指出,"三言"中有些故事不仅立意庸俗浅薄,文学性也欠缺。

　　人命天定,这是"三言"中常见的主题。在那样的时代,宗教迷信笼罩整个社会,人们多不能对社会和自身具有唯物主义的认知,这不奇怪,而且,人的命运的未知性、不确定性,到如今也仍是文学艺术要触及的。"三言"中有的篇章,在表达人命天定的同时,也写到个体生命在诡谲世道中的抗争,如宋小官团圆破毡笠的故事,就很好。但如《警世通言》第七卷《陈可常端阳仙化》,就赤裸裸地宣扬宿命论,读来令人气闷,不得不对其摇头。

　　故事里的陈可常,生在端阳节,听信算命先生预言,出家当了和尚,因赋诗咏端阳粽子,被郡王青睐,由此常出入郡王府,后来填一阕《菩萨蛮》吟新荷,郡王命府中名新荷的侍女演唱,词意声调交融,极其优美,郡王大喜。再后端阳再至,池中荷花又开,郡王又命可常填词,可常因病不能赴府,只能写于简上奉呈,词中有"主人恩义重,知我心头痛,待要赏新荷,争知疾愈么?"其实词中新荷就是指荷花,并无影射美女之意,郡王就再传侍女新荷来唱,有管家婆禀:"近日新荷眉低眼慢,乳大腹高,出来不得。"郡王一听大怒,谁让新荷怀的孕呢?可常所献之词,便显得蹊跷,便命下属到寺中逮来可常,严加拷打。

其实故事写到这里,无妨这样往下写:可常屈打也不成招,坚称无辜,以死抗争,他本无妄念邪行,冤死不会下地狱,只会升天。可是冯梦龙此卷有个固有的前提,就是宿命。按他往下叙述,可常先下大狱,后放逐草舍,逆来顺受,听天由命。更奇怪的是,后来那侍女新荷供出,奸夫另有人在,水落石出,证明可常清白无辜,他却并不回归正常生活,而是写出一篇《辞世颂》,走出草舍边,有一泉水,可常脱了衣裳,遍身抹净,穿了衣服,入草舍结跏趺坐圆寂了,而那一天,又恰是端阳。后来火化时,众人只见火光中现出可常,问讯郡王、夫人、长老并众僧,称他"前生欠宿债,今世转来还,吾今归仙境,再不往人间",原是五百罗汉中的一尊。

故事里的这位陈可常,合算生于端阳,在端阳节填词,被诬在端阳,圆寂也在端阳,命定跟端阳纠结,确实非常之宿命,却也非常之无聊。这个故事,没有什么感人之处,是冯梦龙败笔之一。对于这种宣扬宿命论,又陶腾不出其他养分的文字,我只能摇头。

因果报应与人性探究

　　因果报应，是"三言"中的一大主题。冯梦龙生活的时代，儒、道、释合流，儒家主张的仁义，道家倡导的修炼，释家即佛家宣扬的轮回，这些意识渗透到社会的各个阶层，冯梦龙编撰的故事里充斥着这类的因素，也丝毫不奇怪。《金瓶梅》的写法大体是客观冷峻，白描出芸芸众生死者自死、生者自生，但在卷尾也还是写转世投生，没有彻底摆脱因果报应的大框架。只有到了《红楼梦》出现之后，才打破了这种传统思维，塑造出了王熙凤不信阴司报应、贾雨村不信黑道黄道那样的艺术形象，特别是贾宝玉，更具超越儒、道、释的"情不情"境界。对冯梦龙和"三言"不能苛求。实际上其中不少篇章，因果报应的文字只是"穿靴戴帽"，文本主体还是写社会、写人生、写人性的。

　　在"三言"中，刻意写因果报应的故事，有的我以为是败笔，比如《喻世明言》中的《月明和尚度柳翠》，写一个当了府尹的官员，上任时要求当地下属乃至名流都去祝贺，结果发现城南水月寺竹林峰住持玉通禅师未到，不由大怒。其实这位玉通禅师在那里修行已经五十二年，从不曾出来，凡有类似迎送之事，都由徒弟代劳。这位柳府尹竟设一恶计,派府中风流美貌的歌女红莲去往水月寺,假装冬日风雨中就要冻毙,层层递进地勾引玉通禅师,先诱其怜悯进得禅室,再谎称肚疼就要死去,必须禅师用身体暖她,方能活命,禅师中计破戒失身,就在沐浴后圆寂。接下来就写玉通禅师实施报复,他的魂魄去到柳府让柳夫人受孕,生下一个女儿,就是柳翠,柳府尹得病身亡,柳家没落,柳翠沦落为娼,饱受蹂躏。最后,出现一个月明和尚,对柳翠棒喝,柳翠也就坐化,算是柳府尹得到报应。我认为这个故事荒诞不经,是因果报应的一种图解,没有什么感人之处。

《警世通言》第二十五卷《桂员外途穷忏悔》,也是一个因果报应的故事,写一个叫桂迁的,早年落魄时得到施济慷慨救助,曾发誓今后愿变犬马报答,后来他发了迹,施家没落了,施济儿子找到他的豪宅,只希望他能还回当年最初接济他的那笔三百两银子,谁知姓桂的忘恩负义。这个故事就写得比《月明和尚度柳翠》好,因为笔触细腻,探究了人性。其中有一段写施济儿子施还找到桂府,只见桂迁东指西划,跟仆人处分家事,久等之后,仆人通报,施济见他,先还装傻,也不往里迎,只在照厅给他饭吃,施还就开口道:"家母候老婶母万福,见在旅舍,先遣小子通知。"当年桂迁和他老婆跟施还父母是极好的,桂迁听了却不做积极回应,最后冷漠地把施还打发走,还说:"足下来意,我已悉知,不必多言,恐他人闻之,为吾之羞也。"所写的桂员外的行为话语,已非因果报应的逻辑所能涵括,完全是对负恩小人卑鄙、卑微、卑劣心理的准确揭示。故事后面写到因为忘恩负义,桂家夫妇儿子果然全变成了施家之狗。

　　"三言"中涉及因果报应的故事,凡超越公式化脸谱化,能接地气,写出人的社会性,且对其人性有所探究的,就都比较具有认知与文学方面的价值。

应试榜外有真才

　　通过考试选拔人才，直到今天，仍是一种普遍实行的制度，但在历代的文学艺术作品中，凡表现真才实学的，大多落实到应试榜外的角色上。《警世通言》第六卷《俞仲举题诗遇上皇》就讲了一个这样的故事。

　　这篇故事前面，用西汉司马相如和卓文君的事迹作引，这二位的爱情故事流传久远，事迹中的要害，是司马相如被皇帝看中封官，并非通过正式的应试管道，而是他在应试活动之外的"业余写作"，《子虚赋》《上林赋》被皇帝看到后，大为赞赏，由此升腾。司马相如和卓文君的故事，是前人道过无数遍的，拿来就用，不费功夫，但接下来讲的南宋时一个秀才的故事，则属于原创了。这位秀才就是俞仲举。按他名字的谐音，该着中举，却反成为一种讽刺，他的应试效果，止步于秀才，真是羞煞人也。和司马相如一样，他也是成都人。应试落榜后，他连返乡的路资都没有，借住在孙婆客店付不起房费，每日只能带着自己的文章，"长篇见宰相，短卷谒公卿"，哪里有人去看他的文字，他也就只能混进这些大户人家蹭酒喝，真是狼狈至极。故事写他穷窘，文笔很生动，总而言之，归乡不成，他几乎就要自尽归地府了。但是忽然出现一个转机，就是当时的太上皇偶然看到他醉后在酒楼的题壁诗，大赞有才，打听到他寄寓孙婆客店，差人去寻，他却刚刚离去，但他题在客店壁上的诗墨迹未干，差官抄下递上去，更得太上皇首肯。太上皇召见了他，并告知皇帝，皇帝出于孝心，对太上皇言听计从，就封了俞仲举大官。

　　故事里发现俞仲举这个人才的，并非皇帝，而是太上皇。这样的情节设计，很有意思。若干古代小说，都是把太上皇写得特别好，发善心、拔人才的，往往都是太上皇。《红楼梦》里写贾元春省亲，皇帝允其回家省亲，推动力也是太上皇：当今自为日夜侍奉太上、皇太后，尚不能略尽孝意，因见宫里嫔妃才人等皆入宫多年，以致抛离父母音容，岂有不思想之理？……于是决定允许这些女子的女性眷属在规定日期进宫相见，报知太上皇、皇太后，他们大喜，深赞皇帝至孝纯仁，体天格物，就下旨意，干脆允许这些妃嫔回家省亲。太上皇秉仁心、识人才，成为故事里的一种套路。《红楼梦》的这种写法，是与"三言"中俞仲举的故事一脉相承的。

　　这类故事，都力图打破一般俗众迷信应试考试，迷信状元、榜眼、探花的固有思维。《红楼梦》第七十四回，写尤氏和小姑子惜春龃龉，尤氏道："你是状元、榜眼、探花，古今第一个才子。我们是糊涂人，不如你明白，何如？"惜春道："状元、探花难道就没有糊涂的不成？"俞仲举的故事，让我们明白，应试未必能真选拔出人才，榜外往往有真才，而《红楼梦》里惜春的话语，更是延续了这一宝贵的认知。

精彩的武侠小说

武侠题材,也是"三言"故事中的一种。《醒世恒言》第三十卷《李汧公穷邸遇侠客》,就是一篇非常精彩的武侠小说。

这故事写得曲折跌宕,悬念迭出,令读者在意料之外,获情理之中的感叹。

第一段情节,出现一个叫房德的穷书生,生得方面大耳、伟干丰躯,相貌堂堂,年纪三十以外,却一事无成,媳妇贝氏小家子出身,气量狭窄,心肠悍毒,时到冬日,房德葛衣单薄,求媳妇拿出布来为他裁衣御寒,竟遭拒绝,无奈只好到寺庙中存身。房德发现庙宇墙上画着一只无头大鸟,一时兴起,找来笔墨将鸟头画出,没想到这一举动,被一旁汉子看到后,便将他拉到一处荒野院落,原来那里窝藏着一伙盗贼,他们群龙无首,在庙里画无头鸟,为的是把添上鸟头的人找来充当首领。房德开始虽有所排拒,后来一起大吃大喝,又穿上了御寒新衣,就入伙当头了。房德当头以后,带领众人去抢劫一个富户,没曾想到事情未成,被官兵捕获。

第二段情节,写官方的审案官叫李勉,那日他开审,十来个强盗,五六个庄客,跪做一庭,行凶刀斧,都堆在阶下,李勉举目看时,内中唯有房德身形雄伟,风采非凡,想到:"恁样一条汉子,如何为盗?"便生怜悯释放之心,后来李勉就让自己衙门里的心腹王太,设计将房德放纵。房德脱狱,导致王太被追究,李勉也因此被罢官。李勉纳还官诰,收拾起身,将王太藏于女人之中,带回老家。

第三段情节,写李勉家居二年有余,贫困加剧,就别了夫人,带着王太和两个家奴,去寻访故知常山颜太守,哪知半路上与房德巧遇。那时房德已当了那个地方的县太爷,就非常热情地邀请李勉到衙,超规格地款待。故事里写到这一段,把房德的报恩之心及具体表现,刻画得非常到位,读者也觉得确是出自真心。但也交代一笔,就是房德在官场上谎称自己是宰相房玄龄后人,很怕泄露出自己以往身份经历,李勉和王太也不提及以往之事。读到这里,有的读者不免疑惑:李勉就是李汧公吗?他穷邸遇侠客,那侠客就是房德吗?但县衙相当华丽,怎能称为穷邸呢?

第四段情节就惊心动魄了。那房德招待李勉一行十来日,李勉要告辞,他还坚留不舍,后来终于设置最后的筵席,第二日要送走李勉。这时房德妻子贝氏又出场了,这个女性,其吝啬偏狭奸狡狠毒的心肠,被刻画得令人倒吸冷气。房德跟她讨论临别如何馈赠恩人,贝氏层层剥笋地扒去房德内心的良善,使其也终于露出人性恶的狰狞,夫妻二人最后达成共识,就是大恩不报,反正怎么报答也没有益处,那就不如放火烧掉客房,把知道房德底细的李勉和王太都消灭掉。

第五段情节令人喘不过气来。房德贝氏的密谋,被家人路信偷听,路信觉得这对夫妇对恩人尚且如此,以后自己在其手下凶多吉少,就去告知李勉,李勉急急遁走,后来王太和两个家奴也跟随逃亡,路信之后也自藏匿。房德夫妇得知,岂能罢休。

第六段情节,也跌宕起伏,调足读者胃口。房德听信下属建议,去破院中拜访一个异人,那人整日醉醺醺,慵懒疲惫,但据说是个剑侠,能飞剑取人之头,又能飞行,顷刻百里,房德就跟他说李勉当年如何将他屈打成招,这次来县如何向他勒索,冤深难报,望义士锄奸助善。

第七段情节,才达到高潮。就是李勉王太等骑马飞奔六十多里,下榻一处简陋客店,店主询问,他将逃命缘由道出,只见床下忽地钻出一个大汉,手持匕首,威风凛凛,杀气腾腾,吓得魂不附体。当然故事结尾不错,那义士明白真相后,反倒去杀死了房德贝氏。直到最后,题目中的"穷邸遇侠客"何意,才尘埃落定。

《李汧公穷邸遇侠客》一篇情节曲折,人物形象生动,心理描写细腻,引发出读者对"升米恩,斗米仇""小恩播福,大恩种祸"的深入思考。

竟然与端午无关

　　每年端午节前后,戏曲舞台多半会有《白蛇传》的演出,关于白蛇化为女子与人间男子婚配的故事,起码唐朝就开始流传,到明代冯梦龙编撰《警世通言》,第二十八卷,用很大的篇幅展现《白娘子永镇雷峰塔》的故事,但到清朝以及现当代,在戏剧舞台,以及视听文化发达以后的电影、电视连续剧,关于白娘子、许宣(后多叫作许仙)、小青、法海的故事,已经发展变化为与冯梦龙笔下的叙述大有不同的版本。

　　我很小的时候,家长就带我到剧场看《白蛇传》的舞台演出,看得最多的是京剧,印象最深,也看过川剧。川剧与京剧的最大区别,是小青是雄性,由武生扮演,不过无论哪种戏剧演出,都歌颂白娘子对爱情的忠贞,在这个故事中体现出以情为上的现代意识。

　　我从戏曲演出先入为主,后来才看到冯梦龙笔下的《白娘子永镇雷峰塔》,大吃一惊。这哪是我熟悉的那个《白蛇传》啊!

　　我所熟悉的故事版本,白蛇与青蛇都是在峨眉山修炼千年而成化为美女,来到西湖的。但冯梦龙的叙述,则白蛇和小青本都是在西湖安身,而且小青非蛇,是湖里一条大青鱼。冯版故事里,白娘子出场时装束身份是个寡妇,虽也有雨中向许宣借伞还伞等情节,却没有那么诗意。(注意:冯版故事里男主人公叫许宣而非许仙,而且自始至终显得很猥琐,他与白娘子之间,情欲浓烈爱情稀薄,久久没有达成共信。)

冯版里的白娘子,妖气外泄,她能偷挪官仓及府邸里的白银服饰,导致许宣两次被当作盗贼入狱流放,却又并不能在许宣遭难时发挥其挪移神功,将其救出,只是在许宣在流放地被宽免在狱外给人当管家时,忽然显现,纠缠不已。

现在人们都熟悉《白蛇传》里最关键的情节,就是端午节,许仙劝白娘子饮雄黄酒,白娘子本不该饮,却因一来夫妻情笃,二来仗着有九转内功,自认可以战胜酒的效力,不至于醉后现出原形,哪知饮雄黄酒后,终于还是被许仙见到白蛇原形,许仙吓死过去。白娘子后来为救许仙,去神山盗取仙草,将许仙救活。这是后来所有《白蛇传》中的"戏眼",没有了端午节雄黄酒,似乎故事也就没有讲头了。

但是冯版故事里,竟然没有端午节的事儿。见白蛇现原形而吓个半死的,也并非许宣而是另一个叫李克用的。地点呢,在镇江,时间呢,是六月十三日,已在端午节几十天之后。那天李克用做寿,许宣是李府管家,自然要去贺寿,男宾女宾分两天招待,白娘子在招待女宾那天去了,李员外原来预先吩咐腹心养娘道:若是白娘子登东,她要进去,你可另引她到后面僻静房内去。李员外设计已定,自先躲在后面,待白娘子进了屋,李员外就扒门缝偷窥,只见房中盘着一条吊桶粗的大白蛇,两眼一似灯盏,放出金光来,惊得半死,回身便逃。冯版此卷有一绣像（木刻插图），画的就是白蛇冲出，一人慌遁，是他那故事中的一个高潮，但此高潮却与端午无关，与许宣无关，接下去自然也就没有什么盗仙草的情节出现。

冯版故事里的法海，是拯救许宣的正面形象，许宣还亲自动手用钵盂去扣镇白娘子，最后将其永镇雷峰塔下。《白蛇传》的故事从冯梦龙笔下演化到今天，所起的变化，是集体意识现代化进程的一个例证。

三姑六婆乱市井

　　自古就有三姑六婆一说，宋元明清直至 1949 年以前，中国市井都有这么一些妇女，寄生于社会缝隙之中，像土鳖虫一样，肮脏嗜利，时游走时藏匿，其中或许也有个别属于身不由己、良知尚存，但总体而言，确是令人厌恶、应予取缔的。

　　《金瓶梅》中，三姑六婆全都写到。三姑指尼姑、道姑、卦姑（占卦的），相对而言，其中的尼姑、道姑还有比较好的，卦姑就大体都是骗人赚钱的。至于六婆，指牙婆（以介绍人口买卖为业从中取利的妇女）、媒婆、师婆（女巫）、虔婆（鸨母）、药婆（给人治病的妇女）、稳婆（以接生为业的妇女）这六种，其中前四种几乎全是于社会有害的。"三言"中三姑六婆分散出现，其中出场最多的，是媒婆。《醒世恒言》第十六卷《陆五汉硬留合色鞋》，就出现了一个在故事中起到关键作用的媒婆，姓陆，人称陆婆。这种媒婆，走街串巷，总是提着一个道具，或者叫作花箱儿、花匣子，这个故事里，陆婆提的是个小竹撞，就是一种藤编的小筐子，里面装的，就是一些时兴花样的绢花簪钗。如果她只是穿门进户，到人家里面去跟妇女推销簪花配饰，或者仅停留在说媒撮亲的事体上，连蒙带骗,赚取银两,倒也罢了;问题是,陆婆这种妇女,还总是要给人拉皮条,就是只要委托人舍得给银子,她便哪管王法戒律,敢背公序良俗,去促成越轨通奸,真个是卑鄙无耻,胆大妄为。

这篇故事其实很老套,传统戏曲舞台上的演出,不少剧目都是这么个套路:男女两情相悦,却不能畅意聚合,于是以掷赠信物为约,媒婆居间撮合,却阴差阳错,信物被不肖之徒占有,以此骗取了女方的感情身体,后来经过清官断案,终于水落石出。戏曲舞台上多以宵小落网,媒婆连罪,有情人终成眷属的喜剧结局落幕,但这篇故事的结局却是悲催的。潘用夫妇的女儿潘寿儿,在绣楼上与路过的富家公子张荩两相凝视,各生情意,寿儿以自己一双合色鞋为定情物,张荩花银雇陆婆帮忙实现幽会,却不想合色鞋被陆婆儿子陆五汉攫取。陆五汉是个杀猪的屠夫,冒充张荩登楼与寿儿苟合,寿儿黑暗中也认不清来人面貌,寿儿父母感觉楼上有可疑动静,便命寿儿搬到楼下,夫妇俩上楼去住,不曾想陆五汉又攀到楼上,以为是寿儿另觅新欢,便一气之下把床上二人都用杀猪刀捅死,寿儿直到最后才知道跟她苟合的是个屠夫而非书生张荩,羞愧中撞阶而亡。

故事虽老套,无甚新意,但陆婆的嘴脸,刻画得还是生动的,使今天的读者懂得旧时代的媒婆是怎样一种糟糕的存在。1949年新中国成立以后,旧社会的污泥浊水得到去除清理,媒婆这种职业不复存在,但人性中的恶,却依然会依附某些新的社会填充物显现。现在有婚介公司,有网恋方式,虽然也确有依法依规运作的,却也不乏新式陆婆,以及新陆五汉的存在,青年男女恋爱,还需慎之又慎。

被忽视的尊严

　　《摘缨会》是至今仍在戏曲舞台上搬演的故事，说的是春秋时楚庄王大宴群臣，忽然风来烛灭，一片漆黑，有人乘机牵他身边美丽侍女之衣，明显是调戏，美女便扯下那人帽上一根缨子，向楚王控告，楚王便趁黑暗时发出指示："今日饮酒甚乐，在坐不绝缨者不欢！"等到烛光恢复，所有与宴官员帽上全无帽缨，找谁算账？那美女只等悻悻忍受。后来楚晋交战，庄王为晋兵所困，渐渐危机，忽有一将杀入重围，救出庄王，后来得知，那奋力勤王的，正是那天趁醉欲吃美人豆腐的武将。

　　《摘缨会》故事流传久远，冯梦龙在《喻世明言》第六卷《葛令公生遣弄珠儿》开篇，就以这段故事为引，接着讲了一个发生在五代十国时期的类似故事。故事里的葛令公，是梁朝镇守兖州的节度使，手下有一名战将申徒泰，得到他的信任，当了厅头。

　　故事里说，葛令公妻妾众多，嫌宅院狭窄，教人相了地形，在东南角旺地上，另刨了个衙门，极其宏丽，限一年内务要完工，每日差厅头去稽查两次。申徒泰作为厅头，忠诚履行职责。一天，葛令公命申徒泰到享乐的楼上回话，赏他三杯美酒，谁知那申徒泰酒后胆壮，见葛令公身边立个美妾，明眸皓齿，光艳照人，不觉三魂飘荡、七魄飞扬，一对眼睛光射定在那女子身上，真个是观之不足、看之有余。这时葛令公问他话，他竟充耳不闻，看美女看呆了，看痴了，旁边的人都为他捏把汗，葛令公竟并不嗔怒，散席而去。事后申徒泰惶恐不安，只等葛令公罚责发落。葛令公却点名让他随其出征，征战中葛令公万分危急，是申徒泰拼死将其救出脱险。得胜回朝后，忽一日葛令公招他至前，说要报答他的功劳，知他尚未娶妻，把自己一个美妾送给他做老婆，连妆奁府第都是现成的。葛令公送给申徒泰的老婆，正是那日在楼上，立在葛令公身边，让申徒泰看呆了，以至葛令公连问几句，他都没有听见，当众出糗，犯下死罪的，那个夺去他魂魄的美妾。这个故事，跟《摘缨会》异曲同工，只不过这申徒泰比那位被美女摘取帽缨的武将更加胆大妄为，那人毕竟是趁烛灭摸黑去调戏，他却是在光天化日、众目睽睽的情况下，下死眼恨不能将美人吞吃。这两个故事都意在歌颂政治家重贤轻色，会识人、用人。

　　但我们无妨换位思考一下，站在那二位美女的立场，她们的尊严，显然在政治家的眼中心中，毫无分量，她们只是政治家的玩物，可以根据政治家的近期或长远利益，随便予以处置，甚至拿去送人，以谋实际利益。楚庄王当时想的是："酒后疏狂，人人常态，我岂为一女子上坐人罪过，使人笑戏。轻贤好色，岂不可耻！"葛令公下嫁申徒泰的美妾，本是他最宠爱的，叫弄珠儿，他遣嫁弄珠儿时，弄珠儿说要对他从一而终，他冷酷地宣称："今日之事，也由不得你！"今天的读者、观众，应该具有现代眼光，对皇权社会、男权社会中对女性尊严的蔑视、践踏，有所识别，有所批判。

容忍是福

　　男女相悦，以信物为誓，这样的情节太多了，"三言"里就层出不穷，而信物牵出第三者，第三者多系歹人，怀揣信物，冒名顶替，李代桃僵，酿成丑闻，更是一种常见的套路。《喻世明言》第四卷《闲云庵阮三偿冤债》，初读似乎又是一个公式化的老套故事。

　　故事发生在洛阳梧桐街兔演巷，这个巷名很有趣。巷里住有官员陈太尉，夫妻年过半百，只有一女叫玉兰。巷内另有一家，是富商，姓阮。阮家三个男孩，阮大常随父亲外出经商，阮二专一管家，阮三相貌非俗，诗词歌赋，般般皆晓，笃好吹箫，常跟几个富家子弟一起，吹拉弹唱，用今天的话说，就是一个文艺青年。那年灯节街市满地华灯，喧天锣鼓，陈玉兰小姐不能出门观赏，却也可登楼倚窗分享繁华，她尽情观听后，正打算去歇息，忽听得街上乐声缥缈，响彻云际，就命丫头下楼出门，看明白是何人奏乐，如此动人。丫头回来报告，是邻居阮三，和他几个朋友，自组一个乐队，玉兰心动，便从自己指头上卸下一个金镶宝石戒指，让丫头给阮三送去。阮三得了信物，思念玉兰，碍于礼教束缚，有情人不能欢聚，怏怏成病。

故事里出现了第三者，也是当地一个豪家子弟，名张远。根据以往的阅读习惯，我见此人出场，心中便叹不妙，特别是张远来探望病中的阮三，阮三不设防，把手上所戴金镶宝石戒指来历，和盘托出，并哀求张远帮他玉成其事。但往下看，就发现冯梦龙这次设置的第三者张远，竟是一个好人，他不但没有趁阮三病倒，去冒名顶替，诱骗玉兰，还思来想去，想出一个促成玉兰阮三姻缘的妙招，就是到一所闲云庵去，说动王尼姑，请她帮忙，把阮三给他的两锭银子，毫不克扣地交付王尼姑。那王尼姑也真不同于若干故事里的那些专门贪财、不干好事的三姑六婆，竟真的设计出缜密计划，一步步将陈太尉夫人和玉兰小姐劝至庵中祈福，事先又让阮三潜伏在静僻庵室，玉兰佯称困倦，王尼姑将其引入僻室，令阮三与玉兰实现久已盼望的幽会。故事里的张远与王尼姑，合力成为红娘，成人之美，这情节颇令人意外，却又让读者心暖。

但接下来的情节却相当吓人。就是玉兰与阮三尽兴做爱，谁知那阮三久病之人，身体虚弱，乐极生悲，竟至身亡。此事终于掩饰不住，陈、阮两家都陷于极大的危机之中。从陈太尉方面来说，若告官追索阮三勾引，女儿身败名裂，自家也无颜于官场；从阮家方面来说，阮三毕竟是在幽会中丧身，若告官向陈家索要赔偿，也未必告赢，且阮家也就只能声誉扫地。而玉兰与阮三幽会后，竟有了身孕，此遗腹子生不生？生了怎么算？

冯梦龙在故事结尾，让阮三托梦给玉兰，说这样的结果，是前缘夙债，所以这一卷题目是《闲云庵阮三偿冤债》。这样的鬼话，我不要听，我掩卷回味的，除了一对热恋男女自主择偶的义无反顾，还有张远与王尼姑那联合充当红娘的惊世骇俗之举。当然冯梦龙这故事的结尾是喜剧性的,就是陈、阮二家到头来都能冷静面对现实,容忍了其子女的荒唐,玉兰生下一子,取名陈宗阮,后来科举及第,光耀两家,这说明有的事情,容忍是福,双赢远胜双撕双败。

西厢不及宿香亭

　　《西厢记》是人们耳熟能详的古代爱情故事，没读过相关的文字，戏曲舞台上的演出总还是有印象的。《西厢记》里的书生叫张珙，小姐叫崔莺莺，模仿他们的故事，讲来很难产生新鲜感。

　　《警世通言》第二十九卷《宿香亭张浩遇莺莺》，故事里的书生叫张浩，女主角也叫莺莺。张浩到朋友家园林中，在宿香亭共坐，正饮酒，忽遥见亭下花间有流莺惊飞而起，主人就说，这一定是有游人偷折花枝，就和张浩一起径入花荫，蹑足潜身，寻踪而去。过太湖石畔，芍药栏边，见一垂鬟女子，年方十五，携一小青衣，倚栏而立，那女子，就是主人东邻家的小姐李莺莺，称是来园中赏牡丹的。和《西厢记》里的张珙一样，这位张浩也是"外貌协会"的，一见李莺莺，就神魂飘荡，不能自持。其实这位李莺莺，与张浩童稚时曾共扶栏之戏，回想青梅竹马情景，更添爱慕，二人通语后，竟交换信物，以结姻缘。张浩给李莺莺腰系的紫罗绣带，李莺莺则取下脖子上的香罗帕，并要求张浩题诗于上，笔砚取来，张浩果然挥笔而就。这段情节，比之于《西厢记》，这位李莺莺就比那崔莺莺勇敢多了，无需红娘，她自媒于张浩，并立即获得题诗为证，把自择的姻缘锁定。

难得冯梦龙,在构建一个与《西厢记》高度类似的文本时,刻意把这个新故事中的女主角,刻画得自主性如此强烈。这就是一种突破。故事里也出现了一个尼姑惠寂,是个乐于助人的,也无需她起到红娘的作用,因为这个故事里的才子佳人早已自媒为定,但惠寂在促成他们幽会上,则起了技术性突破的关键作用。有意思的是,在《西厢记》里,是崔莺莺待月,张珙逾墙,而在这个故事里,却是张浩在殷殷期盼中,忽见粉面新妆,半出短墙之上,举目仰望,正是李莺莺,莺莺过来之后,二人就在宿香亭男欢女爱,自由结合。这样的描写,大大超越了《西厢记》的尺度。李莺莺的形象,也就比崔莺莺更具浪漫色彩。

故事写到,宿香亭幽会,便有了爱的结晶。张浩叔叔做主,让张浩娶孙氏女为妻,张浩竟不敢违逆。李莺莺向父母道出实情,且到官府递状,拿出当年张浩帕上题诗,主审官陈公追张浩至公庭,责备他既与李氏约婚,安可再娶孙氏?张浩称是叔父逼迫,实非本心,陈公再问莺莺,是否仍愿嫁给张浩?李莺莺就当庭表示这是她不变的决定。陈公就判张李二人为婚,张浩叔父脾气再暴烈,也再无计可施,李莺莺父母当然也就满意。

冯梦龙笔下的这个张生与莺莺的故事,塑造出了一个在自主恋爱择偶上远比崔莺莺勇敢的女性形象,虽然故事有雷同处,意味却更丰盈。他自己在这个故事末尾题诗,概括得很好:"当年崔氏赖张生,今日张生仗李莺;同是风流千古话,西厢不及宿香亭。"

冯氏梦的解析

　　做梦,梦境,梦魇,梦醒,惊梦,圆梦,解梦……梦,是"三言"中的重要元素。《醒世恒言》第二十五卷《独孤生归途闹梦》,讲了个做梦的故事,非常吸引人。

　　成年后无梦,那样的人很少。一般人都会做梦。大多数情况下,梦境是模糊的,断续的,残缺的,缥缈的,醒后往往便如手中握沙,迅速从记忆的指缝流逝殆尽,迷信者会疑惑吉凶,坦荡者会一笑了之。

　　《独孤生归途闹梦》,写唐朝一个落第书生独孤遐叔,为谋前途,从洛阳往成都投靠西川节度使韦皋,那韦皋对他虽然不错,却忙于平定边乱,未能给予实际帮助,他就决意回到洛阳。故事里写他去往西川和出川归洛,都要经过三峡,路过神女峰,冯梦龙用了不少笔墨描写三峡特别是神女峰的特异景色,而且独孤遐叔去来时都对神女峰有拟人的情思。独孤遐叔约莫行了一个月头,终于回到洛阳城外,因天色已晚,进城不及,就到一所龙华古寺暂歇。偏他妻子白氏,久候他不来,就决定离家去迎他,居然也就到了神女峰,而且得到神女指示,便回返洛阳,不想半路遇到几个洛阳少年,轻薄浪子,月色下被纠缠,推的推,拥的拥,直逼入龙华寺去赏花,而且一再逼迫她唱曲侑酒。故事里这一段写得十分细腻,而当时借寓在龙华寺的独孤遐叔,被惊扰后出屋窥探,恰目睹了这不堪的一幕,既气愤那群浮浪子弟,更怨恨妻子的忍辱唱曲,便暗地里从地下摸得两块大砖橛子,先一砖飞去打中其中一个带头的有须男子,再一砖飞去打中白氏额头,当时就人散声息。走到殿上,四下打看,莫说一个人,连铺设的酒宴器具也全无踪迹,好生奇怪!后来独孤遐叔意识到,那全是梦,回到家中,和白氏说起来,原来白氏在同--时间,也梦见那些情景。何以夫妻二人梦境,丝丝相合?

冯梦龙在讲述当中,嵌入一段议论:"看官有所不知,大凡梦者想也,因也,有因便有想,有想便有梦……此乃两下精神相贯,魂魄感通……"看去是中国俗话"日有所思,夜有所梦"的套话,但在故事的描述中,神女峰起到很大的作用,因此,冯梦龙实际上是写出了恩爱夫妻在被动分离的情况下,性爱欠缺、性压抑、性苦闷导致的潜意识外化。

冯梦龙生活在 16 世纪至 17 世纪,那以后二百多年,到 19 世纪 20 世纪,奥地利的西格蒙德·弗洛伊德(1856—1939),作为心理学家、精神分析学派创始人,提出了"梦的解析"理论,认为梦的本质是潜意识愿望的曲折表达,是被压抑的潜意识欲望伪装的、象征性的满足。他把梦分为"显梦"和"隐梦"两部分。显梦是指人们真正体验到的梦,隐梦则指梦的真正含义,即梦象征性表现的被压抑的潜意识欲望。对梦进行分析就是从显梦中破译出隐梦来。有意思的是,虽然冯梦龙没有提出弗洛伊德式的解析,但他笔下的故事,却完全契合弗洛伊德的相关理论。据此,相信当代读者都不难解析出独孤夫妇的"显梦"与"隐梦"。

人不懂鱼吼

　　庄子与惠子关于鱼的辩论,至今仍吸引很多人参与。游于濠梁之上。庄子曰:"鲦鱼出游从容,是鱼乐也。"惠子曰:"子非鱼,安知鱼之乐?"庄子曰:"子非我,安知我不知鱼之乐?"……人和鱼毕竟是两种生命存在,二者能否沟通? 能否互知?

　　《醒世恒言》第二十六卷《薛录事鱼服证仙》,写了个人变鱼的故事,非常有趣。故事说唐朝有个官人姓薛名伟,中了进士,后来当了青城县主簿,代理县令,称薛少府,娶妻顾氏,是豪门之后。这薛少府在某年七夕,忽然感受风寒病倒,浑身如炭火烧的一般,汗出如雨,几乎就要死去,顾氏问卜求医,不得要领,后来便真的死去,因他心口尚有余温,顾氏就没有将其装入棺中。故事往下讲,说这薛少府魂魄离开身体,漫游山林,来到沱江边东潭,便下潭游泳,遇到一条小鱼,那小鱼竟通知他,河伯对他有所任命,就看见一个鱼头人,骑着大鱼,来向他宣布河伯诏书,封他为东潭赤鲤,他回顾身上,已都生鳞,变成了一条金色大鲤鱼。从此他在与东潭相通的河流中恣意游玩,非常快乐,还去参与了跳龙门的竞赛,可惜未能跃过龙门。

一次他贪图潭中钓饵的香气，被引诱吞饵，竟被一渔夫钓出，那渔夫把三尺长的金红鲤鱼藏在芦苇丛中，还是被县里公差找出，强行带到县衙。变成鲤鱼的薛少府先大声哀求渔夫，他认得那公差，本是他的下属，哀求无用又大声呵斥他不得无礼。那公差把他提往县衙，他的几个原来相处得不错的同僚，正坐一处饮酒，说正好把公差找来的大鱼烹成鱼鲊下酒，他就大声招呼他们，想跟他们相认，结果，那几位同僚竟无人听得懂他的吼叫，只当是大鱼的嘴在张合。几个同僚对如何处置他还发生了争议，有的坚决要把他烹成鱼鲊来吃，有的主张送到放生池去，后来衙门厨师来到，把他提到厨房，他更大声地吼叫，依旧毫无作用。那厨师根本不知他在吼什么，把他放到砧板上，拿刀要宰，他愤怒地甩尾抽那厨师耳光，厨师的刀掉到地下，厨师捡起刀，冷笑道："你这鱼！既是恁的健浪，停一会儿，等我送你到油锅儿里再游游去！"读者读到这里，多半会感到千钧一发，紧张万分，会不会厨师终于听懂了他的吼叫，刀下留情呢？故事这样往下写：却被厨师将新磨的快刀，一刀剁下头来！

在冯梦龙笔下，变成大鱼的薛少府，已成异类，跟人无法沟通，人只当他是鱼，要烹了他做成鱼鲊，以饱口福，佐酒取乐。他拼命吼叫，人们只当他是大鱼张合嘴巴，毫无感觉。这说明庄子也好，惠子也好，既为人，侈谈鱼的生命感受，终究是隔靴搔痒，不同类别的生命间，区隔之大，人力不可逾越。

故事最后是个喜剧结局。厨师一剁鱼头，薛少府的魂魄就归位，他那具尸体，便渐渐复原成活人，他与顾氏破涕重圆。其实写到这个份儿上，就可以了，但冯梦龙还是不免老套，交代说薛伟和顾氏原来都是天上的神仙,因小错贬谪人间,在人间经历一番风波,最后又驾着祥云升天,这样的终局是否有些画蛇添足?

乔装侦探是妙招

公案故事,是"三言"中重要的品类。所谓公案,就是官吏断案,昏官会胡乱判案、冤屈良民、草菅人命,清官断案则拨霾见晴、昭雪沉冤、再造人生。这类故事,一般是两种套路,一种,是且不把真凶道出,令读者陷入叙述迷阵,一会儿怀疑这人,一会儿认定那人,待清官智吏层层剥笋、抽丝破茧,方真相大白。还有一种,则是把歹人作恶、良善遭冤,明白叙出,但即使是清官断案,因案情错综复杂,事态八折九转,一时也难明晰真伪凶善,这时读者所期待的,就是作者笔下的清官智吏如何能在一派迷雾中,淘澄出真相,令恶人伏法、良善脱冤。

《喻世明言》第二卷《陈御史巧勘金钗钿》,与《醒世恒言》第三十三卷的《十五贯戏言成巧祸》,都属于第二种模式。这两篇里的好官,在破案中,都注意调查研究,而且都有乔装侦探的情节,都写得很有意思。

《陈御史巧勘金钗钿》这篇,最精彩的段落,就是村落中,忽然人声喧哗,只见一个卖布的客商,头上戴着一顶新孝头巾,身穿旧白布道袍,江西口音,说是南昌府人,在此贩布,家中传来父亲病故噩耗,需星夜赶回家奔丧,打算把手头存下的几百匹布让利卖出,买方必须整买整付,麻利交割后他好速速启程。此江西商人开价二百两银子,那处村落的人家,哪有拿得出那么多现银的,但就有一个贪图占便宜的人,叫梁尚宾,他跟商人砍价,最后砍到一百七十两,商人同意了,他就说自己拿得出一百两银子,其余的,他有金银首饰,可以抵那七十两,商人同意,他们成交了。梁尚宾因此非常得意。没想到,那商人是审案官陈御史乔装扮演的。

　　陈御史所查之案,案情复杂。原来那处地方,有个鲁廉宪,还有个顾佥事,鲁家公子与顾家小姐原有婚约,但鲁家破落了,顾佥事就要悔婚,顾女坚决不从,顾母就设法维系这门亲事。在顾佥事外出期间,顾母让老园公去约鲁公子来家,那时鲁公子正去他姑妈家借米,闻讯后既欢喜,又羞愧——因为衣衫褴褛,难以赴约,就跟表兄梁尚宾借衣。梁尚宾起了歹心,拖延时间,让鲁公子三日都未赴约,他却冒充鲁公子,当晚就去了顾家。顾家母女上了当,顾小姐失身,顾母赠给假公子私房银子八十两、银杯两对、金首饰一十六件,说是拿去在求聘时作为聘礼。鲁公子三日后才去,顾母见了大吃一惊,不是那天那个人呀!那天来的黑胖,这次来的白瘦。顾小姐从后堂帘内张望,知是上了歹人当,命丫头拿出金钗二股、金钿一对,交付鲁公子,作为纪念,自己转身就自缢身亡了。事发后顾佥事当然不罢休,就让陈御史逮鲁公子认罪,偏那鲁公子确实收有顾小姐钗钿,而老园公老眼昏花,认不准人,咬定那天他从后门引入的就是鲁公子,鲁公子经不住拷打,便屈打成招了。陈御史就此结案,似乎也无不可,但他决定再加辨析,最后乔装侦探,诱出真凶,那梁尚宾买布匹拿出的金银首饰,全都来自顾家,后来也就供认不讳,鲁公子得以昭雪。

故事最后一笔,是那梁尚宾做了亏心事,逼走了媳妇田氏,气死了母亲,但田氏最后却嫁给了鲁公子。恶人之妻不恶,最后倒成了恶人未害死的善人的媳妇,这也是冯梦龙常用的"报应"套路。

贪官判出公正案

　　"三言"的公案故事里，有一篇特别有趣，就是《喻世明言》第十卷《滕大尹鬼断家私》。故事里的滕大尹，遇到一个寡妇领着一个十四岁的儿子来喊冤，是一桩民事纠纷案。案情是：顺天府香河县，有个倪太守，家累千金，肥田美宅；大儿子倪善继，长大婚娶之后，倪夫人身故，倪太守罢官鳏居，却又迎娶了一个十六岁的梅氏，而且不久就给他生下了一个小儿子，取名善述；倪太守临终立下遗嘱，把全部财产悉数留给长子善继，他死后，善继将梅氏母子搬到后园三间杂屋内栖身，此后不闻不问，梅氏母子好不凄惨！倪太守给梅氏母子留下的，只是一幅一尺阔三尺长的画轴，画的是倪太守行乐图，一手抱个婴儿，一手指着地下，梅氏母子也只能是对着画幅拜祭，不知倪太守何以厚兄薄弟到如此地步。梅氏母子去滕大尹那里鸣冤，告倪善继欺负他们母子，以至衣食无继，要求得到倪太守遗产中的应得部分。

　　这个滕大尹某日，就大摇大摆地到倪善继的庄院去断案，当时许多族人邻居都去旁观。滕大尹也未乔装，但一到庄院堂屋，就仿佛有倪太守鬼魂来迎接，他施礼，似乎在一问一答，令善继和众人目瞪口呆。这就是"鬼断家私",实际上滕大尹完全是装神弄鬼,故弄玄虚。滕大尹问善继,家中是否有个小屋？那善继将庄院重修得富丽堂皇,只那偏房小屋依旧破旧,充作仓房,也只剩些残米剩豆,滕大尹就判：根据倪太守遗嘱,庄院正房及田地,都由善继继承,善述不得妄争,而此仓房小屋判给善述,则此屋中之所有,善继也不许妄争,命族人作证。梅氏母子心中叫苦,那善继却很高兴,即刻表态,他不会在乎那小屋的一切。这时滕大尹又说："刚才你们父亲亡魂接待我,告诉我,此屋左壁下,埋银五千两,作五坛,当与善述。"善继不信,就表态,说如果真有,他不与弟争,滕大尹命手下当着众人挖掘,却果然有五坛纯银,善继与众人皆目瞪口呆。滕大尹又说："右壁还有五坛,也是五千之数,更有一坛金子,方才你老先生有命,此坛金子作为对我的酬谢,我再三推辞,他坚付,我只能领了。"那梅氏母子眼见十坛银子摆在脚下,喜不自胜,当然愿按倪太守之魂所言,把那坛金子交付滕大尹,善继见事已如此,也只能认命。围观的族人邻居,啧啧称奇,都赞滕大尹鬼断家私新奇高明。

这滕大尹怎会如此断案,原来,梅氏母子告状后,他留下那轴倪太守画像,反复琢磨,在去善继庄院断案时,当众把倪太守的相貌形容得栩栩如生,令善继和众人真以为是倪太守鬼魂来迎接他；他在自己府中揣摩画像时,丫头端茶来,不慎将茶水洒到画上,结果那打湿处现出隐藏的字迹,正是他去"鬼断家私"时能以说出的那些秘密。冯梦龙这样写滕大尹的心理：滕大尹最有机变的人,看见许多的金银,未免有垂涎之意,眉头一皱,计上心来,便策划出他那"鬼断家私"的剧本,到时认真搬演。他的这次断案,就结果而论,善继并无损失,梅氏母子大有收获,还算公正,但说到底,他毕竟是个贪官,他之所以要装神弄鬼,就是要避免公开画轴隐字的秘密;装作倪太守鬼魂坚决要赠他一坛金子,不受不恭,就不仅掩盖了他的贪婪,也形成了他通鬼神善判案的口碑。这个故事,意味深长。

不离不弃夫妻情

　　人生一世，应享受三情：亲情、友情、爱情。一对男女，一见钟情，结为夫妻，心灵共振，则爱情友情融合，不离不弃，携手终老，则又成浓酽的亲情，这是最完美的人生。

　　"三言"中，写亲情、友情、爱情的篇章都不少。《喻世明言》中第二十卷《陈从善梅岭失浑家》，写的是夫妻之情。

　　故事情节简单：宋朝有个叫陈从善的，考中进士，被授南雄巡检之职。本来科举高中，是桩大喜事，但既然"学得文武艺，货与帝王家"，帝王家买下你的文武才能，便是要驱使你去为他尽责。那陈从善得到的官职，听起来不错，实际上，地域偏远，需从北至南，越过梅岭，方可抵达。陈从善科举高中封官之前，娶得一个浑家，乃东京金梁桥下张待诏之女，小名如春，二人极其恩爱，但陈从善所获官位，在遥远的南方，于是面临人生的选择：是暂且两地分居，还是夫妻同行？陈从善跟妻子商量：我闻广东一路，千层峻岭，万叠高山，路途难行，盗贼烟瘴极多，这可怎么办呢？如春表示：奴嫁得官人，只得同受甘苦，愿一同前往。他们动身前，陈从善遇到一位紫阳真君，那道士派一徒弟罗童随往。谁知路上罗童装疯作痴，懒惰懈怠，夫妻只得遣其离去。谁知过梅岭时，如春竟被申阳洞中妖怪齐天大圣（不是《西游记》里的孙悟空）摄走，陈从善只得和仆人王吉过岭赴任，虽然在任上立下功劳，但痛失爱妻，一直悲苦。

故事里往下讲，那如春被妖怪摄去后，妖怪逼迫她就范，她宁死不从，妖怪就让之前摄来服从的女子，将她长发剪至齐眉，赤了双脚，把一副水桶给她，罚她在山中挑水苦役，如春也曾想投山洞自尽，但不舍丈夫，苦苦坚持，还期盼有一日能重逢团聚。

陈从善三年官满，新官接替，他就和王吉越梅岭归北。途中，望见远远松林间有一座寺庙，过去一看，那是红莲寺，主持是旃大惠禅师。禅师接待了他，告诉他妻子被申阳洞妖怪俘获，在山中受苦，陈从善就留在寺中，伺机解救如春。一日，那申阳公齐天大圣来听禅师说法，陈从善忍不住冲出屏风，挥剑便砍，申阳公一指，其剑反着自身。申阳公看在禅师面上，没有加害陈从善，陈也就在禅师的指点下，进山寻觅妻子，终得重逢，二人抱头大哭。他妻子如春如何逃脱那齐天大圣的迫害呢？底下的写法，是冯梦龙惯技，就是"人不够，神来凑"，那资阳真人，带领弟子罗童，派出两个红巾天将，捉拿了申阳洞中包括齐天大圣在内的所有妖怪，解救了所有被妖怪摄去的良家妇女，当然也就让陈从善和如春得以团圆，后来夫妻回到东京故乡，尽老百年而终。

这个故事里的陈从善，在夫妻分离的情况下，自身地位高、经济条件好，却没有另娶妻室，始终怀念爱妻如春，道德水准很高，感情真挚坚实，令人赞叹；如春在被妖怪摄去后，坚贞不屈，宁愿短发赤脚在山中挑三年水，不失对未来夫妻终将团圆的信念，更可歌可泣。

钱塘潮中生死恋

　　钱塘潮是一大奇观,"三言"中的不少故事设定在南宋临安,临安现在是杭州的一个区,以往人们往往把临安和杭州混为一谈。那里的西湖作为美丽背景,在"三言"中多次出现;而杭州迤东的钱塘江口,每月初一十五都有江潮涌动,农历八月十八更是潮涌天际最为壮观,以此为背景的故事,怎能缺席?《警世通言》第二十三卷《乐小舍弃生觅偶》填补了这个空白。

　　故事开篇,先讲述了有关钱塘潮形成的历史传说,然后书归正传,说临安府钱塘门外,有位开杂色铺子的乐美善大爷,乐妈妈安氏,生子乐和。杂色货铺子就相当于如今的小超市,这样店铺的老板社会地位不高。乐和幼年寄在永清巷母舅安三老家抚养,附在间壁喜将仕馆中上学。喜将仕家有个女儿,小名顺娘,小乐和一岁。两个人一起读书,同学们取笑他们:"你两个姓名'喜乐和顺',合是天缘一对。"两个小儿女,知觉渐开,听这话也自欢喜,遂私下约为夫妇。一晃,乐和到了十八岁,顺娘到了十六岁,乐妈妈让乐大爷到喜将仕家求亲,乐大爷很自卑,说祖上几代虽然做过官,现在却只开个杂色货铺,羞于开口,其实将仕是低级官员,但当官的跟白衣人结亲，在那时也属于门不当户不对。这样一对青梅竹马的恋人，竟因门户的有限差别，有情人难成眷属。

又到了农历八月十八，众人群聚于江岸观潮，最著名的观潮点叫天开图画，俗称团鱼头，乐和与顺娘都去了那里，在人丛中，他们互相观望，潮涌潮退倒不怎么关心。书中形容那钱塘江大潮：

> 迎潮鼓浪，拍岸移舟。惊湍忽自海门来，怒吼遥连天际出。何异地生银汉，分明天震春雷。遥观似匹练飞空，远听如千军驰噪。吴儿勇健，平分白浪弄洪波；渔父轻便，出没江心夸好手。果然是万顷碧波随地滚，千寻雪浪接云奔。

顺娘只顾盯住乐和，不曾想一股大潮涌来，别人尽都立即退避，她却被潮水卷走，乐和一瞬间大喊："避水！"看到顺娘失踪于大浪里，立即奋不顾身跳入潮中，去搭救心爱的人。书里写他还沉到水底宫殿，有一番奇特见闻，后潮王将庇护的顺娘交付，二人就四只手儿紧紧对面相抱，觉身子或沉或浮，最后浮出水面，岸上人民赶紧搭救，但捞上岸来，他二人仍脸对脸，胸对胸，交股叠肩，偎抱得紧紧的，分拆不开，叫唤不醒，好在躯体尚还温暖，是不生不死的模样。乐妈妈先大哭起来："儿呵！你生前不得吹箫侣，谁知你死后方成连理枝！"喜将仕这才知道二人相爱已久，乐家是自认门户不对没来提亲，就主动表态："你乐家祖上也是做官的，且乐和与女儿幼年同窗读书，你们该早来求亲才是啊！"幸喜一对恋人终于苏醒，有情人终成眷属，传为美谈。

　　这是一篇动人的爱情故事。冯梦龙写道：至今临安说婚姻配合故事，还传"喜乐和顺"四字。有诗为证：

　　　　少负情痴长更狂，却将情字感潮王。
　　　　钟情若到真深处，生死风波总不妨。

三个好县令

　　早在明代以前，就有"三年清知府，十万雪花银"的俗语。"清"是清廉的意思，当时的行政制度中，即使一个官吏并不主动贪腐，算得一介清官，那么在任三年，也可有俸禄外的十万两雪花银进账。实际上有更粗鄙的一句话，把这种世道说透，就是"天下乌鸦一般黑"，只要穿上官袍戴上官帽，成了"乌鸦"，那么想不黑都不行。知府比知县（也称县令）高一级，县令往往就更加不堪，在贪腐作恶方面无奇不有。冯梦龙在他编撰的"三言"里，刻画出了不少大小贪官的形象。

　　但是《醒世恒言》第一卷《两县令竞义婚孤女》，出场的三个县令，却都是好人。这个故事因此别有意趣。

　　故事题目里强调"两县令竞义"，就是两个县令都很仁义，而且在施展仁义方面还大有争先恐后之态。而这两个县令的正面行为，又都是因为另一个好县令而起。故事讲到，在五代十国时期，南唐有个德化县令叫石璧，四旬之外，丧了夫人，又无儿子，只有女儿月香，和一个养娘，随其在任，谁知任上不二年，飞祸相侵。忽一夜仓中失火，急去救时，已烧损官粮千余担。按说这有杀头之罪，只因上下都知他是个清官，火灾非他私弊所至，便向皇帝求情。虽然免斩，罢官后令他赔偿，他变卖尽家产，只得其半，监禁中郁成一病，数日而死，遗下的女儿和养娘二口，就被官卖，取价偿官。冯梦龙笔下，这县令石璧显然是个值得同情的人。不仅值得同情，更写出他是个秉公执法的好官。县里有个叫贾昌的百姓，昔年被人诬陷，成了杀人犯，问成死罪在狱，亏得石县令到任，审出冤情，将他释放，因此感恩不尽。临到石县令因火灾罢官破产死去，贾昌经商发了财，就痛哭哀悼，为石县令办了后事。当时月香和养娘被官卖，月香标价五十两银子，养娘三十两银子，贾昌毫不犹豫地交付了八十两银子，把她们赎回家中，并跟其妻子交代：此为恩人亲属，必须善待。妻子开头对月香和养娘也还过得去，但贾昌是个商人，商人重利轻别离，他妻子后来就在他离家经商时，让牙婆经手，把月香和养娘卖了出去。

养娘卖给了牙婆的外甥为妻。月香被卖到哪儿去了呢？卖到当时在任的县令钟离义那里了。钟离义为什么买她？因为他的女儿正要出嫁，嫁给德安高县令的长公子，不日就要来娶亲了，嫁妆都备齐了，只是缺随嫁的养娘，因此买来月香，先充婢女。到县衙第二天，县令夫人让月香打扫院落，月香回忆起幼时在院中玩球等情景，不禁悲啼，引起钟离义注意，询问下，才知月香本是前两任县令石璧的女儿。他和夫人就觉得不能把月香当作养娘随嫁，写信给德安高县令，请求缓期迎娶，高县令对月香家世及她本人遭际也十分同情，得知钟离义夫妇认月香为义女，正好他两个儿子，就由长子娶钟离义亲女，二子娶义女月香，成就两对美满姻缘。

这个故事里的三个县官，都很仁义。故事里的坏人是那贾昌之妻，冯梦龙也许是想表达：人之善恶，非由其社会地位决定，而是由人性中固有的因素发酵派生的。

神奇寡妇

侠客故事,容易落套。《喻世明言》第十九卷《杨谦之客舫遇侠僧》是个侠客故事,却写得出人意表,新鲜别致,令人耳目一新。

故事写一个浙江永嘉人士,名杨益,字谦之,得了个官职,却是在穷乡僻壤的贵州的安庄县令,那地方用今天的话说,就是属于少数民族聚居地,有其特殊的鬼怪文化,但既得任命,只能前往。杨益在镇抚使郭仲威鼓励安排下,先乘船西行,在大船,也就是大客舫上,遇到一个古怪的僧人,这一卷的题目就突出这个僧人,说是一个侠僧。但故事往下发展,并没有这个侠僧多少事儿,是那侠僧跟杨益交厚后,知道他是要往烟瘴妖气之地赴任,自己并不陪伴他,说是要介绍个有法术手段的人给他,一路保驾护航。船停泊在一处港湾,侠僧作别下船,让他等候,一连等候了九天,才见那侠僧领着七八个人,挑着两担箱笼,若干吃食物件,又抬着一乘有人的轿子。杨益来到船边,掀起轿帘儿,看着船舱口,扶出一个美貌佳人,年近二十四五岁的模样,那妇人与杨益相见毕,侠僧又叫过有媳妇的一房老小,一个义女,两个小厮,都来叩头。这场面是不是令人吃惊?算一算来了多少人?侠僧告诉杨益:“她是我的嫡堂侄女，因寡居在家里，我特地把她来服侍大人，她自幼学得些法术，大人前路，凡百事都依着她，自然无事。"读者读到这里，应该都不免吃惊：一个寡妇，领着这么一大窝人，添了多少花费，她能有什么法术？岂不令人生疑。但侠僧竟就告别而去，杨益就跟那寡妇一群人继续前往安庄。这样情节，就比老套的侠客故事新奇，吸引读者眼球。

那寡妇真有法术手段吗？船行一处，有小船上的人兜售一种特产蒟酱，杨益嘴馋，不听寡妇劝阻，买来尝鲜，结果惹出大祸——那蒟酱本是土著首领给皇帝的贡品，私售私买均是重罪，紧急中，寡妇施展法术，平息了一场危机。

后来到了安庄县任上，寡妇嘱咐杨益："这三日内，有一个身穿红衣的妖人无礼，来见你时，切不可被他哄起身来，不要睬他。"但事到临头，杨益还是没压住气，让手下把那惹怒他的老人拖下去打了十板。结果到了晚上，那妖人化作蝙蝠，来府里谋害他，多亏寡妇事先设下白粉阵，保护了他。那妖人及相关的一些当地土著老人，知道这新官有法术厉害，就来求和。这故事情节看去荒诞不经，实际上折射出当时朝廷命官与当地土著势力的角力，在利益冲突中，双方都应该退让包容，以保持地方安宁的情势。

从登大客舫开始，寡妇就和杨益同居，到了县衙更情同夫妇。故事最后，杨益任期届满，返回江南，在原来寡妇上船处停泊，那侠僧带人到岸上迎候。杨益与寡妇一夜不曾合眼，泪不曾干，活不曾停。第二天早起，梳洗饭毕，那侠僧主张把杨益官中所得，分作三份，杨取六，寡妇取三，他取一。按说往下写，应该是有情人终成眷属，却写成：寡妇与杨益两个抱住，哪里肯舍？真个是生离死别，但寡妇终究还是上岸，带着一群人去了。我读完后深有疑惑：寡妇改嫁，在那个时代已不稀奇，是什么在阻挠寡妇与杨益的婚姻呢？冯梦龙没有交代，只能读者自去揣摩了。

倭寇故事

　　倭寇，指的是从 13 世纪到 16 世纪劫掠中国及朝鲜沿海的海盗，这些海盗的主体是当时日本在内战中落败一方的武士，但也有中国乃至葡萄牙、爪哇等的人或主动或被动地参与。《喻世明言》第十八卷《杨八老越国奇逢》就是一篇写倭寇的故事。其实在冯梦龙生活的明朝，倭寇几度猖獗，造成不小的损害。据历史学家统计，明初，从洪武到永乐的 57 年间（1368—1424），倭患次数共为 94 次，年平均不到 2 次；永乐以后到嘉靖之前（1425—1522）近百年间的倭患记录次数仅为 17 次；在嘉靖一朝的 45 年间，倭患次数猛增到 628 次，占明时期倭患次数的 80％；进入隆庆年间，才骤减为 48 次。按说冯梦龙写这个故事，应该以嘉靖朝为时代背景，但他却刻意回避了本朝，把故事发生的时间，设定在明之前的元朝。

　　故事写元至大年间，西安府鳌屋县有个叫杨八老的人，他之所以是这样一个名字，是因为他出生在八月中秋节。故事开始时他已经娶妻生子，妻子李氏，儿子取名世道。因在家乡谋生艰难，遂告别妻儿，带上小厮随童，乘船前往东南沿海一带经商。谁知在漳浦,住到一个檗妈妈家,那檗妈妈非要把一个守寡的女儿嫁给他,婚后生下一子,取名檗世德。离家日久,杨八老打算回关中探视,檗妈妈及媳妇不舍,他却执意要往。谁知半路上遇到倭寇,杨八老和一群百姓被虏。倭寇将强壮的俘虏留下,其余的杀掉,杨八老属于被留的,但留下就要改剃倭寇发型,身上抹油漆,先被带到日本,其后每次出海为盗,都要打头阵。杨八老被虏19年,在元泰定年间,倭寇又大举侵袭中国,那次劫掠到温州,占据清水闸为穴。杨八老暗中联络同为俘虏的12个中国人,誓言"宁作故乡之鬼,不做夷国之人"。在中国官兵追剿过来时,他们都被虏捆,关押中齐声哀叫,声明都是中国人,乃被逼为寇。郡丞遂提审,审到杨八老,他把出身经历一一道出,说娶妻李氏,儿子名世道,郡丞吃惊,回衙告知母亲,在第二天提审诸犯时,那老妇偷觑认出被审之一就是自己丈夫杨八老。杨八老一家终获团圆,其他中国人也全都被解救。郡丞杨世道一家团圆,大摆筵席,有绍兴府檗太守来庆贺,后来檗太守母亲檗老夫人,也从屏后窥认出自己的丈夫杨八老,而儿子檗世德是其亲生子、郡丞杨世道的亲弟弟。

　　这个故事,最后以巧合的大团圆形成喜剧的高潮。但是读过会想,设若提审官不是杨世道,杨八老欲证明自己的中国人身份,恐怕就非常之困难,时间毕竟已经过去了19年,提审官会想:你那自称的身份,或是从当年被虏的已死的倭寇那里听来的,哪能轻信?何况当时官场黑暗,哪个官员真会把普通百姓的生死浮沉搁在心上?说不定大笔一挥,就把杨八老及其余12个人都以倭寇罪名处死,那样报告上去也增战绩。

删黄与留暴

　　20世纪五六十年代内地公开印行的"三言"，会删去其中出版社认为色情的内容，《醒世恒言》第二十三卷《金海陵纵欲身亡》更一度只留回目全篇删除。明代淫风甚炽，特别是明中晚期，出现不少有色情文字的刻本，其中最具代表性的就是《金瓶梅》，但也不能仅以是否有色情描写论一部作品整体的存废。《金瓶梅》因其写世情精微深刻成为名著，值得永久保存流传后世。"三言"中其实色情文字并不多，若以写男欢女爱时直接写到生殖器官为色情，那《金海陵纵欲身亡》中并无此种描写，应判为非色情文字而只是情色文字，但《金海陵纵欲身亡》却是一篇不堪入目之作，写金国废帝金海陵荒淫的后宫生活。不知怎么搞的，冯梦龙其余各篇，虽也偶有文言字句，但基本上都是清新晓畅的白话，读起来很舒服，这篇却基本上是蹩脚的文言铺叙，佶屈聱牙，且故事结构牵强，人物不见性格，内容涉及乱伦、乱交，令人作呕，实在是篇失败之作，舍去不读也毫不可惜。

　　《喻世明言》第二十六卷《沈小官一鸟害七命》，则是一篇暴力血腥的文字。历来没有人认为应当删除，都予以保留。但我以为此篇少儿不宜，成年人阅读也要戒备其暴力文字对心灵的污染，尤其要戒备其对冲动性暴力行为的心理诱导。

故事写宋徽宗时期，海宁武林门外一个织造缎匹的沈昱，娶妻严氏，独子沈秀。这沈秀不务正业，整日玩弄画眉，参加各种鸟鸣竞赛。有天他独自到树林中遛鸟，因疝气病发作，疼得倒地不起。这时有个箍桶的张公，推着家伙车路过，一看有机可乘，便顺走沈秀鸟笼及笼中画眉，沈秀挣扎反抗，张公竟下狠手将其打死，割下头颅扔到一个树洞里。张公推车前行，车上画眉引起贩卖生药的李吉，还有李的同伙贺、朱三人注意，经过一番议价，李吉买下了那画眉。沈秀无头尸被发现，其父母哭得死去活来，就张榜悬赏，谁找到沈秀人头给谁钱，为的是求个全尸埋葬，官府以更高价码悬赏，希图破案。忽然有抬轿工黄老狗的儿子大保和小保，带来一个称是从郊野挖出的人头来领赏，那人头已很难辨认，但推敲起来，应该就是沈秀之头，沈家就将那头与沈秀无头尸拼起埋葬。一次沈昱进京，在御用监禽鸟房里发现了那只独特的画眉，追究来源，是李吉卖与御用监禽鸟房的。官府将李吉抓来，严刑拷打，李吉屈打成招被斩。但李的朋友贺、朱二位在知李吉蒙冤后，决心为其昭雪，当年李吉从箍桶匠那里买的画眉，他们可作见证。顺藤摸瓜，找到箍桶张公，经过严审，他供出抢鸟杀人实情，沈秀的头颅，他是扔到一棵枯柳树空洞里了，去寻，头还在，能辨认出正是沈秀之头，那么，黄家大保、小保献上的头，又是谁的呢？原来竟是他们趁父亲酒醉，割下来的！虽然父亲生前曾戏言家贫如此，不如用他的头颅冒充，去领沈家及官府的赏钱，大保、小保竟真的杀父割头，还故意将父亲之头埋地里一阵，使其难辨。

这个故事里,先死了沈秀,再死了黄老狗,场面都十分血腥,然后屈死了李吉,真相大白后,大保小保处死,张公被凌迟,张婆望见张公受刑惨状,惊怖而死,可不是一鸟害七命么!

色情文字不可取,暴力血腥文字一样不可取!

义虎狡狐

动物与人的故事，在《醒世恒言》中一连出现两篇：第五卷《大树坡义虎送亲》及第六卷《小水湾天狐诒书》。

《大树坡义虎送亲》讲大唐天宝年间，福州漳浦县下乡，有一人姓勤名自励，父母俱存，家道粗足。勤自励幼年时，就聘定同县林不将女儿潮音为妻，茶枣俱已送过，只等长大成亲。忽一日，独往山中打猎，得了几项野味而回。行至中途，地名大树坡，见一黄斑老虎，误陷于槛阱之中，猎户未到，其虎见勤自励到来，把前足跪地，俯首弭耳，口中作声，似有乞怜之意。自励破阱放虎。虎得命，狂跳而去。后来勤自励参军出征，久不归家，林家就要退婚，潮音不肯。六年后，潮音父母强迫她另嫁，骗上轿子，送往夫家，半路忽然风雨大作，有白额吊眼大虎出现，将潮音叼去。偏那时勤自励得胜回朝，荣归故里，风雨中躲避树洞中，雨停出洞，忽见洞外有女子伏地，救起询问，竟是未婚妻潮音。这个故事里的义虎，与古代相传已久的衔环故事中的黄雀可有一比，让人知道动物比某些人还更懂得有恩必报，但这故事新鲜度显然不够。

《小水湾天狐诒书》的故事新鲜度就很高了。故事背景也放在唐玄宗时期,有个青年王臣,长安人氏,幼时丧父,只母在堂,娶妻于氏。同胞兄弟王宰,膂力过人,武艺出众,充羽林亲卫,未有妻室。他们为避安史之乱,移居杭州小水湾,后来乱平,王臣带家人王福往长安去,一日晚上经过一处山林,听见茂林中,似有人声。近前看时,原来不是人,却是两只野狐,靠在一株古树上,手执一册文书,指点商榷,若有所得,相对谈笑。王臣连发两弹,击中一狐左眼,两狐仓皇逃窜,他获得那本怪书,书上的蝌蚪文无法辨识。住店时,有左眼带伤的旅客进来,被认出是狐狸所变,他挥剑砍杀,狐狸要抢走他得到的怪书未遂。到了长安,有家中仆人王留儿到来,递上家中书信,道母亲病亡,王臣便将长安祖产贱卖,易丧服匆匆回返江南,没想到在扬州码头,正打算雇船南下,只见一只官船溯流而上,船头站着四五个人,喜笑歌唱,甚是得意。渐渐至近,打一看时,不是别个,都是自己家人。原来是家中有王福回去送信,那王福左眼有伤,问是不慎碰的,家人也就都不在意,信上确是他的笔迹,让将南方家产悉数处理北归。后来醒悟,化成王留儿、王福模样的送信者,都是狐狸。南北家产尽数折扣变卖,回到杭州已是一贫如洗,其弟王宰也得伪信弃财回到杭州。那些信件,再取出看,皆是白纸无字。其间狐狸化作王宰,夺回了怪书。王臣还欲捉拿狐狸算账,其母倒还头脑清醒,告诉大家:本不该打扰狐狸读书,狐狸所为造成破财,却也让一家团圆,正是因祸得福!

　　救治动物有报恩之福,可喜。打扰自然生态惹祸上身,可惕!

莎冯乱点鸳鸯谱

莎指英国的莎士比亚,冯指中国的冯梦龙。这两个人,莎翁1564 年出生,1616 年谢世,冯翁出生比莎翁晚十年,但寿数比莎翁多二十年,两个人的创作旺盛期,都在 16、17 世纪交替的时段,他们虽然在那时互不相知,各自在自己的国家以母语写作,但其作品,却有隔空呼应的呈现。

莎士比亚著有四大喜剧:《仲夏夜之梦》《威尼斯商人》《第十二夜》和《皆大欢喜》。其中《第十二夜》讲述了这样一个故事:塞巴斯蒂安和薇奥拉这一对孪生兄妹,在一次海上航行途中不幸遇险,他们俩各自侥幸脱险,流落到伊利里亚。薇奥拉女扮男装给公爵奥西诺当侍童,她暗中爱慕着公爵,但是公爵爱着一位伯爵小姐奥丽维娅。可是奥丽维娅并不爱公爵,反而爱上了代替公爵向自己求爱的薇奥拉。经过一番有趣的波折之后.薇奥拉与奥西诺,奥丽维娅与塞巴斯蒂安双双结成良缘。尽管奥丽维娅原先爱的不是塞巴斯蒂安,但他的面孔与薇奥拉全然相同,这也算满足了她的心愿。故事通过一系列误会巧合,乱点鸳鸯谱,却各得其所,皆大欢喜。

冯梦龙的《醒世恒言》第八卷《乔太守乱点鸳鸯谱》，里面的鸳鸯更多，故事也更曲折有趣。讲的是宋朝景祐年间，杭州府医生刘秉义，娶妻谈氏，育有一子刘璞，一女慧娘。刘璞到十六岁，聘定孙寡妇女儿珠姨；慧娘到十五岁，则聘定给开生药铺的裴九之子裴政。本来两对鸳鸯只待成婚双飞，怎奈刘瑾忽然病倒，刘家不愿更改佳期，孙家知其有以喜事冲去瘟神之意，极不情愿，最后双方达成妥协，就是珠姨可以不带妆奁暂时过去，算是满足刘家冲一冲的愿望，但三日后，还是要回孙家，必须刘璞病愈，方可正式过门。孙寡妇不肯真让女儿那样去刘家，就派其子玉郎男扮女装，去刘家充数。玉郎生得十分俊美，一时难辨雌雄，刘家夫人谈氏见了十分喜欢，就让女儿慧娘去陪伴未来的嫂嫂歇息，谁想一张床上，二人竟生出爱意，发生了关系。此事败露，出诊归来的刘医生气得半死，先怪夫人糊涂、女儿荒唐，家中自乱，没想到恶邻李荣听到，就去告知已聘定慧娘的裴九家，裴九气冲冲找到刘家，跟刘医生激烈冲突，那时玉郎早化妆成道士逃回家中。鸳鸯乱飞，两家大乱，刘医生就跟裴掌柜各写好状子，拉拉扯扯去乔太守衙门里诉讼。若按当时法律及道德规范，玉郎有诈骗罪，慧娘道德败坏，孙寡妇有教唆罪，刘医生治家教女无方，都可按罪发落，但调取的一干人物跪在案下，乔太守一看，男是俊男，女是美女，首先玉郎和慧娘就很般配，病愈的刘璞和珠姨更没得说，天生地设的夫妻，那么裴家怎么办？把孙寡妇儿子玉郎原聘定的徐家女儿文哥调来一看，哈，与裴公子裴政，也很般配，那还闹腾什么？乔太守就乱点鸳鸯谱：刘璞娶珠姨，玉郎娶慧娘，裴政娶文哥，三对佳偶婚事一齐办！各对鸳鸯皆心满意足,刘、裴、孙、徐四家都无损失,冤家宜解不宜结,相视一笑泯恩仇。这个化解内部矛盾的古代故事,搁在今天,仍有参考价值。

老人析产需谨慎

北京电视台有一档《第三调解室》的节目,我有时看看,节目内容中,多有家庭财产纠纷,其中又多关联到老人对自己财产的处分,引发的子女间的争议摩擦。节目中的调解嘉宾,多次重复一个针对老年人的劝告:析产必须谨慎。其实这种告诫,古书里早已有之。

《警世通言》第二十卷《张廷秀逃生救父》,讲了个明朝万历年间的故事。故事里的一方,是一个忠厚老实的手艺人木匠张权,他有两个聪明俊秀的儿子:张廷秀和张廷文,两个儿子跟着学就木匠手艺。故事里的另一方,是苏州开玉器铺的财主王宪,这王宪膝下无儿,只有两个女儿:瑞姐和玉姐。故事开始时,瑞姐已经成亲,入赘的女婿叫赵昂元。因为王宪家要打造大量家具,就请来张权和他两个儿子来做活。这期间王宪对张家父子好感逐增,后来就先把张廷文收为儿子,更进一步将玉姐订婚于他;张权家相对贫窘,王宪更是私下给他大笔银子,张权用这笔银子顶下一家布店,红红火火地做起大买卖来,廷秀、廷文则勤勉学习,以求功名。

　　故事里的赵昂元，被刻画为一个十恶不赦的坏蛋。他本来就想独霸岳父的遗产，妻妹玉姐已嫌多余，没想到冒出个张廷文，一身兼过继子和女婿双重身份，这还了得！加上岳父竟然帮衬那张权开起大布店，后来俨然也是富翁的程度，赵昂元歹心一起，就实施了令人发指的谋害活动，趁岳父出差，先贿赂勾结捕吏杨洪，诬陷张权的财富是入强盗帮抢掠而得，致使张权布店及家室均被查封没收。张权因此受尽严刑拷打收监，夫人陈氏流落贫居，两个儿子中断学业，父母两处照应，痛苦不堪。没想到王宪出差回来，赵昂元又用银子买通王家阍府仆人，同口诬陷廷文不务正业，每日外出嫖娼赌博，致使廷文被撵出，可怜那玉姐不肯改聘，后来竟上吊自尽未遂。惨遭陷害的张家兄弟遂决定到镇江按察院告状鸣冤，谁知又被赵昂元买通杨洪兄弟杨江，假充艄公，在两兄弟上船后，在一处江心把两兄弟捆成馄饨状，抛入江中。

　　故事情节十分曲折诡异，却也合情合理。廷文廷秀两兄弟大难不死，被捞救上案，廷文一度被迫当过戏子，最后哥俩一个被高官收为养子，一个被富翁收为养子，二人到南京参加科举会考相遇，最后衣锦荣归，老父昭雪，老母苦尽甘来，赵昂元败露，与杨洪杨江一起伏法，瑞姐羞愧自尽，王宪夫妇如梦方醒，玉姐终于嫁给了廷文。

　　看了这个故事，我不禁要对王宪大为苛责。虽说是封建社会家财传儿不传女，但两个女儿女婿，何以不能生前就一碗水端平，告诉他们他夫妇百年后，家财各分一半，那种情况下，即使赵昂元的夺财之心仍有，瑞姐当不至于跟他一起痛下狠手，事态或许还不至于无可挽回。王宪在廷文玉姐婚前，给张权送去五百两银子，也不嘱其保密，张权竟马上收购大布店做起大生意，这样偏向二女儿、二女婿一方，邻里们看在眼里，莫不惊诧，难怪赵昂元陷害张权说是暴得贼赃，并无几个邻里为其洗辩。王宪生前的析产思路与作为，实不可取。现在的社会法制已非以往，但王宪析产不当，引发恶人制造大悲剧，这个教训，仍可汲取。

善的教育

西方古典文学艺术，一个重要的母题是爱与死，最后升华为忏悔与救赎，像法国雨果的《悲惨世界》、俄罗斯列夫·托尔斯泰的《复活》都堪称典范。中国古典文学艺术，一个重要的母题是善与信，最后升华为《红楼梦》中贾宝玉的"情不情"，就是最大限度地发扬善心，连无情之物，也对之施真情真意。《醒世恒言》第十八卷《施润泽滩阙遇友》，就是一篇扬善的杰作。

故事发生在嘉靖朝苏州府吴江县离城七十里，一个叫盛泽的乡镇。镇上居民稠广，俱以蚕桑为业。男女勤谨，机杼之声通宵彻夜。那市上两岸绸丝牙行，约有千百余家，远近村坊织成绸匹，俱到此上市。镇上有一人，姓施名复，妻子喻氏，夫妻两口，别无男女。家中开张绸机，每年养几筐蚕儿，妻络夫织，甚好过活。那年织得绸匹。施复到城里去发售，售完行不上半箭之地，一眼觑见一家街沿之下，一个小小青布包儿。施复趋步向前，拾起袖过，走到一个空处，打开看时，却是两锭银子，又有三四件小块，兼着一文太平钱儿。用手掂一掂，约有六两多重。心中欢喜道："今日好造化！拾得这些银子，正好将去凑做本钱。"连忙包好，也揣在兜肚里，望家中而回。但是，未曾到家，他心中生出善念："若是客商的，他抛妻弃子，宿水餐风，辛勤挣来之物，今失落了，好不烦恼！如若有本钱的，他挤这账生意扯直，也还不在心上；倘然是个小经纪，只有这些本钱，或是与我一般样苦挣过日，或卖了绸，或脱了丝，这两锭银乃是养命之根，不争失了，就如绝了咽喉之气，一家良善，没甚过活，互相埋怨，必致鬻身卖子，倘是个执性的，气恼不过，肮脏送了性命，也未可知。我虽是拾得的，不十分罪过，但日常动念，使得也不安稳。就是有了这银子，未必真个便营运发积起来。一向没这东西，依原将就过了日子。不如原往那所在，等失主来寻，还了他去，到得安乐。"随复转身而去，终于在收绸店铺等候多时，遇到惶急的失主，施复完璧归赵，丝毫报答也不收。回到家中，说起此事，妻子喻氏赞扬他做得对，后来生下一个儿子，叫作观保。

又二年，那年盛泽缺桑叶，蚕户都很着急，十来家坐船过湖去买。施复听见，带了些银两，把被窝打个包儿，也来乘船。开船摇橹，离了本镇。过了平望，来到一个乡村，地名滩阙。谁知船泊定后，已是傍晚，发现未带打火石，施复就自愿上岸去觅火种，后来找到一家，不仅慷慨赠予火种，陪施复把火种送还船上后，还热情邀他到家做客，原来那家主人朱恩，便是当年失银，由施复送还的。朱恩去鸡笼捉鸡，准备宰了烹给施复吃，施复即上前扯住道："既承相爱，即小菜饭儿也是老哥的盛情，何必杀生！况且此时鸡已上宿，不争我来又害他性命，于心何忍！"晚上施复躺在床上，突然那鸡扑翅狂叫，施复就下床去看个究竟，就在一刹那间，床上顶棚的一根车轴猛然掉下，那鸡竟救了施复一命。朱恩告诉施复，他家就有多余的桑叶,可赠与施复并驾船运回,施复第二天就没有随乡亲们的大船过湖。

施复回到家中,正招待朱恩吃酒,忽闻得邻家一片哭声,原来是昨日过湖买叶的翻了船,十来个人都淹死了,只有一个人得了一块船板,浮起不死,亏渔船上救了回来报信。

故事最后写到,施复造新房,得到一笔意外之财。

17世纪中国作家冯梦龙在"三言"里写了不少可以总称为"善的教育"的故事,19世纪末意大利作家亚米契斯写有《爱的教育》。善与爱,是人类走向大同的推动力。

巧针女的追求

乱世鸳鸯，遭逢离散，终得团圆，这类的故事"三言"里颇多。《喻世明言》第十七卷《单符郎全州佳偶》即可归入此类。

故事开始在北宋末年，那时实行双首都，西京洛阳，东京汴梁（现开封）。在西京有两户人家，两姊妹分别嫁给了邢知县和单推官，比邻而居，两姊妹同时怀孕，两家就订下娃娃亲，果然单家生下男孩取名符郎，邢家生下女孩取名春娘，两个孩子渐渐成长，青梅竹马，后来虽然男子进馆读书、女子闭门针黹，不再见面，但心里都播下了爱情种子。

后来就有靖康之变，金兵掠走徽钦二宗，北宋灭亡，南宋高宗偏安一隅，国变中，单家因在扬州，得以苟全，邢家遭遇金兵洗劫，全家只有春娘存活，却不幸被掠走变卖，卖给全州乐户杨家，成了官妓，改名杨玉。

故事往下的走向及结局，一般读者不难猜出。全州后来在南宋辖内，又名单飞英的单符郎十八岁时，封得官职，到全州赴任。那时官场风气，常在公堂酒会时，邀官妓陪酒，州守为单飞英到职设宴，招来的官妓中，就有杨玉。其他妓女逢场作戏，惯于嬉笑发噱,独杨玉端庄娴雅,单飞英对其另眼相看,但因离乱日久,双方都没有认出对方。官场上诸公都怪讶单飞英一直独身不娶,有的上司看出他对杨玉有意,就从中撮合,单飞英和杨玉遇合后,探明各自身世,方信姻缘天定。

本来故事到单符郎邢春娘有情人终成眷属,即可收场。但故事偏还往下发展,是画蛇添足吗?当代读者,可以仔细玩味。

故事后面的情节是,符郎、春娘成婚三年后,春娘在会胜寺开宴,请来杨氏养父养母,以及当年院中的众姊妹,是对当年养育的报答,也是对姊妹情的酬谢。在这场宴会中,忽然出现了一个新角色,就是妓女李英,她当年在院中与春娘情同亲生姊妹,而且,她比春娘更有特长,就是她能在没有光线的情形下熟练地缝纫,堪称世间罕见的巧针女。她抓住这场宴会的机会,苦苦哀求春娘,希望也能脱籍归良,也就是希望能去给单符郎做妾。单符郎作为一名官员,纳娼为妻,已经离谱,他之所以得到父母应允及同僚谅解,那是因为亲近之人都知道来龙去脉,他和春娘本来门当户对,早结为娃娃亲,春娘堕入烟花,乃国难所致,这样也就难说他是以娼为妻了。而李英于他而言,乃一本不相干的妓女,怎能纳其为妾?单符郎父亲震怒中说:"吾至亲骨肉,流落失所,理当收拾,此乃万不得已之事。又旁及外人,是何道理?"但搁不住春娘从中劝说,更由于李英的拼死坚持,单符郎母亲将李英暂时收留在自己身边,加以考察,发现她性格婉顺,更能于黑暗中巧手缝纫,渐渐喜欢上她,终于去说服了单符郎父亲,容下了李英为妾。故事最后,李英不仅获得单符郎父母理解,单符郎的同僚们也都并不耻笑,单符郎这乱世郎君,竟所娶妻妾都来自妓院,最后春娘并无生育,李英产下一男,单家有后,单符郎官位高升,再后来其子也当官,单家成为临安望族。

这个乱世鸳鸯的故事,因巧针女李英的出现,而超出了公式化的格局,李英那勇敢追求自身幸福的形象,竟比单符郎和邢春娘更抢眼。

大海（舞台剧本）

人物表(出场为序)

陆襄理——36 岁,矿山公司襄理。

张大雄——32 岁,矿山工会骨干。

佐　藤——40 岁,日本银行家、企业家。

张小英——26 岁,张大雄妹妹。

鲁　贵——48 岁,大海曾经的养父。

周大海——31 岁,原名鲁大海,矿山公司新董事长。

露伊莎——25 岁,德国女子。

三　凤——27 岁,自称是周大海同母异父妹妹。

第一幕

【时间】民国初期。夏天某日午前。

【场景】矿山董事长小楼的二层,一边是董事长的老板桌,一边是一
组接待客人的沙发。另有保险柜、酒水柜等。窗外可见矿井提升机。

（开幕时，张大雄正在窗边墙上的矿区地图上插金纸三角小旗标注着什么）

（陆襄理西服革履匆匆走进）

张大雄：（迎上）陆襄理，火车能准点吗？

陆襄理：（走到老板桌后老板椅处，把公文包搁在桌上）你倒是盼着准点？（稍停）就不怕他来了，跟你翻脸吗？

张大雄：（故意）他？翻脸？您说的是谁？

陆襄理：（坐下，点烟）鲁大海呀！

张大雄：啊，原先倒是有这么个人，现如今，没有姓鲁的大海了。

陆襄理：是呀。居然认祖归宗，叫周大海了。

张大雄：人的命，天注定。没想到他如今中了这么个大彩！上个月，闹罢工的时候，他还跟我说，恨那周朴园恨得牙根痒痒呢。

陆襄理：怕是也恨你，还有那两个工会代表吧。你们一同进城去跟董事长谈判，他万没想到，董事长给你们仨各人一百块大洋，你们就叛了他……

张大雄：我跟那两位还不一样……

陆襄理：就在你们叛了他，回这儿那天的下午和晚上，天雷滚滚，眨眼工夫，周家死了两位少爷，鲁家死了一个闺女，周朴园的太太繁漪，疯了，那原来姓梅的女子，叫什么侍萍的，周家的大少爷，鲁大海，都是她跟周朴园生的，听说她倒没疯，却是傻了，不会说话了……

张大雄：她怕不是哑巴了，是心碎成渣子，再不愿开口说话了。

陆襄理：那周朴园，咱们这矿多年的董事长，真是个强人。经历这么突然的大惨事，居然没垮掉。

张大雄：一个来星期，他就定住了神。一个来月，他就麻麻利利地处理好一切。原来的公馆捐给教会作医院，疯了的太太繁漪锁在二楼，那侍萍，给恢复了原配的身份，养在楼下。自己搬到新公馆。最有意思的是，他让那鲁贵跟侍萍解除了夫妻关系，却依然让他在新公馆当大管家。

陆襄理：其实，最难办的是鲁大海。那鲁大海是轻易能掰弯的吗？

张大雄：我也万没想到，一个来月，他们父子就互相认同，那周朴园，还好懂，他还剩什么骨肉？偌大的家业，难道就送给外人不成？难道就让你——（自觉不妥，忙止住）

陆襄理：你少胡嗖！

张大雄：您这些天不是都坐在这把老板椅上吗？我们就都当您是董事长了！

陆襄理：这把椅子坐着实在舒服。不过一会儿我就得让出来了。人家周大海要稳坐这钓鱼台了。唉，我能坐一刻算一刻吧。

张大雄：怪了。大海怎么能认贼作父？怎么一个来月，他就从罢工领袖，变成要来压迫工人的董事长了？人这血管里流的血，打哪儿来的，就那么神仙么？指不定哪一天，我这血管里的血，也被认定是哪位贵人富翁的哩！（窗外传来汽车声）这么快？大海来啦？（到窗前朝下望）（陆襄理也去望）这个角度瞅不真啊……

陆襄理：大雄，你要不要先避一避？

张大雄：我避他干什么？

陆襄理：没准他还认为你是叛徒！

张大雄：工会的叛徒，不正是董事长的好走狗吗？

陆襄理：你还先是到隔壁会议室去的好，等他上来，我把他伺候好
　　　　了，听我招呼，你再过来。

张大雄：用不着！老董事长不也知道，他们家出大事以后，您代表
　　　　资方，我代表劳方，紧急应变，合作得天衣无缝吗？

　　　　（一阵脚步响。佐藤没敲门，径直走了进去）

陆襄理：（迎上去）佐藤先生，您怎么现在来了？

佐　藤：怎么？我来得不是时候吗？

陆襄理：您从城里，直接开车过来的？

佐　藤：要赶在中午这趟火车到达前，上楼来啊。（看到张大雄）
　　　　这位？……

陆襄理：（对张大雄，高人一等的口气）好啦，矿区图你挂完了，下
　　　　去吧。（张大雄不动）（这才对佐藤）他叫张大雄，矿上一
　　　　工人，我让他把新的矿区图挂妥。

佐　藤：（望着张大雄，倨傲地）喔，矿工。（走近矿区大图）这些小
　　　　旗子，是什么意思呀？

陆襄理：（抢先）不过是把有隐患的地方标出来，防患于未然嘛。

张大雄：佐藤先生，那都是新发现矿苗的部位……

佐　藤：你知道我姓佐藤？

张大雄：失敬失敬。佐藤先生是有名的日本银行家，投资大王。
　　　　没见过真佛，还没瞅见过报上的照片？

佐　藤：（观图）这些小旗都是金纸铰的，唔，标志隐患，不该是黑
　　　　的吗？

张大雄：那其实都是新勘测出的金矿。开采起来，需要制备许多
　　　　的摇床啊……

佐　藤：（瞪着陆襄理）你为什么要跟我隐瞒？

陆襄理：（瞪着张大雄）这里没你的事了，下去！

张大雄：（望望陆、佐藤二人，忍住）那就，再见！（出门）

陆襄理：（松口气，示意沙发）佐藤先生，请坐。

佐　藤：（不坐，走到老板台前）陆先生，不多废话。（从随身公文
　　　　包里抽出文件）取出章子来，盖上！

陆襄理：（原位不动）佐藤先生，情况有变啊！

佐　藤：我何尝不知？新的董事长，就要来上任。他搭乘的那趟
　　　　火车，恐怕这时候已经到站了。

陆襄理：谁也没想到，他接班这么快！

佐　藤：（走到老板桌前的老板椅，爽性坐下）在哪个抽屉里？

陆襄理：（走过去）什么？

佐　藤：董事长的图章！

陆襄理：那、那、那……那是不能随便动用的……

佐　藤：你不是答应得好好的吗？

陆襄理：我本以为，那周朴园万般无奈下，起码，起码会让我当一
　　　　阵代董事长……董事会上一宣布，我就有盖章权……

佐　藤：你现在就可以盖。哪边抽屉？

陆襄理：我、我、我……为难啊……

佐　藤：为什么难！（拉抽屉拉不开，爽性站起来，搜陆襄理身）钥
　　　　匙在哪儿？

陆襄理：（反抗）这不，这不成抢劫了吗？

佐　藤：抢劫？谁抢劫谁？上星期你不是从我这儿拿走三千块大洋十根金条吗？咱们共同拟定的协议书，上头不是明明白白写着，你们这矿业公司，我融资以后，就佐藤株式会社控股了吗？合着大洋金条你白吞，我竹篮子打水一场空？

陆襄理：我可以吐出来，全吐出来……可是，我以为这事万无一失，我用一半的大洋和金条，买下债券了……

佐　藤：吐出来就全成秽物了，恶心！快，开抽屉，拿章子，按死了给我盖！

陆襄理：再给我点时间，我相信能说动周大海，新董事长，让您的株式会社控股……

佐　藤：（拍桌子，掏出手枪）你！

陆襄理：（吓得直哆嗦）好，好，好……我，我，我……（从西服内兜取出钥匙，哆哆嗦嗦开抽屉，取出印章，佐藤收起手枪，抢过章去，亲自掀开桌上印泥盒，蘸按几次，再在文件上死死地按着盖章，一连盖了数张数次，然后将其中大部分文件收回公文包，留下数份给放到抽屉里）

佐　藤：好！（若无其事，满面春风，站起来，主动移到沙发区）陆兄，不该斟点好酒，你我亲善一番吗？（坐沙发上）

陆襄理：（渐渐镇定下来）事已至此，大不了，我吃一顿官司。（过去坐在佐藤斜对面）

佐　藤：木已成舟，其奈我何？那周大海懂得什么，有什么手段？他告你越权，我还要告他欠债不还呢！

陆襄理：确实，公司债务缠身，再不融资，只有倒闭。（站起来，去酒水柜斟酒，自己一杯，奉佐藤一杯）我怕是，那周大海，就要到了。

佐　　藤：（一饮而尽，站起）打搅。我告辞。董事会上见。我控股，我会推举你任董事长，那周大海充其量当个监事，兼总经理，给咱们打工。

陆襄理：但愿。

佐　　藤：再见。

陆襄理：不送。

（佐藤下）

张大雄：（忽然进来）哎呀，你们这场戏，演得真不错啊！

陆襄理：也就不瞒你。只盼你今后跟我一条心，对付那鲁大海，呃，周大海。

张大雄：你从佐藤那儿得的好处，怎么着也得分我个四成，你把柄握我手里了，大海来了，你要不认账，我就跟他一五一十地……

（老板桌上电话铃响）

陆襄理：（接电话）我陆襄理……什么，火车晚点？还得半个钟头才到？那你们就老老实实在月台上候着。（放下电话）

张大雄：哟嗬，出师不利。倒也好。咱们可以再细聊聊。

陆襄理：什么粗呀细的。你满脑子不就想着从我这儿扒拉些个钱财么。（他去老板桌打开抽屉，把盖过章的文件取出，去到屋子一角的保险柜前，麻利地根据密码旋开厚重的柜门，把文件保存在里面）

张大雄：（趋前想识破密码未果）你搁在哪儿都一样，周大海来了，人家是董事长,想看,你还不都得乖乖拿给他看。

陆襄理:那是。可什么时候,也轮不着你看。

张大雄:就先不掰扯这件事。我是要跟你说,那周大海来了,他头
　　　　一桩要做的事,也许是你想不到的。

陆襄理:我怎么就想不到?(走近窗户朝外看)是你让那几个工友
　　　　挂的那块大红布吧?"劳工神圣",好大四个字。我就知
　　　　道,周大海一来,必先收买人心。

张大雄:他本心如此,他知道工友们的苦处。他原是劳工当中一
　　　　分子。他会让工会合法化。他会首先把拖欠的工资全
　　　　补发。他会敦促当局惩治前些时开枪打死工友的警察。
　　　　他会组织开个追悼会。他会厚道地抚恤那几个牺牲的
　　　　工友的家属。他会追加劳动保护的资金。他甚至还会
　　　　马上提升职工的工资……

陆襄理:不等他把这些事做完,银行就会来宣布他破产。

张大雄:这矿山公司破产,对周家是落水之灾,对工友们是灭顶
　　　　之灾!

陆襄理:所以佐藤是有用处的!

张大雄:用不用,到头来,还得人家周大海定!

　　　(有人敲门)

陆襄理:这时候,谁呀?

张大雄:(去开门,吃惊)你?你怎么跑这儿来了?

张小英:(急匆匆进入)哥,我找他,他呢?(张望)

陆襄理:(趋前)你谁呀?

张大雄:她是我妹妹张小英。(介绍)这是陆襄理。你叫他陆先生

就好了。

张小英：(意外)啊,啊,陆先生。

陆襄理：原来你们是兄妹。你们可以到隔壁会议室谈一小会儿。
　　　　(对张小英)没多久,董事长就要到了。这是他的办公室。

张小英：董事长? 周大海对吗? 我正是来找他的呀!

陆襄理：你找他?

张大雄：(对陆襄理)她就是来找他的。(对张小英)他坐的那趟火
　　　　车晚点了。他会到这儿的。你坐沙发上,我先给你倒杯
　　　　水。(张小英坐下)

陆襄理：(对张小英)你找我们董事长? 你有什么事? 你以为他刚
　　　　上任,就随随便便地在办公室接待你这么一个……一个
　　　　陌生的女子吗?

张小英：陌生?

张大雄：董事长跟我妹子可不陌生!(递张小英水,坐她斜对面)
　　　　可你怎么忽然这么个时候,跑这儿来了?

张小英：(急切地)我能不来吗? 你一个多月不着家,你都不知道
　　　　咱们杏花巷出了多少事!

张大雄：怎么不知道? 满世界都传开了! 鲁贵的闺女四凤,给电
　　　　死了! 还连累人家周家二少爷,也给烧焦了! ……

张小英：听人家说,电死的,应该是周家三少爷,那鲁大海,才是周
　　　　家正经的二少爷! 现在大少爷开枪自杀了,周家老爷,
　　　　只剩大海这么一根独苗了,就让他接续家业,来当董事
　　　　长了!

陆襄理：(插话)人家周家的事,跟你们这穷家贫户有什么关系?

跑这儿来说?

张大雄：我说陆襄理，您别忘了，我们家跟鲁贵家，在城里水潭子
　　　　边的杏花巷，是邻居。我跟鲁大海打小在水潭边玩闹，
　　　　我们是发小。我妹妹比那四凤大好几岁，她们平时也挺
　　　　合得来。我这妹妹虽然比四凤大，年龄上，跟鲁大海倒
　　　　挺接近。他们算得上青梅竹马……

陆襄理：（憬悟）啊，啊……那么，算起来，大海一时也还到不了。
　　　　那你们兄妹就先在这儿聊聊。我且到楼下我那办公室
　　　　去料理料理。（陆襄理下）

张小英：（哭起来）我怕，怕他是不要我了!

张大雄：人一阔，脸就变——大海不是那样的人性。自四凤死了
　　　　以后，你们见过几次?

张小英：三次。头一次，就是周家出事的第二天，是我在小酒馆
　　　　里，把他找着的。他喝得烂醉，吐了我一身。

张大雄：第二次呢?

张小英：周家老爷，就是那周朴园，派人来到杏花巷，把他请了过
　　　　去，听说先是周朴园，还有四凤她妈，三个人关在屋子里
　　　　谈话，听窗根的人也听不真，先听见大海暴嚷，又有四凤
　　　　她妈痛哭，那周老爷倒始终没那么大声恶气，他们足足
　　　　谈了一个下午，连带一个晚上……

张大雄：这之后，大海什么时候见的你?

张小英：到天亮，鲁大海又被请进去一起谈。听说那鲁大爷第一
　　　　个出的屋，好像也哭过，眼睛红红的，可是他没直接回
　　　　家，有人看见，他往酒馆那边去了……再后，大海才出的

屋,摇摇晃晃往外走,跟他打招呼,也不理。后来大海就
回杏花巷了。那天我没去纱厂做工。一直望着。他进
了他家,咱妈就让我去请他,到咱们家吃点东西。他门
也没从里头别着,我推门进去,他呆呆地坐在饭桌边……

张大雄:他见了你,怎么着呢?

（张小英低头,不愿意说了）

张大雄:我不打听你们俩的细枝末节,就告诉我:他还跟以前那
样喜欢你吗?

张小英:嗯。他说,他能娶我了。

张大雄:(一拍大腿)那不结了! 你还担个什么心!

张小英:可是,那天以后,我就难见着他了。周家原来的公馆,去
了好些个外国教会的人。周家的新公馆,早修好了,这
就大搬家。听鲁大爷说,周家大老爷,周家新老爷——
就是大海,一时都住到利顺德大饭店去了。我找到那大
饭店,人家根本不让我进去……

张大雄:大海就再不会回杏花巷了吗?

张小英:不会了。鲁大爷正张罗着,要把他们家那两间半房卖了。

张大雄:倒也是。伤心地,离开得好。

张小英:这些日子,我从纱厂下了班,就去利顺德大饭店门口守
着……前天,我总算见着大海了……

张大雄:怎么样?

张小英:他和他父亲,俩人从饭店出来,没上汽车,上的是辆弹簧
马车,认准了大海,我就过去大声招呼他,他倒是听见
了,扭头望了望我,也没回应我,没让马伕停一停,就从

我跟前,马蹄呱嗒呱嗒响,好像有鞭子在抽我的心,那马
车一溜烟地跑远了,拐弯了……我就蹲下来哭,后来巡
警就过来轰我……这不,大海不要我了……(掩面哭泣)

张大雄：先别忙着哭,让我把事情弄清楚。你从没出过远门的,你
　　　　一个人是在怎么到这儿来的?

张小英：不是一个人……

张大雄：跟谁搭伴来的? 难道你让妈陪你来了? 她比你还愚,火
　　　　车票都不会买,住店都不知道怎么住……

张小英：妈没来……

张大雄：那你是跟谁来的?

张小英：鲁大爷带着我来的。

张大雄：(大惊)他? 这还得了? 他……他没占你便宜?

张小英：哪的话!

张大雄：糊涂啊! 咱妈知道是他跟你一起来的吗?

张小英：是咱们妈,托付他带我来的。知道大海是中午那趟车。
　　　　我们坐的是上午这趟车。下了车,我们住在德和旅社,
　　　　各人一间屋。我来这儿,要跟大海问个明白。

张大雄：咱们妈怎么糊涂到了这个份儿上,把你托付给那么个
　　　　混球!

张小英：鲁大爷是有好些个坏毛病。可他疼亲闺女四凤,你不也
　　　　看在眼里吗? 杏花巷的人,都知道我跟四凤,就像一对
　　　　亲姐妹。鲁大爷待大海不怎么好,可是他待四凤好,平
　　　　时见了我,也就只当我是四凤的一个姐姐,连带着对我
　　　　也不错。他见我在纱厂做工累得七死八活,还跟妈说过

啦,也让我去周公馆,跟四凤一样,不那么累,还好吃好喝。

张大雄:亏得你没去!

张小英:那是。可是,大海,他怎么就那么没良心,他这周家新老爷一当,到这儿董事长一做,就把我,跟西瓜皮一样,吃了甜瓤儿,就扔了啊……

张大雄:先不说大海,还是要问你,那鲁贵,一个杏花巷的土鳖虫儿,咱们妈怎么也不忌讳,就放心让他带着你坐火车、住店?

张小英:忌讳他? 难道你就一点儿也没觉察出来,咱们妈跟鲁大爷,早就都有意思了吗?

张大雄:(吃惊)什么?!

张小英:咱们爸死得早,咱们妈靠给人洗衣服,把手上的皮都洗烂了好几回儿,才把咱俩拉扯大,容易吗? 你自从到这矿上做工,什么时候孝顺过妈,你挣的工钱,不知道都花到哪儿去了? 亏得我进纱厂了,能挣点钱,我不让妈洗衣服了,这才稍稍好过了一点。你想想,咱们妈岁数,比鲁大爷略微小点,鲁大爷的媳妇,那鲁大妈侍萍,成年到济南学校里去挣钱,常听人说个词儿:鳏寡孤独,一直不知道什么叫"鳏",后来在夜校里,听老师解释,才知道男的缺伴叫作鳏夫,咱们妈是寡妇,那鲁大爷等于就是个鳏夫,两个人是近邻,抬头不见低头见,一来二去的,有了私情,也没什么大不了的,你说是不是?

张大雄:妈呀! 还有这么些个稀奇古怪的事情!

张小英：有什么稀奇古怪的！你成年累月在外头，你就没有你的私情？

张大雄：有妹妹这么跟哥哥说话的吗？

张小英：哥，你得帮我。大海说要娶我，他不能变心！

张大雄：我怎么左右得了他呀！

张小英：妈现在很为我着急。原本鲁大妈跟她商议过，大海跟我的事儿。那时候主要是大海还没攒够娶媳妇的钱。我比四凤大好些，四凤是个黄花闺女，我都成老姑娘了……我现在也为咱妈着急，我嫁出去了，嫁好了，她跟鲁大爷，也好过了明路，他们都是快六十的人了……鲁大爷跟梅侍萍解除了夫妻关系，周家老太爷跟梅侍萍恢复了夫妻关系，鲁大爷娶咱妈，于理于法，都站住了。

张大雄：嗨！那鲁贵本不是大海的爸，现在绕了一个大圈，若你嫁给了大海，鲁贵又成了他爸了……

张小英：大海在哪儿？这是他的办公室？他就到这儿来吗？他到了，你们得让着我，先跟他说话。

（老板桌上电话铃响）

张大雄：（接电话）喂？找陆襄理？啊，跟我说一样的。我张大雄。什么？董事长坐的那趟车，在前两站停住不走了？让罢工的工人们给逼停的？铁路上的罢工，他们什么诉求？啊，跟咱们矿上无关，他们是为前些天路局警察打死讨薪工友，要求交出凶手、认罪赔偿？……那这样，你们就把接董事长的车，往前开两站，把董事长他们接着，甩开火车，直接送来！

（陆襄理进来）

陆襄理：（对张大雄）你也知道，铁路罢工，把董事长那趟车逼停了？

张大雄：我已经命令接车的直接把车开到火车边上，把董事长和随员接过来。

陆襄理：你下命令？

张大雄：这应该就是您的命令。事不宜迟，我积极应变。

陆襄理：你的应变能力，一贯很强。

张大雄：估计董事长他们，一个钟头以后准到。

陆襄理：你总是错误判断。周大海他们马上就要到了！

张大雄：他们能飞过来？

陆襄理：（对张小英）这位女士，你跟你哥哥谈够了吧？该回下榻的旅馆歇着去了！

张小英：不，我要等大海来！

陆襄理：（对张大雄）跟她说，这里是谈公事的地方，不是谈私事的地方。

张大雄：（对张小英）你就先回德和旅社吧。大海来了，我告诉他你来这儿找他了。他要想见你，自然抽工夫去德和旅社。他要不想见你，我也没有办法。

张小英：我就在这儿，不走。这就是最好的办法。

（鲁贵先从门外探头探脑，然后走了进来）

陆襄理：嘿，你谁呀？跑这儿来干嘛？

鲁　贵：（招呼认识的）大雄呀，大海究竟到没到啊？

张大雄：您呀，先把我妹妹带回旅社吧。

张小英：我不回旅社。我就在这儿等。

鲁　贵：其实呀，我也要见大海，我有要紧的话跟他说。

陆襄理：这都是些什么人啊，乱七八糟的！

鲁　贵：（还是只跟张大雄说话）你妈让我护着你妹子来这儿，我们住进了德和旅社，哪有钱开楼上的客房呀？就各开了一间地下室的小屋子。英子来这儿找大海，我且到旅社小酒吧转转。嘿，就见一个日本人，倭寇相，仁丹胡子，跟那儿犯横，他要日本清酒，人家吧台里的 waiter 跟他说，只有威士忌、白兰地、马爹利、葡萄酒，还有中国酒，就是没有日本酒，他就大声嚷嚷，说这矿山马上就是他佐藤的了，他要把这旅社彻底改造，今后只卖日本料理，只备日本酒……我来是要告诉大海一声，日本人想霸这座矿，他可得留点神！

陆襄理：你是哪儿冒出来的土鳖虫？还会说 waiter！快带着这位女士，马上离开！

　　　　（楼下传来汽车喇叭声）

张大雄：（到窗前朝下望）咦，能这么快吗？董事长他们到了！

陆襄理：我就知道，他一定会自己找车，开到矿上来。

室内四个人都站立着，呈现出不同形态的紧张，一时静默。

门外传来周大海的声音：你们先到会议室等着。

周大海西服革履，阔步入室。

张小英：（几乎要扑入其怀中）大海！

周大海：（凛然的气度令张小英却步）慢。

张小英：大海，你要给我个明白话……

周大海：（和缓地）先回住处吧。

鲁　贵：大海……唔，董事长……我们住德和旅社，各一间屋，你
　　　　得便要来啊……

张大雄：英子，这儿是办公室，你懂的。先让董事长办公。

鲁贵示意张小英识时务，张小英很不情愿地随鲁贵出门，临出门
还恋恋不舍地望望周大海。

陆襄理：董事长，您先坐下歇歇。（张大雄去倒茶）

周大海不坐沙发，也不去坐老板椅。张大雄倒好茶不知该放哪
儿，最后还是放到沙发前的茶几上。

周大海：（问陆襄理）你要跟我汇报吗？

陆襄理：正是。有好几桩重要的事情，要跟您汇报。（周大海不
　　　　坐，他也只好站着）

周大海：好几桩？那头一桩，不就是关于佐藤的吗？

陆襄理：既然您已经知道，我就尽量说得简约些。

周大海：为什么要简约？恰恰应该详细、详细、再详细！

陆襄理：应该的，应该的，我尽可能详细。

周大海：尽可能？

陆襄理：我详细汇报。（望望张大雄，再望望周大海）

周大海：张大雄不必回避。不过现在不要你汇报。过一会儿把该
　　　　召集的人员召集齐了，到会议室你当着众人把话说全。

陆襄理：是的。

周大海：（走到窗前，外望）那四个大字，谁竖起来的？

张大雄：我让工会积极分子竖起来的。上个月咱们一直想竖起这
　　　　四个字，不让。如今，（面有得意之色）我做主，做得比原

来计划的大两倍。啊,劳工神圣!

周大海:去。马上给我取下来!

张大雄:(吃惊)取下来?!

周大海:(严厉)取下来。

张大雄只好出去执行

周大海:陆襄理!

陆襄理:在!

周大海:去把保险箱打开。

陆襄理:是。我马上把文件拿给您看。

周大海:我不看文件。

陆襄理:那您……

周大海:(从西服里面的胸兜取出一个印章匣子来)拿去。

陆襄理:(接过)这是……

周大海:这是上周在工务局登记下的新董事长印章。从那天以
　　　　后,只有盖了公司公章,再加盖了这款新章的文件,才具
　　　　有法律效力。

陆襄理:啊!

周大海:你作为襄理,依然是印章的保管者,并且在董事长批准
　　　　后,司印。

陆襄理去把那印章匣放入保险柜中,放毕,毕恭毕敬回到周大海附近。

周大海:(和蔼地)好,你也去会议室等我。

陆襄理退出办公司,并轻轻合上双开的屋门。

周大海站到墙上的矿区地图前,又腰观看。

幕落。

第二幕

【时间】一个星期后的一天下午。

【场景】周家新公馆的花园一隅。有树木。花丛。太湖石。一侧有可供休憩的洋式长椅,稍远处显露出三层洋楼的立面,是西洋巴洛克风格。另侧大树的枝丫上吊着个秋千。地上放着锻炼身体的一对石锁。风和日丽,鸟鸣阵阵。

周大海身穿白色中式练功服,上衣纽襻解开,露出雄壮的胸肌;下着系裤腿的灯笼裤;脚上穿练功的洒鞋;他正在单臂举石锁。鲁贵从一侧小径走来,一时不敢趋前。

周大海:(瞥见鲁贵,未停止练功)有什么事?

鲁　贵:(这才趋前,面对短时间身份大变的大海,心情复杂)嗯,大……嗯,董事长……嗯,老爷!

周大海:(放下石锁,笑)想起来一个多月前,你的那话了。"什么董事长,到这儿就得叫老爷!"(见鲁贵尴尬)如今更麻烦了,有该叫太老爷的,有该叫老爷的,嘴拙的,舌头还真得拌蒜!

鲁　贵:是的,老爷。

周大海:(看出他心中的愤懑)得啦,你那心里头,直想喊我"小兔崽子",对不对?

鲁　贵:喊惯了。倘若一时喊走了嘴,还请老爷包涵。

周大海:(叹口气)其实我心里头也别扭。十来岁,跟着我妈,随了你,妈让我喊你爸,我统共喊过几声? 生下四凤以后,你的偏心眼,是露在明处的,记得四凤五岁,给她过生日,包的饺子,她那碗是肉馅的,我那碗是菠菜根的……不过说句实话,长到这么大,天天挨你骂,兔崽子,还算好听的,什么野种、拖油瓶、小混蛋……你想怎么骂就怎么骂,可,究竟并没打过我……

鲁　贵：我敢打你?(指指石锁)你妈带你过来,你就练这个,你没打我,就算我的造化!

周大海：毕竟,你管了我吃,管了我穿,吃得不好,究竟没让我太饿,穿得不好,究竟也不比张大雄那样的邻居差,你给我上了学,最后荐我到了矿上……我讨厌你,可我不恨你。

鲁　贵：(想摆脱这沉重的话题)我说老爷,您锤炼身体,非让把杏花巷的这石头家伙搬这儿来,何必? 这公馆里有的是屋子,辟一间,置备些洋器械,弄个健身房,不比这样强?

周大海：下一步,可以弄个健身房,还可以对亲朋好友开放。不过,这石头玩意儿,我用惯了,跟哥儿们似的,抛开它们,不仁义。(坐到长椅上)说吧,找我什么事儿?

鲁　贵：我要再婚了。

周大海：(并不诧异)娶张大婶,是吗?

鲁　贵：敢情您知道。

周大海：司马昭之心,路人皆知。

鲁　贵：我这就把咱们……嗯,我那两间半屋,卖了。

周大海：张大婶她那三间屋,也卖了吗?

鲁　贵：那还得给大雄小英他们留着。卖妥了屋,我就跟张大婶,远走高飞。

周大海：那太好了。祝你们好运。不送。

鲁　贵：只是，想问一声，替张大婶问一声，您究竟什么时候，娶小
英过门？

周大海：（迟疑）嗯……

鲁　贵：难道，您另有打算？

周大海：（怒，站起来）我有什么打算?!

鲁　贵：这明摆着。您现在，人家叫作钻石王老五。这些日子，
有不少跟太老爷交往的贵人，两口子，带着如花似玉的
还没出阁的闺女，来这新公馆，说是看望太老爷，其实
呢……

周大海：醉翁之意不在酒。

鲁　贵：按说，这事情，轮不到我插嘴。可那天大雷大雨里发生的
事儿……非得门当户对，娶个繁漪那样的太太，到头
来……还是有情人成眷属的好。太老爷，他那么个过来
人，怕是不一定非得拆散你跟小英吧……

周大海：那就必须血统清清楚楚。（逼近）小英会是你跟张婶生
的吗？

鲁　贵：你胡思乱想到哪儿去了？我在通州张家湾，运河边码头
上，遇到你妈跟你，收留了你们母子，那时候你十来岁，
第二年有了四凤，直到七年前，才从张家湾，迁到这个大
码头，在杏花巷买了这么两间半，安顿下来，咱们住进杏
花巷的时候，张叔还在，大雄比你大点，小英比四凤大好
多，人家有人家的血脉，你不能血口喷人，更泼张婶的
污水！

周大海：经过我哥周萍跟四凤的事情，我爸，我，不能不防。

鲁　　贵：那是。一朝被蛇咬，十年怕井绳。（想起四凤惨死）我的
　　　　　凤儿……

周大海：（也叹气）谁想到，整个儿一笔孽债。

鲁　　贵：老太爷痛定思痛，必定能以你的幸福为念，不会阻拦你娶
　　　　　心爱的姑娘。小英还是有福的。

周大海：如果我娶小英——

鲁　　贵：如果？

周大海：是，如果。如果我娶她，对你和张婶，有个条件。你们要
　　　　　是不答应，那就不成！

鲁　　贵：对我们？什么条件？

周大海：就是要断绝跟小英的关系。小英跟你们一刀两断。周家
　　　　　跟鲁家、张家，没有一点儿亲戚关系。

鲁　　贵：那小英能跟她妈一刀两断吗？

周大海：那由她自己决定。我看她能决定。

鲁　　贵：那她妈要是不干呢？

周大海：那我就不娶。

鲁　　贵：那，写信呢？

周大海：信也别写。寄来也不收。

鲁　　贵：这为个什么呢？

周大海：你心里明白。

鲁　　贵：合算都是因为我。

周大海：一点不错。

鲁　　贵：（气极）他妈的！你这个——

周大海：骂出来！

鲁　贵：（豁出去了）小兔崽子！小兔崽子！

周大海：再骂！

鲁　贵：（视死如归）你个小兔崽子！

周大海：（并未生气发怒，反而坐到长椅上，蔼然地）对了。我让你在这园子里栽一片梅树，落实了吗？

鲁　贵：（意外）怎么？

周大海：我在问你，栽一片梅林的事。

鲁　贵：（恢复常态）啊，您得知道，梅树，栽在南方能活，栽在这北方，活不成。南方，像无锡，您姥姥家那边，大片的梅林，有处地方叫香雪海，可见梅花开的时候，有多么好。

周大海：我在这北方见过梅树。

鲁　贵：那是栽在花盆里的。那叫盆景梅。

周大海：那你就给我弄好些个盆景梅。

鲁　贵：那不难。周公馆有钱。有钱就能造个盆景苑，专放各色盆景梅，红的，粉的，白的，还有绿花心、紫镶边的……可以盖个大玻璃棚，里头高高低低，摆放上大大小小的盆景梅，请花把式侍弄，说不定四季都有梅花开……

周大海：我请个有名的书法家，给题写"梅苑"两个字，制成匾，挂门上……布置好了，我推着轮椅，让我妈来慢慢地观看……

鲁　贵：你亲爹也会时不时地进去转转。当年无锡周公馆花园边的小偏院，梅妈住的地方，不就是他的梅苑吗？

周大海：我姥姥她自己，究竟姓什么？

鲁　贵：她嫁给了周家的老仆人，那人姓梅，大家伙就叫她梅妈。
　　　　恐怕她自己也不知道还有什么别的姓。就像你妈，她嫁
　　　　了我，大家伙不就叫她鲁妈吗？

周大海：(不爱听，沉下脸)你到月底，结了工资，就走人。这之前，
　　　　你把梅苑的事情给我办妥。

鲁　贵：你要有你梅家的秉性就好了。果然周家的种。周朴园跟
　　　　你，都是狠人。

周大海：(怒)说什么呢？你！

鲁　贵：(恢复奴才相)不敢再说什么。

周大海：退下去！

鲁　贵：是。(先倒退几步，再转身离去)

周大海：面色苦闷，从长椅上起来，重新耍弄石锁。先一臂举锁，
　　　　再双臂举锁。

张大雄：(随声而上)好嘛！不减你在杏花巷的雄风啊！

周大海：(随手扔一个石锁过去)

张大雄：(接住石锁)喝！

周大海：(再扔过一个石锁)嗨！

张大雄：(接住再来的石锁，同时将另手抓住的石锁朝周大海抛
　　　　去)好！

周大海：(接住张大雄扔来的石锁)痛快！

　　　(两个人将两个石锁互扔互接几次)

张大雄：(把接到的石锁放到地面，另手做出停止的表示)哎哟，不
　　　　行了。服你！

周大海：(也把手里的石锁放到地面。撩起衣襟擦汗)爽！找回杏
　　　　花巷的感觉了！

张大雄：我可还没找准周公馆的感觉。原来你们有钱人是这么过
　　　　的！(走动。张望)那回我们一起从矿上进城，你到周公
　　　　馆求见董事长，那个难啊，拦在门房不让进。那滋味今
　　　　天我算尝着了。好在鲁大爷是管家，他忙完别的事，到
　　　　门房那儿，我招呼他，他过去发令，这才让我进来。鲁大
　　　　爷没让我往楼里去，说你在花园里，带我走，他妈的，从
　　　　门房往里，怎么这么多名堂？我东张西望，问鲁大爷，这
　　　　花园这么大，怎么也不见个路灯？晚上黑灯瞎火，怎么
　　　　走路啊？他说老公馆的路灯，跟街上的一样，走明线，结
　　　　果怎么样？一旦掉了线，就电死人了。打前年就造这新
　　　　公馆，原来电线也都是明线，这半个月全改成暗线了，路
　　　　灯是有的，藏在太湖石、湖栏杆什么的里头，晚上亮了，
　　　　才能知道。我以为他把我带到你跟前呢，没想到三十步
　　　　开外，他指指，就转身了。他恒是不愿意见你。当年他
　　　　是你爸，如今你是他老爷。你这变化，比孙悟空厉害！

周大海：你找到这儿来干什么？

张大雄：跟你那时候一样。工会代表要见董事长，谈谈！

周大海：前几天在矿上，咱们不是谈过了吗？

张大雄：可这两天，矿上有新情况。

周大海：什么情况？

张大雄：陆襄理没拍来电报？

周大海：啊，你是说，那佐藤跟公司打官司的事儿？不怕。公司请

了一流的律师,父亲的老朋友,法庭上见。他那假协议,
日期不对,章子不对。

张大雄：你怎么还不把陆襄理开了？

周大海：为什么开了他？

张大雄：那协议合同明明是他伙同佐藤伪造的嘛！这罪过多大！

周大海：我要留着他。

张大雄：就像你留着我？咱们,你,我,还有那二位,四个工会代
　　　　表,我跟他们二位,为了一百块大洋,背叛了你,跟你父
　　　　亲,老董事长,签下了复工合同,你被开除……可这出戏
　　　　演的,没眨巴几下眼,你居然成了董事长,你把他们二位
　　　　开除,可你留下了我……

周大海：你觉得是为什么呢？

张大雄：开头,我觉得,那是因为小英。

周大海：后来呢？

张大雄：有点明白。跟留下陆襄理一样,因为,我们知道得太多。

周大海：还有呢？

张大雄：你又拿捏得住我们。如果换两个人占据我们的位置,反
　　　　而对你这个老奸巨猾的资本家不利！

周大海：老奸巨猾？你比我还大一岁,我老……哈哈哈哈！

张大雄：你比老的更奸猾！

周大海：你到我跟前来,就为了说这些话？

张大雄：当然不是。我是工会代表,自然是来找你这个董事长谈
　　　　判的！

周大海：谈判？谈什么判？难道对我那个工人一人一股的决定,

还不满足？天下哪里能再找出我这么个资本家？矿上的工人，凡做满一年的，公司赠其一张股票，每年年底，都能分红，这不是天上掉馅饼，白到你们嘴里吗？我为什么让你撤掉那"劳工神圣"的大标语？那是白给工人戴顶高帽子，如今的大帅，嘴里也这么喷蜜，你们信那个？我这才是真正让工人成为矿山的主人！

张大雄：一股的年红利能有多少？你们大股东，几万几十万上百万上千万的股票，红利动不动上百上千上万几十万几百万，最大的股东，像你们周家，上亿！就算公司盈利多，一股红利大概也就几毛钱，撑死了一块钱，你们用这个法子，把工人拴在矿上，拟定的条例里，若离开了公司，则那张股票作废，工人自己离职倒也罢了，你们埋伏下的地雷，就是你们还可以裁减、开除工人，裁减、开除了股票也收回，所以什么"工友人人是股东"，完全是鬼话！

周大海：我能说服董事会做到这一步，已经不容易了。我会进一步说服他们，今后规定，不管因为什么，工人离矿了，所赠的那张股票都不作废，死了，亲属还可以继承，只是不能转卖转让，这还不仁至义尽吗？

张大雄：我今天代表工会要跟你谈的，还不是这破股票的事。矿上发现了金子矿苗，采出的矿砂已经储存了不少，你打算再购进 200 张摇床，先把这批矿砂里的金砂，根据那物理学上的什么比重原理，先筛出来，看看成色如何，能赢多少利，再策划下一步的金矿开采和摇床生产……

周大海：这矿，黑金采得差不多了。有的老矿井要报废。如今能产真金,不是大好事吗?

张大雄:对你们这些资本家来说,自然是大好事。但是看守摇床,
　　　　用不着很多工人,所以,你们打算裁减116名煤矿的井下
　　　　工人,是不是?

周大海:116? 这么精确的数字? 你怎么知道的?

张大雄:自然是你们父子都信任重用的陆襄理。你不斥责他吗?

周大海:为什么斥责? 你就该想到,我们放手让他跟你,劳资合
　　　　作,看守矿山,不就是为了让你们互相泄密,有利于董事
　　　　会吗? 他把116这个数字泄露给你,正是我的意思,好让
　　　　你们工会早有思想准备,估计你们就先得按名单琢磨:
　　　　都轮到谁头上啊?

张大雄:你真他妈的奸诈!

周大海:首先你们就得琢磨,工会骨干里,谁会被裁? 想自己留
　　　　下,裁到别人头上,就不免明着称兄道弟,暗地里你拱我
　　　　挤……

张大雄:你少污蔑! 告诉你吧,这回我们工会内部空前团结! 你
　　　　们必须撤销裁员计划!

周大海:必须? 不撤销呢?

张大雄:我们就组织罢工。

周大海:兄弟,咱们以前的罢工,为什么失败? 不说你们背叛的事
　　　　儿,从我这儿说吧,为什么成不了事? 就是因为,设定的
　　　　条件,太硬绷,没有弹性。得量好尺寸,给资本家的压
　　　　力,让他们算计以后,退一步,也还有赚头。你不让人家
　　　　赚了,人家毕竟是大腿,胳膊能拧断大腿? 人家急了,猛

地踹你一脚,你能争到什么?

张大雄:那好。我回去跟兄弟们议议,看怎么才能让你退上一步,
　　　　工友们的利益又怎么才能争到几分。

周大海:哎,这就对喽。我给你支招儿:从裁退的补偿金这个角
　　　　度,提提要求,但,千万不能狮子大开口。

张大雄:你到底还存有点良心。

周大海:你得防着,这点良心,早晚让董事会的那群狼给吃干净。

远处传来女子呼唤周大海的声音,女子从洋楼那边穿花度柳,终
于来到这个地方,女子是露伊莎,穿着细腰身的西洋长裙,头上戴
着有大花装饰的阔沿帽。

露伊莎:周大海!啊呀,你在这儿!总算找到你啦!(眼里只有周
　　　　大海)我想你想了好几天,真好,你在我眼前了!(贴近
　　　　端详)啊呀,你这身中国练功的打扮,太帅了!(竟然拥
　　　　抱周大海,周大海后退摆脱)

张大雄:(尴尬,对周大海)那我……

周大海:(向露伊莎介绍)这位是……我的发小,就是打小一起玩
　　　　儿的伙伴,张大雄。(向张大雄介绍)这位是从德国来的
　　　　露伊莎小姐。

张大雄:(对露伊莎点头)您好!

露伊莎:(伸出手去,张大雄挨了挨,算是握手)发小!这个中国词
　　　　儿真好!

张大雄:(对周大海)那,我就不打搅了,告辞。

周大海:(挽留)没事儿!一起聊聊吧。

张大雄：（犹豫）我……你们聊吧。

露伊莎：（大方地）是的。我跟大海要单独聊天呢。

张大雄：（知趣，对二位）再见！（从来的方向退场）

露伊莎：（扑到周大海身上，紧紧拥抱）我亲爱的！

周大海：（柔和但坚决地摆脱她）别这样，我别扭。

露伊莎：（把帽子摘下，扔到长椅上，把秀发甩开）是呀！我太性急了。可是，我对你的爱，真的跟火焰一样，熊熊燃烧，谁都扑不灭的！

周大海：我有什么可爱的！（把上衣的扣袢从下往上扣住）

露伊莎：别全扣上，留着最上头的三个，啊呀，你自己不懂，你的胸肌有多么优美，胸沟里还有不多不少的胸毛，你整个儿是个中国版的大卫！

周大海：大卫？

露伊莎：我慢慢告诉你。好的，我先不拥抱你，我先好好地隔几米欣赏你。（坐到长椅上，欣赏周大海）

周大海：（面对露伊莎站着）你好怪。你们西洋女子，都这么……（一时找不准词儿）浪？

露伊莎：要说：浪漫。是的。我父亲是德国人，母亲是法国人。德国人很理性，法国人很浪漫。我把父母的理性和浪漫，都继承了。先说浪漫。浪漫就是由着自己性子，遇上可爱的人，就大胆表白，就希望拥抱、接吻……

周大海：接吻？

露伊莎：就是亲嘴。你一定体验过的。如果双方都愿意，那就进一步……

周大海：行，别说了。（转换话题）你父亲还在跟我父亲聊天？

露伊莎：他们总有话说。你们周公馆的人，都叫我父亲克大夫。
　　　　我父亲的德国名字，说全了，一长串儿，简单点，就是赫
　　　　尔穆特·克鲁格，你们中国人真行，给缩成一个音，克，
　　　　克大夫。啊，真有趣。

周大海：他们在德国认识的。

露伊莎：（以手势让周大海也坐长椅上，周大海把两个石锁以侧面
　　　　相叠构成一个石椅，坐在她对面两米处）你那样舒服吗？

周大海：舒服。你什么时候随你父母来中国的？

露伊莎：十三岁的时候。到现在一晃十二年啦！不过，我回德国
　　　　上过大学。我有双语优势。

周大海：什么优势？

露伊莎：就是我又能说德国话、读德文书，也能说中国话、读中国
　　　　书。你听我中国话说得怎么样？

周大海：少量的音有点怪怪的，大体上，就跟中国姑娘在说话一样。

露伊莎：我喜欢中国文化。我大学学的是东亚文化系汉语专业，
　　　　我现在算得上是个汉学家哩！

周大海：汉学家？

露伊莎：西方研究中国文化的学者，一般被称为汉学家。比如说，
　　　　我的这个中文名字，露伊莎，当然是按德文的发音来选
　　　　择汉字的，我这当中的伊字，你知道是怎么写的吗？

周大海：衣服的衣？

露伊莎：哪儿啊！是"秋水伊人"的那个"伊"！

周大海：什么什么？什么"伊人"？

露伊莎：你看，这就是汉学。中国古时候，有部诗歌集，叫《诗经》，
　　　　里头有首诗是这样的，(站起来，走动着吟诵)蒹葭苍苍，
　　　　白露为霜；所谓伊人，在水一方。(停顿后)你不觉得很
　　　　优美吗？

周大海：听着倒挺顺耳。

露伊莎：意思是，秋天的芦苇上，都结霜了。我想念的美人儿，在
　　　　那水边。伊人，就是那个美人儿。

周大海：你是那个美人。

露伊莎：现在我吟诵这诗句，你就是那让我想念的美人儿。

周大海：(大笑)我是美人儿！(站起来)你的话，怪怪的。

露伊莎：(走动到一侧大树上吊下的秋千，很自然地坐上去，手扶
　　　　吊绳，轻轻荡动)我觉得，你是喜欢听的。我头一次见到
　　　　你，还是在那个闷热的，雷雨就要到来的下午。我跟我
　　　　父亲到你们旧公馆去做客。我在门房外头，一眼看见了
　　　　你。那时候你还是个矿工。我像被雷击了一样。呀！好
　　　　阳刚！好雄壮！那就是一见钟情！

周大海：一见就钟情？你们外国人的德行吧？

露伊莎：全人类都一样。你们中国有部戏剧叫《西厢记》，七百多
　　　　年前的戏啊，里头的男主人公张生，在一所寺庙里见到
　　　　了崔莺莺小姐，只看了一眼，就爱得发狂，有句戏词，"猛
　　　　然见五百年风流孽冤！"就是他们的一见钟情，是五百年
　　　　前就注定的！七百年前，我们欧洲还野蛮得很呢，中国
　　　　就有这样的戏剧，这样的表达，真了不起！

周大海：我们中国人，现在的，常说一句话：日久生情。

露伊莎：那也不错。还有一句中国话，叫作"一回生、二回熟"。记得我第二次见到你，已经是你们家遭遇大变故以后了，你们原来的周公馆，捐给德国天主教会了。你已经跟周家认同。按中国的说法，是认祖归宗了。那次，我父亲安慰你父亲，我就也是在花园里，安慰你。

周大海：你说了好些个话，叽里咕噜的，我全没听明白。可是你提到了一个德国人……

露伊莎：我提到了卡尔·马克思。记得你的眼睛就睁圆了。

周大海：那是因为，之前，有穿灰布长袍的教书先生，到了我们矿上，在工会的小破屋子里，跟我们谈心。他也提到过这个德国人，说他是为我们劳苦大众说话的。说现在的社会制度不好，人剥削人，以后会是社会主义，人人劳动，谁也不剥削谁。你能多给我讲讲这位马先生吗？

露伊莎：他写了大部头的著作，叫作《资本论》。他提出了"剩余价值学说"。不过，很抱歉，我对他的学说不是很清楚。我那天只是告诉你，世界很大，办法很多，不要让痛苦摧毁自己，说这些的时候，偶然地，提到了马克思。他的学说，也许真可以帮助人们找到前面的光明。

周大海：前面，光明。

露伊莎：你知道那天我见到你，总盯着你的眼睛。你的眼神，让我想到了另一个德国人。

周大海：谁？

露伊莎：他叫西格蒙德·弗洛伊德。

周大海：他也为工人们说话吗？

露伊莎：他是个心理学家。对。我们德国出了不少这种人，提出
　　　　理论的人。他提出，成年男子，多半有"俄狄浦斯情结"。

周大海：俄狄浦斯又是谁？

露伊莎：古希腊的一个人。有天他走路，遇到一个怪物，好像是个
　　　　蹲着的人，又长着好大的一对翅膀。那怪物逼停了他，
　　　　跟他说：我出一个谜语，你猜对了，我死，你走你的。你
　　　　猜错了，我就把你吃掉。

周大海：好家伙，是个什么谜呢？

露伊莎：什么东西早上四条腿、中午两条腿、晚上三条腿？

周大海：你先你别说谜底。我猜猜……（去把石锁分别拿到左右
　　　　手，运用臂力左右倒换）嗯……

露伊莎：是什么东西？（从秋千下来，转动在周大海身边，欣赏他）
　　　　所谓伊人，你发力的模样好迷人！

周大海：（放下两个石锁）真不知道是什么东西！

露伊莎：谜底是：人！你想想，人生出来不久，小时候，手脚并用，
　　　　爬着走；长大了，腰杆直了，两条腿走；年纪大了，挂拐杖
　　　　了，可不就三条腿走了吗？

周大海：哎呀，就没往这上头想……

露伊莎：那俄狄浦斯猜了出来，那叫作斯芬克斯的怪物惨叫几声，
　　　　自己撞死了。俄狄浦斯后来就当上国王了。

周大海：他倒不错。

露伊莎：什么不错。他后来娶母杀父！

周大海：怎么回事儿？

露伊莎：以后有工夫再细讲。那个德国心理学家弗洛伊德，他就

研究出来，成年男子，多半跟俄狄浦斯一样，有恋母情结，就是对母亲有深厚的爱，对父亲呢，总合不来，甚至总想干脆把父亲杀了算了！

周大海：这也是个学问？

露伊莎：当然。那天在你家旧公馆，改成了教会医院的那儿，你的眼神儿，对你母亲，整个儿温柔得不再温柔，你爱母亲，爱得好深。

周大海：那当然。我愿意为她去死。

露伊莎：可是，你对周朴园，虽然你认他是亲生父亲了，你眼睛里，还露出对他的怨恨……

周大海：我现在并不要杀他呀！

露伊莎：你跟他的亲子关系，还是我爸爸通过血型对比，给证明的。也许人类以后会有更好的方法，更精确，更让人信服，但到目前为止，血型对比，还是一种比较靠谱的办法。我帮着爸爸做了这件事。周朴园的血型是 A，梅侍萍的血型是 O，你的血型呢？如果验出来是 B 型，或者 AB 型，那周朴园就不是你的生父。结果你的血型验出来了，A 型。

周大海：这血脉的事，真古怪。我哥哥周萍，跟我妹妹四凤，怎么就不能结婚呢？

露伊莎：他们同母异父，不能的。那叫作近亲繁殖，要生出傻子来的。而且，不管是在我们那边，还是在中国，都是违背人伦的。那个周冲，跟四凤倒是异父异母，可他们没有真爱。

周大海：我这两个可怜的兄弟。

露伊莎：别为他们叹息了。珍惜眼前吧。看，我多么漂亮，也很性
　　　　感，不是吗？我们结合，能把德国和中国血统里的优点，
　　　　充分地融合！大海，爱我吧！娶我吧！为什么不？（扑到
　　　　周大海怀抱，亲吻他的胸肌、脖颈，还想亲吻嘴唇）

周大海：（推开她）你别……你怎么这样！

露伊莎：（离开周大海一些，但仍痴痴地望着他）大海！爱是无罪
　　　　的！我就是爱你，爱你的身体，爱你的阳刚之气，爱你
　　　　这——行走的荷尔蒙！

周大海：（退后，愠怒）什么？"我蒙"？

露伊莎：你早晚会理解我，爱我，接纳我的！

周大海：我们可以做朋友。聊一聊。可是你记住，我是永远不会
　　　　爱一个洋妞儿，更不可能娶一个洋媳妇的！

露伊莎：（含着泪水）啊！我多么痛苦！（从长椅上拿起帽子戴上）
　　　　我想我们还会有聊天的机会。

周大海：（不想决绝）那当然。其实，我还是喜欢你跟我说些新鲜
　　　　玩意儿的。下次，再跟我说说马克思。

露伊莎：（整理帽子、衣裙）好的。再见。（伸出右手）你见过的，知
　　　　道该怎么跟我这样的女士告别。

周大海：（弯腰，用右手轻轻握住她的手，用嘴唇轻轻地触碰其手
　　　　背）很荣幸。再见。

　　　　（露伊莎活泼地从来处隐退）

周大海：（心有点乱）这都是什么情况？（把一个石锁高抛，然后接
　　　　住。再想做一次，力不从心。把石锁放到地上）哎！

张大雄：（忽然从秋千那侧树丛后冲出，大怒的样子）姓周的！你
　　　　个混蛋王八蛋！

周大海：（面对他，茫然）怎么？

张大雄：鲁贵告诉我了，你要小英跟妈断绝关系！

周大海：那不都因为是鲁贵要娶张大婶吗？

张大雄：你断绝人家母女关系！你不是人！你们周家都不是人！
　　　　一窝禽兽！

周大海：你冷静冷静，你听我说……

张大雄：还有什么好说的！你等着，你去矿上的时候，我让罢工的
　　　　工友把你用唾沫淹死！（愤愤然转身从来处跑下）

幕急落。

第三幕

【时间】第二幕的三天以后。幕启时刚过午。

【场景】同第一幕。

陆襄理如同热锅上的蚂蚁，在室内焦躁地走动。

老板桌上的电话铃响。

陆襄理：（急切地接电话）是我。王主笔，怎么样？最后的庭辩结
　　　　束了？下午就宣判？形势大好？佐藤方面胜算大？啊
　　　　呀，太好了！太不容易了！再有消息马上再报！一定重
　　　　谢！（放下电话，搓手，仍在屋里走动，不再如热锅上的
　　　　蚂蚁，恰似抓到食物的螳螂）啊呀，啊呀，周家搬来的大
　　　　律师，看着好吓人呀，呸，却原来是银样镴枪头！

张大雄：(从外面进来)什么事，高兴得你这样！

陆襄理：(去坐到老板椅上)哈哈！稳啦！(边说边让那转椅转了两圈)

张大雄：周家输啦？

陆襄理：那周大海还在视察摇床车间？

张大雄：他对开金矿、筛金砂野心勃勃。

陆襄理：那好啊。任命他做总经理，给咱们好好干！

张大雄：怎么着，他一会儿回来，你就不让他坐这把交椅了吗？

陆襄理：(起来走到屋子中间)那倒不必。我再装俩钟头孙子。让他再给暖暖椅垫。不过，你快把那边柜子上的两只和式细瓷套杯，还有我特地带来的日本松竹梅清酒，拿到这边茶几上来，佐藤先生一会儿准到。

张大雄：佐藤先生不在法庭上吗？

陆襄理：你个法盲！这种民事诉讼，都是双方律师到庭上去唇枪舌剑，原被告可以不去的。佐藤先生一早就到了德和旅社，看来他昨天就稳操胜券了！

张大雄把日本清酒和酒具拿来搁在茶几上。

桌上电话铃响。

陆襄理：(接电话)是我，王主笔。气氛诡异？怎么？看见周朴园在利顺德大饭店，跟德国人在一起？哎呀，是德国的克大夫吧？周朴园在德国留学的时候，两人就交上啦。他那第三个老婆，对，第三个，头一个，梅侍萍，名不正言不顺，可是他一直把她定位成原配。第二个，就是梅侍萍抱着周大海跳河以后，娶进来的有钱有势的女子，可是没生育，后来得病死了，然后才娶进了繁漪。第三个，现在疯了，周朴园一直请那克大夫给繁漪看病……什么，不止克大夫一个德国人？还有个洋妞儿吧？那应该是克大夫的女儿……

张大雄：（插嘴）叫露伊莎。我见过。

陆襄理：（白他一眼）你没见有什么洋妞儿？除了克大夫，还有几位都是德国男士？……管他们啦，这跟官司有什么关系？……什么，他们那头的律师也出现了？哈哈，官司输了，那律师费打折了，怕是去要求减免折扣的吧？……那周朴园神色怎么样？拒绝采访？那是当然的，这骨节眼上，哪边的人士能待见你们！……周朴园神色自若？那老贼一贯如此，泰山崩于前，黄河倒流去，总装出花开花落两由之的洒脱样儿……不过下午一宣判，他脸上未必还挂得住，董事还有份儿，董事长可就必须换啦！……什么？传闻换成我？哪里哪里，谣言谣言……好，好，随时通气……你好消息晚报上一登，我这儿的润笔费立马汇出，放心！（放下电话，喜形于色）

张大雄：恭喜发财啊！

陆襄理：我恭喜你什么呢？你们工会不是要给周大海一个下马威吗？怎么今儿个早上，他到了矿上，你们按兵不动？

张大雄：（愤愤然）他妈的！我回到矿上，就跟哥几个说，周大海薄情寡义，不是东西，竟然逼我妹妹跟我妈断绝母女关系！咱们对他要千夫所指，先骂他一个丧尽天良！

陆襄理：结果怎么样呢？义愤填膺了吗？同仇敌忾了吗？

张大雄：他妈的！一个个事不关己，高高挂起，都说，那是你们家的私事，清官难断家务事，咱们还是讨论矿上要裁人的事儿要紧！

陆襄理：确实要裁人。董事会换了董事长，为了公司的发展，裁人这一点，是没有争议的。名单明天宣布。

张大雄：敢情周董事长也好，陆董事长也好，在宰割劳工这件事情上，心思是一致的。

陆襄理：嘻嘻，天下乌鸦一般黑么。

张大雄：真个是，无毒不资本！

陆襄理：你们工会，打算怎么应对？

张大雄：不能阻挡裁员，那就跟你们提出来：必须给每个被裁的工友，发放相当于三个月工资的补偿金！

陆襄理：哈哈，非洲狮子打哈欠，也没张这么大的口！

张大雄：必须先张大口，然后劳资谈判，工会方面可以逐步把嘴张小点，不答应，就罢工，你们就该扒拉算盘珠了，怎么把你们的损失，减到最小，让一点儿，但我们也绝不能轻易让步，双方都得有弹性，都别鱼死网破。

陆襄理：谁教你的这一套？

张大雄：正是那周大海！

陆襄理：啊哈，你提供的情报，很有价值。我要在董事会上公布，看哪个董事还会容忍他坐那把交椅！

张大雄：我是把你当个朋友，才跟你这么聊天的。什么情报！

陆襄理：从工会角度，你就是个内奸！从周大海的角度，你就是

　　　　　卖友！

张大雄：你怎么跟我翻脸？咱们不是一直合作得挺好的吗？至少
　　　　算是朋友吧？

陆襄理：谁跟你是朋友！你就是一个臭劳力！我问你，你今天上
　　　　工了吗？你有什么资格跑这个办公室来转悠？

张大雄：三班倒，我刚下了夜班。我是来找董事长周大海的。你
　　　　清醒点儿，至少这会儿，现在，那把椅子，还是周大海坐。
　　　　你的襄理办公室还在楼下，去那儿稍着去！

陆襄理：今后那是周大海的办公室啦。妈的周朴园，多少年来，一
　　　　直又是董事长又兼总经理，后来提拔了我，把我当总经
　　　　理使，却不给我总经理的名分，只给我个襄理的头衔，薪
　　　　水比总经理应拿的少一半，干的活儿又比总经理多一
　　　　半！我算熬到头啦！周大海去楼下办公，我这人厚道，
　　　　我把那办公室牌子换成总经理办公室，襄理么，先虚位，
　　　　再招贤……

张大雄：（半认真半玩笑）那你看，我贤不贤？

陆襄理：你？咸！齁咸！你个打死卖盐的！

张大雄：瞧你这得意忘形的！

陆襄理：（再坐到老板椅上，拉开抽屉，拿出文件）那么，好，我就再
　　　　得意给你看！这是明天要宣布的裁员名单！

张大雄：给我睐一眼，都有谁？工会干部有吗？几个？

陆襄理：（拿起笔）呵呵，原来名单上没有你，现在，我加上你！看
　　　　看换掉哪一位？他倒白捞着了！（在名单上添加张大雄
　　　　名字）

张大雄：（过去抢名单）你竟然对我下毒手！

陆襄理：（让他把名单抢去）你撕了吧。反正有备份。那周大海他
　　　　还留着你。我是一定要除掉你的！我的事，你知道得太
　　　　多啦！

张大雄：（浏览名单，然后扔回去）小样儿！知道得太多，才应该特
　　　　别地留下！周朴园、周大海都一直留着你，就是这个道理！

门外走进张小英和鲁贵。

张小英：哥！

张大雄：（迎过去）你们！怎么又跑这儿来？

陆襄理：（难以容忍）出去！办公重地，闲人免进！

鲁　贵：这不是大海的办公室吗？是他让我们到这儿来等他的。

张小英：就是。我们在门口遇见大海了。他正坐进汽车，说是去
　　　　火车站接个人，回来就跟我们办公事。

陆襄理：跟你们办公事？你们有什么公事？

鲁　贵：（自己坐到长沙发上）要签一份文件。

张大雄：（惊诧）签一份文件？跟你们？

张小英：（坐到长沙发一侧的单人沙发上）我想了想，还是答应了
　　　　大海。还有，妈也同意了。她说，我嫁好了，她放心了，今
　　　　后就是断绝来往，也认了。

鲁　贵：两清了，也好。我打算跟你们的妈，迁到南方去住。我们
　　　　也都老了。还有几年的活头？我们图个痛快。只要大
　　　　海真待小英好，说不定，过几年，他也不一定还这么执
　　　　拗，没准儿，小英跟你妈，还能见面。

（陆襄理无奈，气呼呼站到窗前，朝外望）

张大雄：小英，你怎么糊涂起来了？那大海要你跟妈断绝关系，还要签什么文件……

张小英：嗯，说是保证书，上头会写着，我跟妈断绝母女关系，她跟鲁大爷成亲后，我们保证不见面、不通信……最后要按手印的。

鲁　贵：我也在上头按一个。这不算什么！

张大雄：这跟卖身契有什么区别？周大海这么无仁无义，简直不是个东西！（朝张小英）你居然还要嫁给这么个混蛋！

张小英：你跟我嚷嚷什么？这些年，你什么时候真的关心过我？我都成老姑娘了，再不嫁出去，你供着我？我已经被纱厂开除了，我没别的路可走。再说，我跟大海，真的是我有情，他有意，现在他那么个公馆，家长不乐意他跟张家、鲁家论亲戚，他也确实讨厌鲁大爷，他立了这么个规矩，我想，也没什么大不了的，只要他真娶我，真疼我，我也就够了。

鲁　贵：唉，说来说去，还都因为我是个厌物。可我跟你们的妈，也是我有情，她有意啊。（观察茶几上的日本清酒良久，忍不住斟上一杯，喝了起来）怎么跟掺了水似的，这能算酒吗？

陆襄理：（发现鲁贵喝酒，立即去制止）嘿，你这人什么德行？这是你的酒吗？你拿起来就灌？

鲁　贵：董事长请我上来的。我既然是客，他的酒我喝两口，怎么啦？我当了他二十年后爹，我养活他这么大，他该拿多少好酒填补我？

陆襄理：（取来一个带提手的藤编筐，把清酒和酒杯装进去）这酒
　　　　不是他的，是我的！（将藤筐放老板桌上）

鲁　贵：你的，往他这儿乱放！（抹嘴唇）原来清酒这么不地道！
　　　　那德和旅社里，日本狂人佐藤，还嚷嚷要把那楼下的酒
　　　　吧全改成卖日本清酒呢，谁他妈愿意喝这么一口猫尿！

佐藤一身和服，脚下木屐，跟跄进入。

陆襄理：（迎上佐藤，扶住佐藤）佐藤先生，您怎么醉成这样了？
　　　　（见沙发区已经被侵占，扶佐藤到老板椅那里坐下）是该
　　　　一醉方休呀！您是来找我的？我正要到德和旅社去拜
　　　　见您啦，看（指指藤条筐），知道那儿没有您喜欢的清酒，
　　　　我都准备好啦，我送您回旅社，在那儿再陪您喝上几盅！

佐　藤：（烦躁地推开贴近的陆襄理）你！你真是，"商女不知忘
　　　　国恨"！

陆襄理：什么什么？这是怎么说的？

佐　藤：你们中国的唐诗，"商女不知亡国恨，隔江犹唱后庭花"！

陆襄理：您这就是胡比乱引啦！

桌上电话铃响。

陆襄理：（立刻接听）啊！宣判啦！佐藤株式会社胜诉！太好啦！
　　　　庭上乱起来了？为什么？佐藤方面的律师抗议？扬言
　　　　上诉？你搞岔了吧？应该是周家的律师抗议，扬言上诉
　　　　啊！看你激动的，话都说反了！……什么，谁鼓掌？周家
　　　　的律师鼓起掌来了？气疯了，气疯了啊！……（得意地）

往德和旅社挂电话没找到佐藤先生？呵呵，佐藤先生跟我在一起啦，就在我身边！好，我请佐藤先生跟您说几句——（把话筒递给佐藤，佐藤一巴掌将话筒打落，陆襄理抓住话筒，想继续对话）喂，喂……（只好把话筒放回原处，电话铃忽然又响起，立即接听）王主笔！佐藤先生确实就在我身边，不过他现在不想接受采访，您现在最好去利顺德大饭店，采访一下周朴园，欣赏欣赏他那"无可奈何花落去"的神态……我嘛，我也不接受采访……我是否具有佐藤株式会社股份代持人的身份？那是确实的，不过，更多的，我也无可奉告！再会！（挂断电话）

陆襄理接电话期间，张大雄站在沙发区紧张地聆听，鲁贵和张小英小声议论着什么。

陆襄理：（见佐藤昏昏欲睡，把那老板椅后背后仰，调整为半躺椅）佐藤先生，那您就先歇歇。哎，看把他高兴的！醉成神仙了。

张大雄：（走过去）他刚才引那么两句唐诗，怕是不祥之兆啊！

陆襄理：你懂什么！

张大雄：也许懂点儿。有城里来的先生，在工人夜校讲课，讲到这两句诗。是死到临头还傻乐的意思。商女，就是婊子。佐藤先生把你当婊子！

陆襄理：你才是婊子！你刚才也听见了，法院判了，佐藤胜诉！周家败诉！我经手的那个佐藤控股的融资方案，成立！

佐藤打起呼噜。

陆襄理：你们这家子，都出去！佐藤先生要在这儿休息休息。

张大雄：毕竟这会儿，这里还是周大海的办公室。你就是取代他，
　　　　也得在开过新的董事会，下了正式任命，才算数。

陆襄理：反正他是兔子尾巴，长不了啦！（过去轰鲁贵和张小英）
　　　　去去去，这儿不是你们待的地方。

鲁　贵：（根本不理陆襄理）大雄，那边是不是有大海的白酒，倒一
　　　　杯来给我解解渴。（张大雄果然去酒水柜那里给他倒酒）

张小英：（瞪着陆襄理）大海让我在这儿等他的。我倒不知道您在
　　　　这儿算怎么档子事儿！

鲁　贵：（接过张大雄的酒一饮而尽，吧唧嘴唇）这才算得是酒啊！
　　　　再来一杯！

张大雄：得啦！我给妹妹倒杯茶去。（听见楼窗外汽车声，便没倒
　　　　茶）这下有好戏了！

陆襄理：（也去窗前朝下望）看不真，进楼了……

稍后，周大海先进，随后是露伊莎。周大海西服革履，露伊莎着淡
绿色紧身上衣，下面是紫罗兰色的长裙，头上戴无檐帽，帽上有显
著的鸟翎装饰，手里捏一个金色的仕女包。
室内众人除仍在打呼的佐藤，都望着进来的二位，表情各异。

周大海：（向各位介绍）这位是露伊莎小姐，我的客人。（瞥见老板
　　　　椅上的佐藤）哈哈。

陆襄理：（仍在老板椅旁护卫佐藤，对周大海）您就先到沙发上坐
　　　　吧。佐藤先生快醒了。

鲁贵坐在长沙发上，张小英坐在一侧的单人沙发上，周大海示意
露伊莎坐另一侧单人沙发，露伊莎不坐，去到窗前朝外瞭望，把手

拿包随手放窗台上,张大雄站到周大海面前。

张大雄:(嘴角朝露伊莎那边歪歪)你带她到这儿干什么?

张小英:(站起,先问张大雄)这就是那个洋妞吗?(再问周大海)她是你朋友? 你怎么跟洋妞做朋友?

周大海:是父亲拍来电报,让我去车站接她的。她带来父亲一封重要的信,让我亲启。

张小英:(朝从窗户转过身的露伊莎望去,鄙夷地)洋妞!

露伊莎:(朝张小英走去)您是张小英小姐吧? 我叫露伊莎。认识您很高兴。(伸出手去求握手)

张小英:(拒绝握手)德行样儿!

露伊莎:(收回手去,微笑着)啊,这句中国话我听得懂的。张小姐,您这样很不礼貌啊。

张小英:你来干什么?

鲁　贵:(站起来帮腔)是呀,你到这儿来干什么?(朝周大海)大海,你不是约小英来签保证书的吗?

周大海:(望望老板桌那边,苦笑)不忙。

张小英:(埋怨)大海,你究竟想怎么样? 你以为我什么都不知道? 哥告诉我了,你跟这个洋妞,好不正经! 在你家花园,哥全看见了! 丢人!

露伊莎:张小姐,别这么说。大海跟我,没做什么丢人的事。如果说张大雄先生看到的,我跟大海亲热的情况,那他应该给您描述清楚,大海是被动的,我是主动的。

张小英:你臭不要脸!

周大海:(劝阻)别骂人。

张小英：（重重地坐回沙发，哭起来）你护着他，呜……（鲁贵坐回长沙发靠近她处，低声安慰着）

露伊莎：张小姐，这可不好。您大可不必这样。我知道，您急着要嫁给周大海。可是，您想一想，您真的爱他吗？如果爱他，先要懂得欣赏他……

张小英：（不解，带哭音）欣赏？

露伊莎：是的。（左右走动着说话）我们欧洲，有个国家，叫意大利……

陆襄理：是呀，佐藤先生去过！

露伊莎：意大利有一座城市，叫佛罗伦萨，佛罗伦萨市政广场上，有座雕像，整个用大理石雕出来的，雕它的是个伟大的艺术家，叫作米开朗琪罗，这个雕像，雕的是一个身躯健美的男子，叫作大卫，这雕像是完的裸体，就是没有任何衣服遮挡，把人的身体直截了当地呈现出来，非常非常美丽，非常非常动人……

张大雄：赤身裸体，还在大广场上，丢死人了！

张小英：你说这些，都不知道点羞耻！

露伊莎：那是因为，在人体审美上，你们还很蒙昧。

张大雄：蒙什么？什么妹？

露伊莎：（对张小英）如果你爱周大海，你首先就该懂得欣赏他，欣赏他那如同大卫般雄健的身体！

张小英：（目瞪口呆）他？大卫？

露伊莎：是的。大海就是中国的大卫，活的大卫，活生生的大卫，喷发着荷尔蒙气息的大卫！（朝周大海）我的大卫！我

的爱！（当众就要扑到周大海身上）

周大海：（一直站在屋子中央，一边聆听，一边思考，避让开露伊莎后）别这样，他们不理解的。

张小英：（看出周大海只是觉得当众不合适，却并不因此嫌厌露伊莎，站起来，先对周大海）你花心！（再对露伊莎）你不要脸！

鲁　贵：（站起来助阵）德国娘儿们，你快滚蛋！

张大雄：（朝周大海）你还能容忍？！

陆襄理：（在那边看热闹，还嫌场面不火爆）嗬嗬嗬，又一次世界大战啦！（拍掌）打啊！打啊！

佐　藤：（被吵闹声惊醒，鲤鱼打挺落脚老板椅边）怎么回事？（环顾）这是哪里？

陆襄理：（凑趣）这是德意志又一次挑事儿啦！

佐　藤：德意志？（逐渐清醒，张望，望到露伊莎）啊，德国人！果然，德国人插手了！（问露伊莎）你是叫露伊莎吧？

露伊莎：您是佐藤先生吧？

佐　藤：您父亲，是赫尔穆特·克鲁格吗？他兄弟，马丁·克鲁格，你叔叔，我们在高尔夫俱乐部见过。

露伊莎：正是。

佐　藤：（怒，双拳擂桌）"八格牙路"！

露伊莎：佐藤先生，骂人可不好！

佐　藤：（沮丧）没想到败在你们克鲁格托拉斯身上！

陆襄理：（感觉不妙）佐藤先生？

佐　藤：（命令陆襄理）把这老板椅复原！（陆襄理复原）拧紧了！

（陆襄理把老板椅调整好以后）你让开！（自己走出来，
到周大海身边，愤恨地鞠躬）请回你的位置！（朝茫然的
陆襄理）还不把董事长扶过去！

陆襄理：（大惑不解）佐藤先生，咱们的官司，不是胜诉了吗？您不
是指定我作为佐藤株式会社的股份代持人，出任董事
长吗？

佐　藤：胜诉？哼哼，胜，是惨胜啊！

张大雄：惨胜？胜诉了还惨？

陆襄理：佐藤先生，您是不是还在醉乡里？您这是怎么啦？

佐　藤：姓陆的！你这条狗，我白养了！你吞的大洋、金条，都给
我吐出来！你要还想挣这份襄理的薪水，你得求周董事
长！你给他趴地上，学狗爬！（朝周大海）周董事长，回
位吧！

周大海去老板桌后坐老板椅上。张小英和鲁贵仍坐在沙发原位
置，对眼前的事态感到莫名其妙。佐藤丧气地暂时坐到长沙发另
一端旁的单人沙发上。张大雄坐在张小英坐的单人沙发的扶手
背上。露伊莎到窗前，但背朝窗外，倚在窗台。陆襄理站在老板
桌旁，万箭穿心。

鲁　贵：（站起来，朝周大海）大海！办咱们的事吧。你说怎么
签啊？

周大海：您先坐。事情要一件一件处理。（朝陆襄理）陆先生，您
是打算这就走人呢，还是求求我，还留任您这个襄理？

陆襄理：究竟怎么回事儿？

周大海：佐藤先生不是说了吗？他官司确实胜诉了，可那是惨胜！他本以为由你这条狗看守他的利益，已是板上钉钉的事，所以他一早就来到矿上，想让你带他视察金砂的开采和摇床的情况，没想到吧，法庭本来是要判佐藤败诉的，因为你们炮制的那个协议，实际上非法，可是，我们现在有了德国马丁·克鲁格托拉斯的，超佐藤株式会社五倍的投资，从股权持有上，已经大大稀释了佐藤的份额，佐藤既然并非最大股东，自持也罢，代持也罢，完全没有出任董事长的资格！而马丁·格鲁克托拉斯，有最充分的话语权，提名我们周氏公司的代表，担任董事长，谁能阻挡？

佐　藤：（插话）我不阻挡。可我要抽出我的融资。我不跟你们玩了！

周大海：所以啦，如果法院判你败诉，你当然就可以抽出，可是，没想到吧，我们周氏父子公司，居然苦苦求败，而最后的结果，是判你胜诉，你胜诉，那你签署的融资协议就立即生效，你已经投入的资金就不能随便抽出，你未到位的资金，还得乖乖地掏出来补全，你不跟我们玩了，我们可还要玩你！

张大雄：啊呀，明白了，果然是惨胜啊！

陆襄理：原来是这样！啊啊啊啊……（愣了一阵）我糊涂！（打自己耳光）我我我……（喘息一阵，扑通跪在老板桌前，对周大海）大海，看在多年来我为你们这矿没有功劳也有苦劳的份儿上，就饶了我吧！我是一时的鬼迷心窍，也是被他(手指佐藤)威胁利诱,才到了今天这个地步!你开除了我,我更没办法退还他贿赂我的大洋跟金条,我以为稳操胜算,沉不住气,我……用一大半买了债券了呀……我还有一家老小,不能饿死呀!……

周大海:我为什么还要留你?

陆襄理:因为,我知道得太多太多……

张大雄:(插话)可这骨节眼上,你怎么知道得那么少、那么晚?你个傻帽!

周大海:(对陆襄理)你去佐藤株式会社吧!

佐　藤:我不要这个破烂货!

陆襄理:(完全崩溃)大海!董事长!行行好吧!留我襄理吧!给我条活路吧!我给你磕头!磕响头!(果然磕头)

张大雄:这人怎么能成了一摊鼻涕!

陆襄理:(转过身给张大雄磕头)大雄兄弟,帮帮我,替我说几句好话吧!

张大雄:(躲开他)黏鼻涕,别沾我!

周大海:大雄,扶他起来,让他先坐坐,好好反省反省!

张大雄把陆襄理连拉带推,让他坐到长沙发上,虽然长沙发可以坐三个人,陆襄理只蜷缩在一侧,坐另一侧的鲁贵嫌弃他,使劲往沙发扶手靠。

周大海:佐藤先生,您还不回德和旅社,再醒醒酒去?

佐　藤:我还是要跟你谈谈,你们名败实胜,有了德国大托拉斯融资,我那点钱,让我退出,也算你们积德。

周大海:你先改改缺德的毛病才好。

露伊莎对眼前的事态似乎并无惊讶，只倚在窗台冷眼旁观。张小英没想到周大海是这种样子，完全迷茫。

门外传来一女子问话声：这儿是周大海董事长办公室吗？一时无人应答，她就自己走进来。年约二十多岁，脑后梳长辫，上身月白短衫，下身黑绸裤子，布鞋。一只胳膊挽着个盖白毛巾的竹篮。

张小英：（她坐的单人沙发斜对着门，头一个看见进来的女子，吓得蹦起来）哎呀！鬼！鬼！（往后躲）

鲁　贵：（也看见了，也站起来，反应强烈）你、你、你……你不是电死了吗？（张大雄也目瞪口呆）

周大海：（从老板桌那里快步走向沙发区，仔细端详）你是谁？

三　凤：哥！我是你妹妹啊！

周大海：妹妹？

鲁　贵：你是凤儿？

三　凤：是呀，我就是凤儿。

张小英：你是四凤？（大胆往前端详）你岁数比四凤大！

鲁　贵：（再仔细端详）你可真像是……（心酸）四凤，我的亲闺女……你还魂啦？

三　凤：我是凤儿，不过我不是四凤，我是三凤。

周大海、鲁贵、张大雄、张小英：（齐声）你是三凤？

　　　（露伊莎走过去）

三　凤：露伊莎小姐，您在这儿。

露伊莎：三凤好！

周大海：（吃惊）你们认识？

露伊莎：（对佐藤）佐藤先生，您如果还不回旅社，那就把座位让给
　　　　这位女士。

　　　（佐藤起来，坐到长沙发中间。他很好奇，不想马上离开）

露伊莎：（对三凤）您坐。别着急，把您的故事，慢慢地讲给他
　　　　们听。

三　凤：（把篮子搁沙发旁，坐沙发上，对周大海）哥，您也坐啊。
　　　　（笑）我一来，座儿都不够了。

张大雄：我去隔壁会议室，搬两把椅子过来。（出去）

露伊莎：（去倒了杯水给三凤）不急。你慢慢说，他们慢慢听。（坐
　　　　在三凤单人沙发的靠背上）

　　　（张大雄搬进两张靠背椅，和周大海一人一把在沙发区外，斜
　　　　对着三凤坐下）

周大海：你为什么叫我哥？你为什么叫三凤？你怎么个来历？

三　凤：我昨天去教会医院看了妈。妈认了我。

露伊莎：是这样。昨天下午，母女互认了。我在场。虽然梅侍萍
　　　　还是不开口，然而三凤跪在她轮椅前，讲出一切，又解开
　　　　衣服，让她看了左腰上杏子大的胎记，梅侍萍就眼泪哗
　　　　哗地往下流，她不说话，我就跟她说：周伯母，眼前的这
　　　　个女子，是不是您的亲生女儿，叫三凤的？您摇头不算
　　　　点头算，她就一个劲地点头，最后她们母女抱头痛
　　　　哭……周伯母，梅侍萍，这一生也实在是太悲苦了！

周大海：让她自己说。

三　凤：妈是命苦。三十年前，在无锡，周家公馆有个偏院，是老
　　　　仆人梅石和梅妈住的，他们的女儿，就是梅侍萍。周家

的独苗少爷周朴园,爱上了梅侍萍。梅石得病死了,梅妈守了寡。梅侍萍先生下一个男孩,不到一年,十一个月以后,再生下一个男孩。大的取名叫周萍,第二个还没来得及取名。两个男孩都养在那偏院里。开头过得还好,屋子里布置得跟明媒正娶差不多。周朴园跟梅侍萍很恩爱。周家老爷太太,开头还是容得下梅侍萍的,她给周家传了后呀。他们本来的想法,是给周朴园娶了正妻以后,让梅侍萍当姨娘。正妻若生育不了男孩,周家也不用犯愁了对吧。他们就张罗,要给周朴园娶一个门当户对、有钱有势的小姐。谁知那家人,是个洋派的,只能是一夫一妻,绝对不能容忍一夫多妻,不能有姨娘,也就是不能有小老婆。周家当时遇到一些难处,必须靠这桩婚姻来消灾。周家老爷太太就狠毒心肠,把梅侍萍生的男孩留下,把她赶出家门。本来两个男孩都要留下的,可是第二个刚生出三天,就发高烧、抽筋翻白眼,眼看就要成个死孩子了,那哪能留着,又怕把病传染给老大,就让梅侍萍抱着那孩子,从后门给撵了出去,梅侍萍想再看一眼周萍,都不让。梅妈跟周家老爷太太论理、求情,全不中用,就一条绳子,上吊自尽了。那是腊月,寒风阵阵,雪花飘飘,梅侍萍出了周家,没走多远,就投河了。

周大海：后来呢?

三　凤：梅侍萍,就是咱妈,还有你,哥,没死成,被人救了。救人的就是我爸,他叫顾阿大,是运河里行船运货的,那时他没有成家,把妈跟你救上船,费好大劲,让你们脱了险,特别是你,从鬼门关上,给捞了回来。你们就成了一家人了。你的名字大海,就是顾阿大给你取的。

鲁　贵：(不爱听)编吧,你就编吧！

三　凤：大海哥,你三岁的时候,顾阿大跟妈生下了我……因为妈头两个孩子,都是男孩,男孩是龙嘛,周萍是一龙,你是二龙,我是个女孩,女孩是凤,我行三,所以叫三凤……

张大雄：怪不得,后来再生个女孩,就叫四凤！

鲁　贵：那侍萍可没跟我这么讲究。当时她取名叫四凤,跟我说叫起来好听,四凤,确实好听,我也就叫她四凤了。(对三凤)你是骗子吧？

周大海：(皱眉,对三凤)我三岁时候,有了你,我怎么一点儿印象也没有？

佐　藤：(因为好奇,所以愿旁听,不由插嘴)三岁是留不下记忆的。我三岁前在镰仓,后来在东京家里人提起,我就毫无印象。

张大雄：(对三凤)你一个婴儿,更无知了。这些个事情你从哪儿知道的？我看是编！

三　凤：(从容叙述)本来,顾阿大,妈,哥,我,过得好好的,没想到,运河上出了船祸,顾阿大,我爸,给撞死了！妈哭得奶水都没有了,养不活我了,就把我送给养父母了……

鲁　贵：嗬,曲曲折折,说得有鼻子有眼的,编吧,编出来,还不是为了骗！

三　凤：我养父母,跟我生父顾阿大一样,也是运河里跑货船的,

生父和养父，是最好的朋友，常在一块儿喝酒，互相什么
都不瞒，什么事都说。我生父遇难以后，养父母他们原
来生了个女儿，得急病死了，养母还有奶水，咱妈就忍
痛，把我给了他们了，我吃上养母的奶，得救了。

周大海：你什么时候知道这些个曲曲弯弯的惨事的？

三　凤：自然是我长大懂事以后。养父叫罗顺水，上学，我学名叫
　　　　罗三凤。后来老有邻居、同学议论：罗三凤，你怎么长得
　　　　一点儿也不像你爹妈啊？ 开头我也没在意，有人问，我
　　　　就说：我再长大点儿，就像了！ 可是我都上中学了，越来
　　　　越不像他们了，有一天，又让人这么问，我急了，就回家
　　　　哭着问养父母"我是不是你们从河边拣来的野孩子？"养
　　　　母先就哭了，他们把我的来历，说给了我听，我不是来历
　　　　不明的野孩子，我生父叫顾阿大，生母叫梅侍萍，我大哥
　　　　叫周萍，二哥叫周大海，他们是一龙、二龙，我是三凤……

张大雄：你现在找来，是想到周家当小姐？

鲁　贵：你是要钱来的吧？ 你开个什么价？

周大海：你真是我妹妹？

露伊莎：昨天已经被你们母亲梅侍萍确认。梅侍萍看了她身上的
　　　　胎记。

张小英：她是真的！ 她是四凤的姐姐！ 我看见过，四凤左腰上，也
　　　　有黄颜色的胎记，不过没有杏子那么大，只有黄豆那么
　　　　一点点……

三　凤：妈把我托付给养父母以后，就带着大海哥，往更北边去
　　　　了，妈跟你后来的事儿，我就不知道了，现在才知道，咱

们还有个妹妹,四凤,她在哪儿? 能见见吗?

鲁　贵:(伤心)四凤……你起什么哄! 四凤死了,死得好惨!

三　凤:啊,我真不知道。(对周大海)哥,合算大哥、四妹都去世了,就剩咱们兄妹,二龙、三凤了。

佐　藤:离奇! 真是一出中国好戏! 日本歌舞伎也能演!

三　凤:哥,我找妈,找你,找得好苦,没想到,真让我找到了! 养父母带着我,后来也迁到北方,在通州张家湾住下,一直到现在。

鲁　贵:张家湾? 你从那儿来?

三　凤:是呀。我从家里给你们带葡萄来了,(弯身提起篮子,掀开盖住的毛巾)昨天给妈留下一半,这是给你的,你尝尝,我们张家湾,葡萄是特产,这品种叫矢富萝莎,顶香顶甜的。

露伊莎:矢富萝莎? 怎么跟我的中国名字发音相近? (从篮中掐出一粒放入嘴中)嗯,真甜!

周大海:(站起来,接过提篮)谢谢。(张大雄帮他把提篮放到老板桌上)

陆襄理:(一直蜷缩在长沙发一侧,别人说话时紧闭双眼,忽然高声呻吟)我可怎么办啊!

三　凤:(吓一跳)这位是——?

张大雄:别理他。

忽然全场变黑,只有一束追光罩在站于舞台中央的周大海身上。

周大海:(痛苦地)这是什么人间! 这是什么世道! 这是什么生活! 怎么有这么多根线牵动着我? 这些人,他们来到我跟前,究竟都想从我这里,要什么?

一束灯光打在从沙发上站起的张小英身上。

张小英:我要你娶我!(说完灯灭)

一束灯光打在站立的露伊莎身上。

露伊莎:我要你!(说完灯灭)

一束灯光打在站立的鲁贵身上。

鲁　贵:再给我一笔钱!(说完灯灭)

一束光打在站立的张大雄身上。

张大雄:任命我当襄理!(说完灯灭)

一束光打在站立的佐藤身上。

佐　藤:让我抽回投资!(说完灯灭)

一束光打在跪着的陆襄理身上。

陆襄理:给口饭吃!(说完灯灭)

周大海:三凤,你呢?

　　(舞台忽然恢复原来的亮度)

三　凤:(仍坐沙发是上,从容地)我不问你要什么。我就是来认妈、认你。今后逢年过节,我兴许就来看望你们,再给你们带张家湾的特产,葡萄以外,还有大顺斋糖火烧、通州腐乳……

周大海:你什么也不问我要?

三　凤:哥,你叫我一声三凤就好。

周大海:我对你还有怀疑。不过,三凤,还有你们大家,诸位,听好——(向露伊莎)你带来的亲笔信呢?

露伊莎:(从窗台上拿起包,从里面取出信递过去)在这儿。

周大海：（不接）你读给大家听。

露伊莎：亲爱的，这是私人信件啊。

周大海：我要公开。你念！

露伊莎：那好。（从信封里抽出信函，略有犹豫）

周大海：念。

露伊莎：（念信）吾儿大海，克大夫的兄弟，马丁·克鲁格，德国大
　　　　托拉斯的董事长兼总裁，在关键时刻，注资我们矿山，不
　　　　仅使我们摆脱了日本佐藤株式会社可能造成的控股危
　　　　机，还大大推进了我们金矿开采和金砂出产。克大夫的
　　　　女儿，露伊莎·克鲁格，即马丁·克鲁格的亲侄女……
　　　　（念到这里不愿再往下念）

周大海：继续！

露伊莎：（念下去）在玉成此事中，亦大有作为。现知露伊莎对你
　　　　极为爱慕，你二人亦已有多次亲密交谈，故吾决意周家
　　　　与克鲁格家喜结良缘，于矿山事业大有裨益，亦可使吾
　　　　儿安享幸福。在新董事会召开过，正式任命吾儿继任董
　　　　事长兼总经理后，即假座利顺德大饭店，为吾儿与爱媳
　　　　露伊莎举办盛大婚礼，盼吾儿忠孝节义、礼义廉耻具备。
　　　　父字。

周大海：念完了？

露伊莎：就这么多。（递过信去，周大海不接）

张小英：（对周大海惨叫）你你你……你扔了我！（昏死过去，张大
　　　　雄、鲁贵忙去抢救）

忽然全场黑暗。移时，忽然全场光明，但场上空无一人。窗户透

进日光，显然已经是另一天。

老板桌上电话铃持续地响。

张大雄：（西服革履的他跑进，接电话）我张襄理。我找遍了全矿，
　　　　谁也没见着周大海周董事长。新旧公馆里都没他影儿
　　　　吗？不在利顺德大饭店？等他去开新的董事会？那谁也
　　　　没有办法，只能再到处找他！（站到舞台中央，斜伸双臂，
　　　　大喊）周大海，你去哪儿了呀？

幕急落。

第四幕

【时间】第三幕后不知几时。

【场景】幕启时一片混沌。

两支歌队分别从舞台左右上场，一支歌队由六名女歌手组成，身
穿古希腊紫色希顿装；另一支歌队由六名男歌手组成，穿古希腊
白色希玛申长袍。

女歌队吟诵：

　　　　周大海啊，你的灵魂飘出了肉身，

　　　　你在似真似幻中追寻，

　　　　可怜的生命，

　　　　你在追寻的痛苦中煎熬。

　　　　你也在追寻的获得中欣慰！

周大海：（在追光笼罩下出现，中式短衫、长裤、布鞋，缓步沉思，忽
　　　　然痛苦地举臂大喊）我究竟是谁？！

男歌队吟诵：

   周大海啊，你这落在人间的一粒种子，

   你是周朴园和梅侍萍的儿子，

   周萍是你同父同母的同胞哥哥，

   周冲是你同父异母的弟弟，

   四凤是你异父同母的妹妹……

   你的生命，陷落在这样的血缘网络中。

周大海：人的血缘，就那么要紧吗？

女歌队应答：

   那一天，从下午到晚上，又从深夜到天明，

   你的生父周朴园，

   你的生母梅侍萍，

   跟你长谈，

   周朴园流下忏悔的眼泪，

   梅侍萍话尽之后再不说话，

   你内心里，卷起怎样的风暴，

   你这粒种子，

   真的落地，就要生根了吗？

男歌队接续：

   你的血缘认同，

   带来家族的一派祥和，

   子承父业，

   你有无穷的信心，

   可是父亲周朴园的一封亲笔信，

仿佛电闪雷鸣，

击碎了你短暂的幸福感，

你愤怒出走……

周大海：我原以为，我找到了我这生命在人世间的准确位置……

女歌队应答：

你仍是风中的蓬草，

在狂风中滚动，

你这生命，最后究竟落在何处生根？

悲哀啊，周大海，

我们为你叹息！

周大海：竟然指婚，要我跟露伊莎结为夫妻，以便形成资本的强强

联合。露伊莎，多么古怪的女性！

男歌队回应：

古怪？

你只是说着古怪，

周大海啊，你内心里，并不厌弃她呢，

你在她身上，感受到从张小英那里，永远获得不了的魅惑！

周大海：魅惑？

男歌队应答：

魅惑，就是有一种难以摆脱的诱惑，

你觉得陌生，可又产生好奇，

最后形成一种难以摆脱的魔力。

周大海：她欣赏我的身体。她要我的身体。这难道不是下流、

下贱？

女歌队吟诵：

　　　　她把你比成大卫，

　　　　在养成她的文化中，

　　　　那既不下流，更不下贱，

　　　　他们认为，相爱，首先是爱外貌，爱身体，

　　　　那是合理的情欲。

　　　　她也并不只有情欲，她很愿意跟你交谈，

　　　　你不是也很喜欢听她给你讲新鲜的东西吗？

　　　　从身体，再进入心灵，

　　　　那是她的盼望。

周大海：但她不能充当资本联姻的棋子。我更不能！

男歌队回应：

　　　　事情不是那样简单，

　　　　生命复杂，奥秘很多，

　　　　她真的爱你，

　　　　但得不到你，她也不会改变自己，

　　　　她会由着性子，张开情欲的翅膀飞翔，

　　　　不错，那就是她！

　　　　你看啊……

追光中出现披婚纱的露伊莎，响起婚礼进行曲。

露伊莎：我向往着在利顺德大饭店的中庭，在豪华而高雅的布置
　　　　中，跟你，周大海，我亲爱的，东方的大卫，举行盛大的婚
　　　　礼，我找好了六个伴娘，三个中国姑娘，三个欧洲姑娘，
　　　　甚至也找好了乖巧的花童，一个黑头发的男孩，一个金

头发的女孩……(走向周大海,却仿佛有一种无形而巨大的阻力,使她却步)你究竟在哪里?我看不清,我够不着……我知道你为什么逃避。你以为,我就愿意被父亲和叔叔,当作资本联姻的棋子吗?我的心情,跟你相通。可是我真的爱你,就像你们中国戏剧《西厢记》里的崔莺莺爱张生、《牡丹亭》里的杜丽娘爱柳梦梅,见了你紧相偎,慢厮连,恨不得肉儿般和你团成片也……这种爱,不下贱,很健康,很高尚……

女歌队吟诵:

露伊莎,你这个西洋女子,

不要把自己评价得那么纯真、高尚,

你的情欲,是很容易流淌到别处的,

看啊,那边来了谁?

哎哟哟,你的眼神,为什么迷离起来?

追光圈出张大雄,上身穿着中式褡裢背心,露出健壮的胳膊,下面裤脚扎起,露出洒鞋。

露伊莎:(转身凝视张大雄,身上的婚纱抖落在地,露出满头打着联垂的金发,一袭粉嫩的紧腰身长裙)啊,其实,这位张大雄,也很阳刚,很英俊啊,比较起来,周大海似乎粗犷了些,强悍了些,张大雄啊,其实你的形象,健壮中又糅合进清秀,更加接近于大卫。我不是要跟你结婚,那对我,对你,都不合适,可是,我们可以做情人,没有了周大海,你可以满足我……(靠近张大雄,张大雄似乎为其所动,二人拥抱)

周大海：（望见那情景，目瞪口呆）这可能吗？这是真实的景象吗？

　　　　这还仅仅是我心头的幻象？

女歌队应答：

　　　　看吧，看吧，

　　　　假作真时真亦假，

　　　　无为有处有还无，

　　　　谁的人生都会面对这——

　　　　意料之外的真实，

　　　　情理之中的幻影！

露伊莎、张大雄身上的追灯光熄灭，只有周大海仍被追光笼罩。

周大海：这是什么人性！

男歌队回应：

　　　　周大海啊，

　　　　你拉弓射箭，射中了靶心！

　　　　究根寻底，需要探究人性！

　　　　大洋里的深沟有多深？

　　　　比不了人性之深！

　　　　天空中的云朵多变换，

　　　　比不了人性的杂乱，

　　　　你以为强者的灵魂里存在着雄狮，

　　　　弱者的灵魂里就只蜷缩着兔子？

　　　　看，谁来复仇了？

周大海：谁？在哪里？（转动身体找寻）

追光罩住一个人，是西服破旧的陆裏理。

陆襄理：站住！别动！（挺着腰身，双手持手枪做瞄准状）周朴园，
　　　　我跟你势不两立！周大海，你不要护着那老狐狸！我先
　　　　毙了他，再毙了你！

周大海：（愕然）你不跪着求我啦？

举枪欲射的陆襄理和张开双臂似乎在护卫父亲的周大海，一时都
僵在追光中。

男歌队吟诵：

　　　　血浓于水，

　　　　基于血缘的本能，

　　　　你对周朴园，又恨又爱，又爱又恨，

　　　　爱恨交织，

　　　　剪不断，理还乱，

　　　　仇家要打死他，

　　　　你立即挺身，为他遮挡那复仇的子弹，

　　　　你该维护自己啊，

　　　　他死了，你活着，

　　　　你死了，他活着，

　　　　哪种情况更能叫作幸运？

　　　　搞不好，你和他都死掉，

　　　　那是更大的悲剧。

　　　　这出戏已经非常之悲催了，

　　　　但人世间，

　　　　还有更荒诞的悲催！

追光中的陆襄理忽然开枪射击，一声怪叫，追光中的周大海消失，

却有穿中式大褂的鲁贵仿佛中枪,踉跄地捂住胸口,被追光圈定,随之陆襄理消失。

鲁　贵:小兔崽子! 你要杀我!

周大海:(追光中出现在鲁贵对面)我没有! 不是我!

鲁　贵:你为什么恨我厌我到了这个份儿上?

周大海:我不是你生的!

鲁　贵:那这二十年谁把你养大的?

周大海:我妈。我自己。

鲁　贵:当年在张家湾码头,我开个小杂货铺,前店后宅,所谓后宅,巴掌那么大,有天后窗户忽然探出个头来,窗里头的木桌上,有我买来的火烧,那个探头的,猛地又伸出黑爪子,抓起一个火烧想跑,恰好我走进屋,瞅见了,一把把窗外的那兔崽子薅进来,嘿,他脚刚落地,另一个黑爪子又抓起一个火烧,我就伸手打,嚷"你他妈的一个还不够?"那兔崽子怎么样呢? 朝窗户外头嚷"妈? 给您一个!"嗬,敢情窗户外头,还有个妈呢!

周大海:我全不记得。

鲁　贵:我就是那天,把梅侍萍跟你,捡来的。

周大海:随你编。

鲁　贵:后来我们一起来到这座大城,再后来安顿在杏花巷,我跟你妈生下四凤,你拉了一阵洋车,我到周公馆做了事,把四凤也带去了,荐你到周家矿上做了工。你妈非要到济南学校去,我回到家好孤凄……

周大海:所以你就偷张婶!

鲁　贵：我当然不是圣人。可你那亲爹,周朴园,就是圣人吗? 就
　　　　比我强吗? 你细想想。我没有装腔作势,没有以家长威
　　　　严压迫家人,没有软刀子割工人的肉。

周大海：(沉思)我需要重新认识你?

女歌队吟诵：

　　　　人啊,在人际中的人啊,

　　　　你需要不断更新你对他人的认识,正如他人会不断更新

　　　　对你的认识,

　　　　真正认识一个人,理解一个人,

　　　　很难,很难,

　　　　从理解到谅解,那一条多么难跋涉的路啊!

周大海：(对鲁贵)你跟张婶,就要远走高飞了吗?

鲁　贵：我们改主意了。我们暂且就还在杏花巷。

周大海：小英呢?

鲁　贵：(怪笑)小英? 谁是小英?

周大海：奇怪,我竟没有先想到小英……

男歌队吟诵：

　　　　你先想到的,是露伊莎,

　　　　这说明了什么?

　　　　说明你以往对张小英是虚情假意?

女歌队回应男歌队：

　　　　一个男子和一个女子,

　　　　从青梅竹马,到谈婚论嫁,

　　　　其中有多少琐碎的细节,

仿佛串起来的珍珠，

会在记忆中闪闪发光，

那里面充满捧得住的真情，

轻易不会从岁月的指缝里漏掉，

也实在有胶水般的誓言，

把两个人粘贴得很紧，

可是突如其来的一见钟情，

熊熊燃烧的情欲的挑逗，

很容易摧毁那世俗的婚姻承诺，

更有逼到眼前的困境，

令人宁愿在苟且中，

放弃，忘却，进入自己未曾想到的螺蛳壳。

周大海：啊，是呀，小英，那天以后，你究竟怎样？

女歌队回应：

你让露伊莎当众读出你父亲的那封信，

仿佛往张小英胸膛插下一把尖刀，

她当场晕死过去，

身躯里是一颗破裂、喷血的心⋯⋯

男歌队接续：

她会怎样呢？

从那间屋子的窗户，往下一跳？

疯跑出屋子，奔到废弃的矿井？

挣扎着回到杏花巷，来到巷外的池塘？

找到一根绳子，然后⋯⋯

女歌队接续：

　　啊哟哟，尽是些恐怖的景象！

　　难道一定要像四凤，在绝望中结束自己生命？

男歌队接续：

　　如果周萍和四凤不是同母所生，

　　他们是否就可以不死？

女歌队接续：

　　即使他们同母，

　　既然已经相爱，

　　也不必自绝！

　　人啊，人，你被伦理束缚，

　　你的生存之路上有太多荆棘！

男歌队接续：

　　他们并不是故意违背伦理，

　　他们是因为无知，

　　一旦真相大白，

　　痛苦中还可以寻到活路，

　　他们可以打掉胎儿，

　　远走高飞，

　　隐姓埋名，

　　四凤为什么非要去扑那根断掉的电线？

　　还让无辜的周冲为她陪葬？

　　周萍为什么非要拔枪自尽？

　　他射击的，是家族的虚伪与冷酷？

女歌队接续：

> 张小英是否无形中成为第二个四凤？
>
> 那更不值得，因为你——周大海，
>
> 并不会因为她，
>
> 便结果自己！

周大海：那是真的！小英死了，我不会为她殉情！

女歌队吟诵：

> 悲哀啊，
>
> 小英啊，
>
> 曾记得：
>
> 人约黄昏后，
>
> 月上柳梢头，
>
> 在杏花巷水塘边，
>
> 那株歪脖柳，
>
> 垂下它长长的柳丝，
>
> 像一把大伞，
>
> 把你们两个，
>
> 罩在夕阳的余晖中……

男歌队接续：

> 周大海啊，
>
> 在那柳树的掩护下，
>
> 你第一次握住了姑娘的手，
>
> 仿佛有蚂蚁在你心上爬过，
>
> 从小英的衣领里，

你闻到一种醉人的气息，

你的胸膛，

触碰到她耸起的乳房，

有电流通过，

你们在嘴唇粘到一起，

谁先？谁后？

可是你感觉到，

有炸酱面的味道，

你扫兴，

你放松，

她也扫兴，

听到汽车喇叭声，

周家大少爷，

在送四凤回家，

你们屏住呼吸，

仿佛是在偷窃东西……

周大海：也就是这样，就到这个程度，不骗你们！

女歌队回应：

恋人的特长就是骗人，

一定要骗过大家，

最后，也骗过自己，

是呀，自己回想：没有别的呀！

男歌队接续：

周大海啊，

就到这个程度吗？

可你就觉得，她是你的人，

她属于你，

你可以这样那样对待她，

她却一定应该依着你，还有一般的世人的心思，

去处置她的生命，

你抛弃了她，

她是怎么自杀的？

女歌队接续：

跳楼？投井？

上吊？服毒？

剧作家啊，你还有什么新鲜花招？

周大海：（悲痛）仁慈些，不要设计得更恐怖！

女歌队应答：

女人啊，女人，

男人总是以为，

他们所作所为，是为了女人好，

周朴园并没有反抗他的父母，

眼睁睁看着梅侍萍抱着垂死的婴儿，

被撵出周家公馆，

他不过保存了几件旧时家具，

一张老照片，

一个坐月子时大热天也要紧闭窗户的习惯，

就以为可以心安理得一生，

他断定太太繁漪有病，

灌她苦药，

请来德国克大夫，治所谓的精神病，

他自以为那就是对妻子的恩德；

周萍对继母始乱终弃，

那比让亲妹妹怀孩子，

更是乱伦败坏，

他却并无一死雪耻的想法，

男人，总觉得自己比女人重要，

周大海啊，

你为什么就觉得，

张小英为你而死，

顺理成章，

你表示一下悲痛，

然后就继续走你的人生之路！

周大海：可我又能怎么样呢？人，往往就是这，身不由己啊！

男歌队吟诵：

愚昧啊！

周大海！

少说身不由己！

你其实已经在身由自己！

人家就一定不能自主决定命运吗？

男人可以趟出自己的人生路，

女人也未必不能！

> 看呀,看呀,
>
> 看看这是谁?

追光灯下,张小英出现,一改原来的素衣素面,头发烫成高耸的时髦样式,闪亮的耳坠,高领彩缎绣花旗袍,大串的珍珠项链,脚上是大红的绣花鞋。

周大海:(吃惊)小英? 这是你吗? 你怎么这副打扮? 你这是……
嫁衣? 你嫁给谁?(小英看不见他,只羞涩地站在那里)
小英,我大海,我在问你呢!

女歌队吟诵:

> 周大海啊,
>
> 张小英,那是你以外的另一个生命,
>
> 她跟你,并没有牢不可破的关联,
>
> 不要惊奇,
>
> 是的,她出嫁了,
>
> 她为什么非得嫁你?
>
> 她的人生选项,不是很多,
>
> 却绝不是只有一个,
>
> 她的嫁衣漂亮吗?
>
> 她微笑着,有些个喜形于色呢!
>
> 你惊讶?
>
> 更让你惊诧的是,
>
> 请你看清楚!

追光中出现佐藤,穿华丽的和服,微笑着,走向张小英,站在张小英身边,俨然一对新婚夫妻。

周大海：啊呀！怎么可以这样？

男歌队回应：

　　　　怎么不可以这样？

　　　　再怪诞的人生奇观，

　　　　也自有内在的顺理成章。

佐　　藤：亚希。我很幸福。我在日本，有原配妻子，当然是大和民
　　　　族女子，门户高贵，为佐藤家族添彩。我在中国，又有了
　　　　旅居媳妇，喏，她原名张小英，今后叫佐藤英子。中国媳
　　　　妇，我只要她健康漂亮，擅持家务。（响起日本礼乐）感谢
　　　　各位光临。（佐藤和佐藤英子一起九十度鞠躬）

另一追光中，显现盛装的露伊莎与张大雄，他们对新婚夫妇微笑
拍掌祝贺。

周大海：（大惊失色）不可能！这是噩梦？这是幻象？谁在跟我恶
　　　　作剧？谁来解释这里面的因果？

女子歌队吟诵：

　　　　不可能，成为可能，

　　　　世道就是这么诡谲，

　　　　人生就是如此有趣，

　　　　什么？你心里在造一个什么句子？

周大海：我不能承认这个事实！

男子歌队回应：

　　　　人生中，就有种种你难以承认的事实！

　　　　事实很冷酷，

　　　　它不需要你承认，

其实你自己作为一个事实，

也有人始终不肯承认，

人啊，就在这不能承认的事实形成的森林里，

艰难穿行，

而穿越以后的你，

可能依然得不到否定你的人的承认！

追光中的其他人消失，只剩周大海。

周大海：（徘徊）承认，不承认……人需要别人承认，别人需要你承

　　　　认……啊，想起了那天突然来到的三凤……

女歌队吟诵：

　　　　周大海啊，

　　　　你接受一龙、二龙、三凤、四凤的逻辑吗？

　　　　是啊，为什么鲁贵和你母亲生下的女儿，取名四凤？

　　　　没有三凤，何来四凤？

　　　　你承认那三凤，是你同母异父的妹妹吗？

周大海：（沉思）我乐于承认……

男歌队回应：

　　　　乐于承认？

　　　　就是原本不应该承认，

　　　　可是，基于某种原因，

　　　　你觉得承认了能让你心里舒服……

周大海：是啊是啊……她证据充分吗？长得像四凤，腰上有胎记，

　　　　露伊莎亲眼见，妈跟她抱头大哭……我三岁的时候，生

　　　　的她？我怎么一丁点儿印象也没有？……人，究竟几岁

以后，才能有记忆？……不去探究了，只还记得，我问周
围的人：你们，究竟都想从我这里，要什么？结果，一声
高过一声，要人、要钱、要职位……只有她——

追光中出现挽着篮子的淳朴的三凤。

三　凤：我不问你要什么。我就是来认妈、认你。今后逢年过节，
我兴许就来看望你们，再给你们带张家湾的特产，水灵
灵的葡萄，还有大顺斋糖火烧、通州腐乳……

周大海：你真的什么也不问我要？

三　凤：哥，你叫我一声三凤就好。

周大海：三凤妹妹，你真是浊气中的一股清风，浑水当中的一朵莲
花，这世上，有多少利益绳索，绑定着人与人，无利益、无
利害的人际关系，几乎只是一种奢侈的愿望，啊，你忽然
来到我的身旁，我宁愿相信，人心里还有洁净的鸟窝，有
能孵化出真、善、美的蛋……

女歌队吟诵：

周大海，你成了诗人吗？

你口中竟吐出了如此的芬芳，

是呀，人与人之间，

如果只存在着血缘关系，

这关系里不掺杂财产的继承、分割，

无所谓子承父业，

不讲究名利成败，

贫也是亲，

富也是亲，

　　　　不贫不富更是亲，

　　　　相聚只求一声亲昵的称呼，

　　　　分离只求一份默默的思念，

　　　　那该多好！

男歌队接续：

　　　　人心里那洁净的鸟窝，

　　　　从蛋里孵出了真、善、美的雏鸟，

　　　　很快成长，很快成长，

　　　　煽动起健壮的翅膀，

　　　　飞向灿烂的远方，

　　　　一路撒下玫瑰色的希望……

女歌队与之和鸣：

　　　　啊，啊，多么美好！

　　　　多么辉煌！

周大海：我们一起欢呼歌唱！

女歌队回应：

　　　　是啊，

　　　　许多许多的故事，

　　　　都会设置一个近乎圣洁的角色，

　　　　如一碗浓酽的心灵鸡汤，

　　　　把玫瑰花瓣撒进众人胸膛，

　　　　现在三凤站在你面前，

　　　　浑身闪烁着朝霞般的光芒……

追光中三凤把一串葡萄递向周大海：哥，这品种叫矢富萝莎，顶香顶甜的。

周大海虽没接过，却无比感动。

男歌队吟诵：

>　　且慢，且慢，
>
>　　你即将看见，
>
>　　人世的险恶，超出你的估量，
>
>　　人性的阴森，露出尖利的犬牙，
>
>　　那边，谁走过来了？

追光中出现佐藤，脸上现出暧昧的微笑，走向三凤。

三凤忽然把竹篮放到地上，一把薅下头上的假发，扔到篮子里，原来那黑油的长辫是假的，她神色大变，向佐藤九十度鞠躬，佐藤还礼，可见二人关系非同寻常。

周大海：（大惊，大窘）啊！怎么回事？

三　凤：（对佐藤）我终于打进周家了！

佐　藤：你且不可暴露！你目前没有任何任务，把三凤的纯洁质朴继续扮演好就行，你是战略性存在，要到最关键的时刻，才显露英雄本色！

三　凤：亚希！我如一朵剧毒的莲花，先静静地开放在周家公馆的池塘中。

佐藤和三凤在追光者小声交谈，随之有以下追灯陆续圈出人物，他们各自发表感想后消失。

露伊莎：这只是一种耸人听闻的假设，一种假设罢了！

张大雄：啊呀，这是在逗谁玩哩！

鲁　贵：我一直就不信有什么三凤！敢情是个日本间谍！

陆襄理：螳螂捕蝉，黄雀在后！周家父子，死期近了！

张小英：我不管这些事。可我真看见过四凤腰上的胎记。

周大海：（始终在光圈中）这是什么样的伎俩啊！

男歌队回应：

  周大海啊，你要记取，

  第一，谎言重复多次，就能变成真理。

  第二，自己不必正确，却一定要诱导对方犯错误。

  第三，堡垒，最后还是要从内部攻破。

周大海：我不要这肮脏的教训！我不要厚黑！阴谋不是我的人生

  伴侣，无耻取胜不是人生乐趣！（捂心）啊啊，我受伤了！

  伤得很深、很深！

女歌队回应：

  周大海啊，

  你的心受伤很深吗？

  你崩溃了吗？

  你不要踉跄，

  你不能倒下，

  啊啊啊，

  我们和你站在一起，

  我们愿扶持你前行，

  疗治伤口，

  恢复信心，

  穿破人世那险恶的阴云，

固守灵魂的趋光性！

周大海：（痛苦地拔步前行）我，我……（转过身躯，呈现背影）

男歌队询问：

你会怎样呢？

古时候，有人把各种毒虫，放到一个瓦罐里，让它们互相

毒杀、吞噬，最后剩下的怪物，叫作蛊，

周朴园以联姻毒杀你的爱情，

佐藤安排卧底摧毁你的亲情，

张大雄以堕落弃绝了你们友情，

张小英以苟且污染你的记忆，

露伊莎以放荡令你不再信世上有真，

陆襄理在隐蔽处枪口随时将你瞄准……

你怎样啊？

你要比他们更毒？更狠？

更寡廉鲜耻？更利令智昏？

啊啊啊，

你转过身来了，

（周大海转过身，满脸阴冷凶狠）

啊呀！你成了一个最强悍的恶人！

女歌队接续：

我们看到的，是幻，是真？

你的生命，

不该成为蛊，

那不是人世应有的风景！

　　　　周大海啊，

　　　　你心灵中的风暴，

　　　　会激荡出怎样的前程！

　　　　（周大海转过身去，呈现背影）

　　　　啊啊啊，

　　　　你再转身，

　　　　给我们更多的猜测，

　　　　让我们有更多的想象，

　　　　（周大海转过身来，面无表情）

　　　　啊啊啊，

　　　　一片空白了吗？

　　　　完全虚无了吗？

　　　　（周大海踽踽前行）

男歌队女歌队合吟：

　　　　你往哪里去？

　　　　你要怎么样？

　　　　听，听，

　　　　那是风的呼啸，

　　　　听，听，

　　　　那是海的咆哮，

　　　　你是大海，

　　　　你来到了大海！

舞台从混沌渐渐转换成一派清明，呈现出一片大海，海滩一侧有
高耸的礁石，周大海朝礁石走去。

越来越强烈的海涛拍打礁石的声音。

周大海：（登上礁石,在礁石顶端伸出双臂）大海,我来了!

　　　　（回响）大海! 我来了! 来了! 来了!

女歌队吟诵：

　　　　　　大海面对大海,

　　　　　　周大海将怎样?

　　　　　　啊啊啊,

　　　　　　他跟大海说"我来了!"

　　　　　　他心里翻滚着怎样的激浪?

　　　　　　他这是什么含义的宣告?

男歌队接续：

　　　　　　难道是四凤奔向电线的激情?

　　　　　　难道如同周萍举枪的一瞬?

　　　　　　大海听见了他的呼声,

　　　　　　海浪会发出怎样的回应?

周大海：（保持举臂的姿势,声音格外凄厉）大海,我来了!

女歌队男歌队合吟：

　　　　　　啊,周大海,

　　　　　　他将怎样?

　　　　　　我们说不出,

　　　　　　我们不知道,

　　　　　　（面对台下）

　　　　　　也许,你们知道?

　　　　　　是的,你们知道!

你们一定知道!

男女歌队鞠躬后从两边退场。

海浪拍击礁石声声声激越,光线渐敛,高举双臂的周大海成为一
个鲜明的剪影。

幕落。